인생이란 무엇인가
그리고
어떻게 살 것인가

인생이란 무엇인가 그리고 어떻게 살 것인가

초판 발행일 / 2013.7.25.

지은이 / 김철경
펴낸이 / 이선규
펴낸곳 / 도서출판 아침
        등록 제21-27호(1988.5.31)
        주소 서울시 서대문구 북아현동 1-495
        전화 326-0683
        팩스 326-3937

ⓒ 김철경 2013
ISBN 978-89-7174-055-2   03810

인생이란 무엇인가?!
그리고
어떻게 살 것인가?!

김 철 경

작가 소개

이름 : 김철경

1948년, 어느 가난한 농부의 막내아들로 태어났습니다.

가난한 농부의 아들이었으므로 삶의 미래는 뻔히 예고되어 있었고,

그래서 사실은 초라한 모습 빼고는 소개할만한 것이 없습니다.

같은 고향 출신이며, 같은 학교, 같은 학부 출신이면서도, 몸담은 소속이 다르거나 이권이 다르면 사람은 어디가고 짐승만 남는 격투기 장면을 너무도 많이 보아온 터라 그런 것을 나열하고서 자신을 소개했다 할 수도 없어서 침묵합니다.

법적 지위는 — 국민으로서 해야 할 의무를 — 성실히 수행하며, 그래서 누리고 싶은 권리에도 — 제한이 없는, 대한민국의 보통국민입니다.

종교는 — 어릴 땐 불교적 집안에서 자랐고 — 성장하면서는 교회당의 종소리에 매료되고 이끌려서 교회당 주변을 기웃거리다가 주일을 지켜야 하는 부지런을 떨지 못해서 그만 계명의 밖에서만 맴돌다가 — 인생 60년의 허리쯤에서 교우들의 친절과 인도로 가톨릭 영세를 받은 — 그래서 얻은 또 하나의 이름이 Franz입니다.

Franz는 — Helena라는 이름의 한 천사로부터 지음 받은 이름으로서 — 어려서부터 보아오고 익숙했던 어머니의 지극불심과, Helena로부터의 무던한 박애정신이 마찰하거나 충돌하지 아니하고 상생의 조화로움 속에서 아직 개척 없는 불모의 가슴에 비로소 신앙의 불씨를 지핀 계기였습니다.

당시, 재독 유학생 신분으로서 교구의 배려로 우리를, 나를, 담당하러 와

주셨던 김신호 신부님! 돌출되는 질문과 거친 논리에 수많은 어려움을 당하면서도 — 아무런 맛도 색깔도 끈끈함도 나타냄 없이 언제나 그 자리에서 평행선을 유지하셨던 —! 그분이 내게 건네신 한 소책자(손바닥 절반만한 크기에 약 50페이지 정도의)에서 후일 이 책을 쓰라는 동기가 부여된 —.

믿기 위해서 알려고 — 알기 위해서 믿으려고 — 고뇌를 거듭하면서 얻은 하나의 깨달음은 — '한 지붕 밑 여러 가족' — 다시 말하면, 종교가 다른 것이 아니라 — 종교는 하나이며 (우주), 신앙이 다를 뿐이라는 — 그래서 — 한계스러운 각각 다른 신앙들이 높이높이 저마다의 한계를 넘어서 올라가면 그 정점은 하나의 지붕, 같은 지붕이라는 것.

서로 진리라고 주장하는 신앙들의 와중 속에서, 아직 낮아서 다른 봉우리를 볼 줄 모르는 세속의 군상들 숲에서, 해일처럼 밀려오는 문명과 문화의 걷잡을 수 없는 소용돌이 앞에서, 적자생존의 냉혹한 경쟁 속에서, 나는 무엇이며 어찌해야 하는가? — 를 무던히도 고민하던 —

그래서 — '인생(人生)이란 무엇인가?' 그리고 '어떻게 살 것인가?' — 를 삶의 명제로 하고, 그것을 풀어보려고 한평생 명상(瞑想)하고 번민(煩悶)하며 고뇌(苦惱)한 —

그리고 마침내는 나름 그 풀이의 실마리를 찾았노라 환희하며 — 비로소 세상 밖으로 얼굴을 내민 — 은자(隱者).

애틋한 민족주의를 가슴 깊이 간직하고 세상을 떠돌다가 진정한 인류의 미래는 Humanism 내지는 Cosmopolitanism에 의하여야 하는 것으로 세탁된 다문화주의자.

소개할 것이라고는 이것밖엔 없는 자, 그가 김철경입니다.

책머리에

인생은 운명입니다.

그러나

운명만이 인생은 아닙니다.

'운명과 의지의 조화' 그것이 인생입니다.

그러고 보니 — 의지가 허락되었습니다.

그러므로

인생은 營爲(영위)하는 것입니다.

營爲하는 것이기에 인생에는, 그 과정에는 —

고민하고 번민할, 고민해야 하고 번민해야 할 —

명제가 있습니다.

"어떻게 살 것인가!?" 라는 —.

그래서 그 얘기가 하고 싶어서, 그 얘기를 하기 위해서, 그 얘기를 하지
않고는 견딜 수가 없어서, 60 연륜을 다한 인생의 무게 그 뒤안길에서 비
로소 필을 들었습니다.

이것은 나의 얘기입니다. 그러나 나만의 얘기이기는 원치 않는 나의 얘
기입니다. 모두의 얘기이기를 바라면서 모두의 얘기이리라고는 생각하
지 않는 나의 얘기입니다.

그래서 여백을 남겼습니다. 나의 미완을 보완하려는 겸허의 장으로 —.

만일, 당신의 얘기가 있거든 그것을 거기(여백)에 정리해보십시오.

같거나 혹은 다르더라도 —.

그러함을 위하여 마련한 상징적인 장이기도 하므로 여백은 독자의 몫 즉 당신의 몫입니다. 그래서 그렇게 여백이 메워지면 이 책은 너와 나의, 우리의 책으로 완성되겠습니다.

동기가 어디에 있었든, 그것이 무엇이었든, 어떻든, 아무튼, 이 책을 펼치게 된 분께 당부드림은 기왕 펼치셨거든 끝까지 그리고 또 반복해서 읽어 주십시오. 비교적 쉼표를 많이 사용하며 자주 끊어 읽게 하였습니다. 그것은 좀 더 명확하고 뚜렷한 이해를 돕기 위함이었고, 쉼표 다음의, 문장 사이의, 행간의, 잠시 여백 속에 보다 많은 침묵의 변을 여운으로 남기기 위함이었습니다. 감상과 감동으로 다가올 영감의 주파수는 어쩌면, 아마도, 침묵의 변, 여백의 변에서 오히려 더 크게 출렁일 것이기에 ─. 하오니, 호흡을 가다듬고 리듬을 조절하면서 논리의 맥을 따라 오십시오! 서두르지 아니하며 차분하게 오십시오!
그래서, 도처에 묻어둔, 도처에 묻혀있을, 감춰진 보물들의 가치를 간과하지 마시고 알뜰히 캐내어서 소유하고 간직하며 발휘하십시오. 그러함의 나의 표현은 대체로 "경작하고 수확하라!"라는 말로 대신합니다.

혹여, 우연한 한 보물의 발견이, 그것이 계기로 한 줄기 광맥으로 이어져 근원에 도달하게 된다면, 다시 말해서 인생의 의의와 이유와 가치의 어떤 우연한 한 발견이 그로 인하여 진정 심장의 힘찬 맥박으로 이어져 고동치고 희열하게 된다면, 그것이야말로 당신에게는 보람이요 나에게는 영광이겠습니다. 그러므로 나는 나의 영광을 위하여 최선을 다하는 것이로되 당신은 당신의 보람을 위하여 진력하십시오!!!
아마도, 막연하게만 느껴지던 인생의 명제들 ─, 희망과 행복과 영광과 보람과 안식과 ─ 그리고 낙원과 천국에 이르는 그 길까지 그것을 얻는 방법과 함께 초점 속으로 줌인되어 오리다.
그 줌인된 초점 속의 향연(饗宴)에 초대(招待) 하옵나니 ―
부디, 이 책과 더불어 좋은 성과 있으시라!
찬란히 펼칠 인생의 지침으로 등대로 삼으시고,
그것을 지키는 성자로 등대지기로 성취하시라 ― !!!

인생의 노정에서 ― 크고 작은 수많은 실패를 거듭하더라도, 끝까지 끈질기게 버텨가는 그것은 아마도, 마지막 성공만은 기필코 양보 없이 실패 없이 이루어내려는 갈망이 있기 때문일 것입니다.
그 마지막 성공이 가장 큰 성공으로 인간의 성공 즉 인생의 성공이 그것이겠습니다. 그래서 인생의 실패만은 허용하지 않으려는 절박한 기다림이 그것이지요. "Ende gut, Alles gut!"(끝이 좋으면 다 좋다) "知彼知己百戰百勝"(적을 알고 나를 알면 백번 싸워도 다 이긴다)이라 하였지요.
이제 이 책과 더불어 ― 인생이 무엇임을 알 것이고, 내 운명의 좌표도 알게 될 것이려니 ―. 게다가 "어떻게 살 것인가?!"의 방법론까지 정립하였고 제시하였으니
남은 것은 백전백승뿐이겠지요!

한자(漢字)를 모르더라도 읽을 수 있게 하였습니다.
아니 써도 될 것을 굳이 고집하고 쓴 것은 그 속에 작가의 의도하는 바 아름다운 기대가 수줍은 듯 그러나 단호하게 있습니다.
동가홍상(同價紅裳) ― "같은 값이면 다홍치마" 라고 ―.

작가 김 철 경

자연과 환경__[63~73]

인생

[1~6]

1. 정의__(운명)

太初에 —
하늘과 땅이 처음 열리고
그 사이에
人間의 生命이 誕生되었습니다.
時間이란 江물이 運行을 始作하자
人間은
運命이란 쪽배에 실린 채
航海를 始作하게 되었습니다.
이것을 이름하여 人生이라 하나니! —

태초에 —
하늘과 땅이 처음 열리고
그 사이에
인간의 생명이 탄생되었습니다.
시간이란 강물이 운행을 시작하자
인간은
운명이란 쪽배에 실린 채
항해를 시작하게 되었습니다.
이것을 이름하여 인생이라 하나니! —

2. 정의__(운명과 의지의 조화)

무릇 人生은—
自然의 法則이라는, 宇宙의 攝理라는 ,
큰 運命의 틀 속에서
삶이라는 또 하나의 작은 運命의 그릇에 담긴 채
歲月의 江을 떠가는 것!
混沌에서 秩序로— 秩序에서 混沌으로—
노를 젓기도 하고— 돛을 달기도 하면서—
意志라는 이름의 나래 짓으로
運命에 摩擦하고 衝突하며 또 調和하고 克服하는 것!

무릇 인생은—
자연의 법칙이라는, 우주의 섭리라는 ,
큰 운명의 틀 속에서
삶이라는 또 하나의 작은 운명의 그릇에 담긴 채
세월의 강을 떠가는 것!
혼돈에서 질서로— 질서에서 혼돈으로—
노를 젓기도 하고— 돛을 달기도 하면서—
의지라는 이름의 나래 짓으로
운명에 마찰하고 충돌하며 또 조화하고 극복하는 것!

3. 과정__(일반적)

黎明이 있으면 노을도 있으리라!
粲然한 언덕이 있으면 渾濁의 窒谷도 있으리라!
歡喜와 歡聲이 있으면 絶叫와 歎息도 있으리라!
運命은 언제나— 變化와 條件으로 다가오고,
意志는 언제나— 이에 反應하고 反射하리라!

여명이 있으면 노을도 있으리라!
찬연한 언덕이 있으면 혼탁의 질곡도 있으리라!
환희와 환성이 있으면 절규와 탄식도 있으리라!
운명은 언제나– 변화와 조건으로 다가오고,
의지는 언제나– 이에 반응하고 반사하리라!

4. 과정__(운명과 의지의 마찰, 충돌)

그러므로 生의 旅路는

運命과 意志의 摩擦과 衝突, 挑戰과 應戰입니다.

그러므로 生의 旅程은

試鍊과 苦惱를 同伴하는 必然의 過程입니다.

그러므로 生의 路程은

體驗과 事緣으로 點綴되는 運命과 意志의 調和입니다.

그러므로 생의 여로는

운명과 의지의 마찰과 충돌, 도전과 응전입니다.

그러므로 생의 여정은

시련과 고뇌를 동반하는 필연의 과정입니다.

그러므로 생의 노정은

체험과 사연으로 점철되는 운명과 의지의 조화입니다.

5. 현자의 길

人生路程의 자취 속에 —
運命의 秘密이 있고, 人生航路의 敎訓과 法則이 있습니다.
그러므로 賢者는
언제나 恒常 回顧하고 瞑想하고 洞察하나니
賢明한 삶이고 싶거든— 賢者이고 싶거든—
必히 賢者의 그것을 닮으십시오!

인생노정의 자취 속에—
운명의 비밀이 있고, 인생항로의 교훈과 법칙이 있습니다.
그러므로 현자는
언제나 항상 회고하고 명상하고 통찰하나니
현명한 삶이고 싶거든- 현자이고 싶거든-
필히 현자의 그것을 닮으십시오!

6. 인생의 좌표

그러지 않으면, 그러지 못하면,
그런 人生은 自己座標를 알지 못합니다.
온 길 暗黑이며 갈 길 또한 漆黑이어서
指向할 方向도 目標도 모릅니다.
그저 ―
定處 없이 떠돌다가 羅針盤 없는 片舟처럼 坐礁될 것입니다.

그러지 않으면, 그러지 못하면,
그런 인생은 자기좌표를 알지 못합니다.
온 길 암흑이며 갈 길 또한 칠흑이어서
지향할 방향도 목표도 모릅니다.
그저 ―
정처 없이 떠돌다가 나침반 없는 편주처럼 좌초될 것입니다.

인생

✧✧✧✧✧
태초에,
하늘과 땅이 처음 열리고 그 사이에 인간의 생명이 탄생되었습니다.
시간이란 강물이 운행을 시작하자 —
인간은,
운명이란 쪽배에 실린 채 항해를 시작하게 되었습니다.
이것을 이름하여 인생이라 하나니! —

✧✧✧✧✧
무릇 인생은,
자연의 법칙이라는, 우주의 섭리라는, 큰 운명의 틀 속에서
삶이라는 또 하나의 작은 운명의 그릇에 담긴 채
세월의 강을 떠가는 것!
혼돈에서 질서로 — 질서에서 혼돈으로 —
노를 젓기도 하고 — 돛을 달기도 하면서 —
의지라는 이름의 나래 짓으로
운명에 마찰하고 충돌하며 또 조화하고 극복하는 것!

✧✧✧✧✧
여명이 있으면 노을도 있으리라!
찬연한 언덕이 있으면 혼탁의 질곡도 있으리라!
환희와 환성이 있으면 절규와 탄식도 있으리라!
운명은 언제나 변화와 조건으로 다가오고,
의지는 언제나 이에 반응하고 반사하리라!

✧ ✧ ✧ ✧ ✧

그러므로 생의 여로는
운명과 의지의 마찰과 충돌, 도전과 응전입니다.
그러므로 생의 여정은
시련과 고뇌를 동반하는 필연의 과정입니다.
그러므로 생의 노정은
체험과 사연으로 점철되는 운명과 의지의 조화입니다.

✧ ✧ ✧ ✧ ✧

인생노정의 자취 속에 ─
운명의 비밀이 있고, 인생항로의 교훈과 법칙이 있습니다.
그러므로 현자는 언제나 항상 회고하고 명상하고 통찰하나니 ─
현명한 삶이고 싶거든 ─ 현자이고 싶거든 ─
필히 현자의 그것을 닮으십시오!

✧ ✧ ✧ ✧ ✧

그러지 않으면, 그러지 못하면,
그런 인생은 자기좌표를 모릅니다.
온 길 암흑이며 갈 길 또한 칠흑이어서
지향할 방향도 목표도 모릅니다.
그저 ─
정처 없이 떠돌다가 나침반 없는 편주처럼
좌초될 것입니다.

인생과 소설
[7~16]

7. 인생은 한 권의 소설 같은 것

大抵,

사람의 삶의 이야기가 小說이라면

한 사람의 삶의 이야기는 한 卷의 小說 같은 것!

그러므로—

사람은 各自 自己小說의 作家요 또한 主人公입니다.

아무도, 代筆할 수 없고— 代役할 수 없는—

대저,

사람의 삶의 이야기가 소설이라면

한 사람의 삶의 이야기는 한 권의 소설 같은 것!

그러므로-

사람은 각자 자기소설의 작가요 또한 주인공입니다.

아무도, 대필할 수 없고- 대역할 수 없는-

8. 인생소설__(실현의 현실)

그러한 삶의 이야기 ― 人生小說은 ―
瞬間瞬間 모두가 實在의 現實이며,
歲月의 흐름 속에 차곡차곡 點綴되는 스크린 같은 것이어서
豫行演習이 있을 수 없고, 再生할 수도, 編輯할 수도 없습니다.
그래서 人生은 장난일 수 없으며, 弄談일 수 없습니다.

그러한 삶의 이야기 ― 인생소설은 ―
순간순간 모두가 실재의 현실이며,
세월의 흐름 속에 차곡차곡 점철되는 스크린 같은 것이어서
예행연습이 있을 수 없고, 재생할 수도, 편집할 수도 없습니다.
그래서 인생은 장난일 수 없으며, 농담일 수 없습니다.

9. 인생행적__(사실의 자취)

다시 말하면,
人間의 行蹟 — 人生小說은 —
時間의 一方進行 속에서 남겨지는 痕迹이기에
時間의 逆行이 이루어질 수 없는 限
돌이킬 수 없으며 修正할 수 없습니다.
그래서 아마도 —
人生은 眞摯하고 愼重할 것이며
人間은 모름지기 思考의 存在일 것입니다.

다시 말하면,
인간의 행적 – 인생소설은 –
시간의 일방진행 속에서 남겨지는 흔적이기에
시간의 역행이 이루어질 수 없는 한
돌이킬 수 없으며 수정할 수 없습니다.
그래서 아마도 –
인생은 진지하고 신중할 것이며
인간은 모름지기 사고의 존재일 것입니다.

10. 인생행로__(조종이 가능한 행로이므로
꺼지지 않는 희망의 샘)

앞으로의 삶의 이야기 ― 人生行路는 ―

알 수 없는 迷路요 끝없는 旅路지만,

그 境遇가 어떨지라도 ―

살아 온 날들의 感想으로, 지나 온 얘기들의 回顧로,

自身의 座標를 確認해 갈 수 있겠기에

도리질하는 몸부림으로 ―

서성이는 발돋움으로 ―

퍼덕이는 나래 짓으로 ―

더러는, 때로는, 多少間은,

그 進行方向을 操縱해 나아갈 수 있겠습니다.

그래서 ― 人間은, 人生은,

그것이 多幸이며 希望입니다.

그것이 機會요, 救援이며, 恩寵이라 하겠습니다.

앞으로의 삶의 이야기 ― 인생행로는 ―

알 수 없는 미로요 끝없는 여로지만,

그 경우가 어떨지라도 ―

살아 온 날들의 감상으로, 지나 온 얘기들의 회고로,

자신의 좌표를 확인해 갈 수 있겠기에

도리질하는 몸부림으로 ―

서성이는 발돋움으로-
퍼덕이는 나래 짓으로-
더러는, 때로는, 다소간은,
그 진행방향을 조종해 나아갈 수 있겠습니다.
그래서- 인간은, 인생은,
그것이 다행이며 희망입니다.
그것이 기회요, 구원이며, 은총이라 하겠습니다.

11. 내 소설은 어떤 소설이련가?__(그것을 고민해야 하기에)

그러므로 사람들은 저마다
'어디로 갈 것인가?'
'어떻게 갈 것인가?'
'내 人生이야기 어떤 小說이련가?'
그것을, 苦悶하고 疑問합니다.
그것을—
내가 해야 하기에,
내가 그것을 해야 하기에,
그래서 人生은 더 더욱 眞摯하고 愼重할 것이며
그래서 人間은 더 더욱 깊은 思考의 存在일 것입니다.

그러므로 사람들은 저마다
'어디로 갈 것인가?'
'어떻게 갈 것인가?'
'내 인생이야기 어떤 소설이련가?'
그것을, 고민하고 의문합니다.
그것을–
내가 해야 하기에,
내가 그것을 해야 하기에,
그래서 인생은 더 더욱 진지하고 신중할 것이며
그래서 인간은 더 더욱 깊은 사고의 존재일 것입니다.

12. 인생은 영위(營爲)하는 것

그러하게 營爲해가는 것!
그것이 人生이기에 —
내가, 只今, 여기에, 이렇게 있는 것, 있게 된 것은,
남의 탓이 아니며, 運命의 탓만도 아닙니다.
分明
折半의 몫은 나의 것, 나의 탓에 있습니다.

그러하게 영위해가는 것!
그것이 인생이기에 —
내가, 지금, 여기에, 이렇게 있는 것, 있게 된 것은,
남의 탓이 아니며, 운명의 탓만도 아닙니다.
분명
절반의 몫은 나의 것, 나의 탓에 있습니다.

13. 인생의 성찰(省察)

지난 날 돌아보며 오는 날 내다보라!

잘 된 것 무엇이며, 못 된 것 무엇인가?

잘 된 것은 眞實로 잘 된 것이며, 못 된 것은 眞實로 못 된 것인가?

잘 된 것, 못 된 것의 分別基準은 무엇이며,

그 基準에 잘못은 없는가?

그래서 —

조심스레 묻노니, 오늘의 네 人生이야기 眞正 어떤 小說이던가?

지난 날 돌아보며 오는 날 내다보라!

잘 된 것 무엇이며, 못 된 것 무엇인가?

잘 된 것은 진실로 잘 된 것이며, 못 된 것은 진실로 못 된 것인가 ?

잘 된 것, 못 된 것의 분별기준은 무엇이며,

그 기준에 잘못은 없는가?

그래서 –

조심스레 묻노니, 오늘의 네 인생이야기 진정 어떤 소설이던가?

14. 누구나, 누구든, 인생에 있어서
절실히 번민해야 할 명제

"보람 있는 삶을 爲하여 —
  後悔 없는 삶을 爲하여 —
  幸福을 爲하여 —
  榮光을 爲하여 —
  그리고,
  그 어떤 境遇라도 丁寧 바른 삶을 爲하여 —"
어느 閑寂한 海岸에서도, 寂寞의 뜨락에서도,
人間은, 언제나 恒常 切實히 煩悶하는 命題앞에 있게 됩니다.

"어떻게 살 것인가!?"라는 —

"보람 있는 삶을 위하여 -
  후회 없는 삶을 위하여 -
  행복을 위하여 -
  영광을 위하여 -
  그리고,
  그 어떤 경우라도 정녕 바른 삶을 위하여 -"
어느 한적한 해안에서도, 적막의 뜨락에서도
인간은, 언제나 항상 절실히 번민하는 명제 앞에 있게 됩니다.

"어떻게 살 것인가!?"라는 -

15. 인간은 언제나__(자기소설의 작가요, 주인공이면서 또한 독자요, 관객이어야 합니다.)

그러므로 人間은,
自己小說의 作家면서 또한 讀者여야 합니다.
그러므로 人間은,
自己演劇의 主人公이면서 또한 觀客이어야 합니다.
作家로 構想하고 主人公으로 그 役을 遂行하더라도
언제나,
讀者로― 觀客으로― 感想하고 評價함에 게으르지 않으며
吝嗇하지 말아야 하겠습니다.

그러므로 인간은,
자기소설의 작가면서 또한 독자여야 합니다.
그러므로 인간은,
자기연극의 주인공이면서 또한 관객이어야 합니다.
작가로 구상하고 주인공으로 그 역을 수행하더라도
언제나,
독자로– 관객으로– 감상하고 평가함에 게으르지 않으며
인색하지 말아야 하겠습니다.

16. 윤회의 고리처럼 또 다시 작가의 상념으로

그러고는,
自我批判에 嚴하고도 冷情하게 가슴 여미며
輪廻의 고리처럼 또 다시 作家의 想念으로 돌아가는 것입니다.
그러면,
그렇게 反復되는 修養과 省察이 —
더 高尙하고 더 豐饒로운 삶을 營爲시키는 濃縮되고 熟成된
津한 거름으로 人生을 살지을 것입니다.

그러고는,
자아비판에 엄하고도 냉정하게 가슴 여미며
윤회의 고리처럼 또 다시 작가의 상념으로 돌아가는 것입니다.
그러면,
그렇게 반복되는 수양과 성찰이 —
더 고상하고 더 풍요로운 삶을 영위시키는 농축되고 숙성된
진한 거름으로 인생을 살지을 것입니다.

　　　　　　　# 인생과 소설

❖❖❖❖❖

대저,
사람의 삶의 이야기가 소설이라면
한 사람의 삶의 이야기는 한 권의 소설 같은 것!
그러므로 —
사람은 각자 자기소설의 작가요 또한 주인공입니다.
아무도 대필할 수 없고 — 대역할 수 없는 —

❖❖❖❖❖

그러한 삶의 이야기 — 인생소설은 —
순간순간 모두가 실재의 현실이며,
세월의 흐름 속에 차곡차곡 점철되는 스크린 같은 것이어서
예행연습이 있을 수 없고, 재생할 수도, 편집할 수도 없습니다.
그래서 인생은 장난일 수 없으며, 농담일 수 없습니다.

❖❖❖❖❖

다시 말하면,
인간의 행적 — 인생소설은 —
시간의 일방진행 속에서 남겨지는 흔적이기에
시간의 역행이 이루어질 수 없는 한
돌이킬 수 없으며 수정할 수 없습니다.
그래서 아마도 —
인생은 진지하고 신중할 것이며
인간은 모름지기 사고의 존재일 것입니다.

❖❖❖❖❖

앞으로의 삶의 이야기 ― 인생행로는 ―
알 수 없는 미로요 끝없는 여로지만,
그 경우가 어떨지라도 ―
살아온 날들의 감상으로, 지나온 애기들의 회고로,
자신의 좌표를 확인해 갈 수 있겠기에
도리질하는 몸부림으로 ―
서성이는 발돋움으로 ―
퍼덕이는 나래 짓으로 ―
더러는, 때로는, 다소간은,
그 진행방향을 조종해 나아갈 수 있겠습니다.
그래서 ― 인간은, 인생은,
그것이 다행이며 희망입니다.
그것이 기회요, 구원이며, 은총이라 하겠습니다.

❖❖❖❖❖

그러므로 사람들은 저마다
'어디로 갈 것인가?'
'어떻게 갈 것인가?'
'내 인생이야기 어떤 소설이련가?'
그것을, 고민하고 의문합니다.
그것을 ―
내가 해야 하기에,
내가 그것을 해야 하기에,
그래서 인생은 더 더욱 진지하고 신중할 것이며
그래서 인간은 더 더욱 깊은 사고의 존재일 것입니다.

❖❖❖❖❖

그러하게 영위해가는 것!
그것이 인생이기에—
내가, 지금, 여기에, 이렇게 있는 것, 있게 된 것은,
남의 탓이 아니며, 운명의 탓만도 아닙니다.
분명
절반의 몫은 나의 것, 나의 탓에 있습니다.

❖ ❖ ❖ ❖ ❖

지난 날 돌아보며 오는 날 내다보라!
잘 된 것 무엇이며, 못 된 것 무엇인가 ?
잘 된 것은 진실로 잘 된 것이며, 못 된 것은 진실로 못 된 것인가?
잘 된 것, 못 된 것의 분별기준은 무엇이며,
그 기준에 잘못은 없는가?
그래서—
조심스레 묻노니, 오늘의 네 인생이야기 진정 어떤 소설이던가?

❖ ❖ ❖ ❖ ❖

"보람 있는 삶을 위하여—
 후회 없는 삶을 위하여—
 행복을 위하여—
 영광을 위하여—
 그리고
 그 어떤 경우라도 정녕 바른 삶을 위하여—"
어느 한적한 해안에서도, 적막의 뜨락에서도,
인간은, 언제나 항상 절실히 번민하는 명제 앞에 있게 됩니다.

"어떻게 살 것인가!?" 라는—

❖❖❖❖❖
그러므로 인간은,
자기소설의 작가면서 또한 독자여야 합니다.
그러므로 인간은,
자기연극의 주인공이면서 또한 관객이어야 합니다.
작가로 구상하고 주인공으로 그 역을 수행하더라도
언제나,
독자로 — 관객으로 — 감상하고 평가함에 게으르지 않으며
인색하지 말아야하겠습니다.

❖❖❖❖❖
그리고는,
자아비판에 엄하고도 냉정하게 가슴여미며
윤회의 고리처럼 또 다시 작가의 상념으로 돌아가는 것입니다.
그러면,
그렇게 반복되는 수양과 성찰이
더 고상하고 더 풍요로운 삶을 영위시키는 농축되고 숙성된
진한 거름으로 인생을 살지울 것입니다.

어떻게 살 것인가?_(기본)

[17~21]

17. 삶의 정도(正道)

"어떻게 살 것인가!?"

'卑怯하지 아니하고, 卑屈하지 아니하게 ―
하늘에 고개 들어 부끄럼 없고,
땅에 고개 숙여 羞恥 없게 ―' 그렇게 살면 좋겠습니다.
언제, 어디서나,
堂堂하고 떳떳한, 堂堂할 수 있고 떳떳할 수 있는,
그러한 마음의 샘터가 그것이겠습니다.
良心의 根源이 그것이며, 自尊의 發露가 그것이겠습니다.
그러고 보니 ― 그것이, 삶의 正道이겠습니다.

"어떻게 살 것인가!?"

'비겁하지 아니하고, 비굴하지 아니하게 ―
하늘에 고개 들어 부끄럼 없고,
땅에 고개 숙여 수치 없게 ―' 그렇게 살면 좋겠습니다.
언제, 어디서나,
당당하고 떳떳한, 당당할 수 있고 떳떳할 수 있는,
그러한 마음의 샘터가 그것이겠습니다.
양심의 근원이 그것이며, 자존의 발로가 그것이겠습니다.
그러고 보니 ― 그것이, 삶의 정도이겠습니다.

18. 진정 황홀한 인생의 풍요는?

堂堂하고 떳떳한, 堂堂할 수 있고 떳떳할 수 있는,

그러한 情緖 속에서, 土壤 속에서, 비로소,

眞正한 滿足과, 自信과, 喜悅과, 矜持와, 보람과 ―

그러한 열매들이, 價値들이,

地平 위로 鮮明히 浮上되고 照明되리라!

그리고 그 良心의 텃밭에서 虛失 없이 영글어 가리라!

그래서 ―

여문 열매 속의 꽉 찬 內功처럼 眞正한 自由, 平和, 解放, 安息 같은

그런 結晶들이, 價値들이, 收穫의 바구니에 담차 오르리니 ―

人生에 있어서 眞正으로 恍惚한 豊饒가 丁寧 이것이리라!

당당하고 떳떳한, 당당할 수 있고 떳떳할 수 있는,

그러한 정서 속에서, 토양 속에서, 비로소,

진정한 만족과 자신과, 희열과, 긍지와, 보람과―.

그러한 열매들이, 가치들이,

지평 위로 선명히 부상되고 조명되리라!

그리고 그 양심의 텃밭에서 허실 없이 영글어 가리라!

그래서―

여문 열매 속의 꽉 찬 내공처럼 진정한 자유, 평화, 해방, 안식 같은

그런 결정들이, 가치들이, 수확의 바구니에 담차 오르리니―

인생에 있어서 진정으로 황홀한 풍요가 정녕 이것이리라!

19. 진정한 자존은?

그러므로 自尊은 — 眞正한 自尊은 —
卑怯하지 않으며 , 卑屈하지 않는 —
하늘에 고개 들어 부끄럼 없고, 땅에 고개 숙여 羞恥 없는 —
그래서
每事에서 堂堂하고 떳떳한,
必히 그렇게 하게하는 그것이겠습니다.

그러므로 자존은 - 진정한 자존은 -
비겁하지 않으며, 비굴하지 않는 -
하늘에 고개 들어 부끄럼 없고, 땅에 고개 숙여 수치 없는 -
그래서
매사에서 당당하고 떳떳한,
필히 그렇게 하게하는 그것이겠습니다.

20. 진정한 의미의 자존심이란?

그러므로 眞正으로 自尊의 마음을 所有한 者는,
卽 自尊心을 가진 者는,
'卑怯하지 않으며, 卑屈하지 않습니다.'
'부끄러움을 行하지 않으며, 羞恥스러움을 作하지 아니합니다.'
이것이
眞正 自尊心을 所有하고 表現하는 者의
바른 姿勢요, 處世이겠습니다.

그러므로 진정으로 자존의 마음을 소유한 자는,
즉 자존심을 가진 자는,
'비겁하지 않으며, 비굴하지 않습니다.'
'부끄러움을 행하지 않으며, 수치스러움을 작하지 아니합니다.'
이것이
진정 자존심을 소유하고 표현하는 자의
바른 자세요, 처세이겠습니다.

21. 진정, 당당하고 떳떳한 양심이란?

살다가 或如 ,
自尊이 必要하거든 , 그것이 要求되거든 ,
그리고, "어떻게 살 것인가!?"의 岐路에 서게 되거든,
必히 —
"卑怯하지 않으며, 卑屈하지 아니하게!"
"하늘에 고개 들어 부끄럼 없게, 땅에 고개 숙여 羞恥 없게!" 라는
말의 뜻을 새기며 그 길을 따라가 보십시오!
堂堂하고 떳떳함이 — 呵責 없는 良心의 平靜이 — 平穩한 마음의
安息이 — 頉 없는 바른 삶이 —
환한 微笑 지으며 오솔길 저만치서 同行을 기다릴 것입니다.

살다가 혹여 ,
자존이 필요하거든 , 그것이 요구되거든 ,
그리고 어떻게 살 것인가!?의 기로에 서게 되거든,
필히 –
"비겁하지 않으며, 비굴하지 아니하게!"
"하늘에 고개 들어 부끄럼 없게, 땅에 고개 숙여 수치 없게!" 라는 말의
뜻을 새기며 그 길을 따라가 보십시오!
당당하고 떳떳함이 – 가책 없는 양심의 평정이 – 평온한 마음의 안식
이 – 탈 없는 바른 삶이 –
환한 미소 지으며 오솔길 저만치서 동행을 기다릴 것입니다.

⑰~㉑　어떻게 살 것인가?_(기본)

❖❖❖❖❖

"어떻게 살 것인가!?"

'비겁하지 아니하고, 비굴하지 아니하게 ―
하늘에 고개 들어 부끄럼 없고,
땅에 고개 숙여 수치 없게 ―' 그렇게 살면 좋겠습니다.
언제, 어디서나,
당당하고 떳떳한, 당당할 수 있고 떳떳할 수 있는,
그러한 마음의 샘터가 그것이겠습니다.
양심의 근원이 그것이며, 자존의 발로가 그것이겠습니다.
그리고 보니 ― 그것이, 삶의 정도이겠습니다.

❖❖❖❖❖

당당하고 떳떳한, 당당할 수 있고 떳떳할 수 있는,
그러한 정서 속에서, 토양 속에서, 비로소,
진정한 만족과, 자신과, 희열과, 긍지와, 보람과 ―
그러한 열매들이, 가치들이,
지평 위로 선명히 부상되고 조명되리라!
그리고 그 양심의 텃밭에서 허실 없이 영글어 가리라!
그래서 ―
여문 열매 속의 꽉 찬 내공처럼 진정한 자유, 평화, 해방, 안식 같은
그런 결정들이, 가치들이, 수확의 바구니에 담차 오르리니 ―
인생에 있어서 진정으로 황홀한 풍요가 정녕 이것이리라!

❖❖❖❖❖

그러므로 자존은 — 진정한 자존은 —
비겁하지 않으며, 비굴하지 않는 —
하늘에 고개 들어 부끄럼 없고, 땅에 고개 숙여 수치 없는 —
그래서
매사에서 당당하고 떳떳한,
필히 그렇게 하게하는 그것이겠습니다.

❖❖❖❖❖

그러므로 진정으로 자존의 마음을 소유한 자는,
즉 자존심을 가진 자는,
'비겁하지 않으며, 비굴하지 않습니다.'
'부끄러움을 행하지 않으며, 수치스러움을 작하지 아니합니다.'
이것이 진정 자존심을 소유하고 표현하는 자의
바른 자세요, 처세이겠습니다.

❖❖❖❖❖

살다가 혹여,
자존이 필요하거든, 그것이 요구되거든,
그리고, "어떻게 살 것인가!?"의 기로에 서게 되거든,
필히 —
"비겁하지 않으며, 비굴하지 아니하게!"
"하늘에 고개 들어 부끄럼 없게, 땅에 고개 숙여 수치 없게!"라는 말의 뜻을
새기며 그 길을 따라가 보십시오!
당당하고 떳떳함이 — 가책 없는 양심의 평정이 — 평온한 마음의 안식이 —
탈 없는 바른 삶이 —
환한 미소 지으며 오솔길 저만치서 동행을 기다릴 것입니다.

어떻게 살 것인가?_(발전)
[22~26]

22. 가슴에 정원 하나를 ―

流浪의 막다른 路程에서 ― 想念의 벼랑 끝에서 ―
아직도 갈 길 모르는 길손이어든,
조그만 庭園 하나를 가슴에 펼치시고
그 庭園을 가꾸고 보살피는 庭園師가 되십시오!
宇宙보다도 멀고 自然보다도 넓은 길이 또한 거기에 있습니다.
그 길을 發見하시고 그 길을 가 보십시오!

유랑의 막다른 노정에서 ― 상념의 벼랑 끝에서 ―
아직도 갈 길 모르는 길손이어든,
조그만 정원 하나를 가슴에 펼치시고
그 정원을 가꾸고 보살피는 정원사가 되십시오!
우주보다도 멀고 자연보다도 넓은 길이 또한 거기에 있습니다.
그 길을 발견하시고 그 길을 가 보십시오!

23. 세상의 객으로부터 주인으로의 전환

絶望과 苦惱와 無常의 뒤안길에서 — 悔恨의 가파른 언덕길에서 —
그 길의 發見은 — 그 길의 行步는 —
낡은 路程의 끝이 아니고, 새로운 旅程의 始作입니다.
생각의 길이요 마음의 길이며
內面의 길이요 情緒의 길입니다.
밖으로부터 안으로의 轉換이며
안겨야했던 世上에서 안아야하는 世界로의 轉換입니다.
그것은 分明, 客으로부터 主人으로의 轉換!
世上의 主人으로의 轉換입니다.

절망과 고뇌와 무상의 뒤안길에서 - 회한의 가파른 언덕길에서 -
그 길의 발견은 - 그 길의 행보는 -
낡은 노정의 끝이 아니고, 새로운 여정의 시작입니다.
생각의 길이요 마음의 길이며
내면의 길이요 정서의 길입니다.
밖으로부터 안으로의 전환이며
안겨야했던 세상에서 안아야하는 세계로의 전환입니다.
그것은 분명, 객으로부터 주인으로의 전환!
세상의 주인으로의 전환입니다.

24. 가슴의 문을 열고 마음의 눈[心眼(심안)]을 떠라!

그러므로

가슴의 門(마음의 門, 心門)을 열고, 마음의 눈(心眼)을 뜨십시오!

가슴의 庭園(心庭)에서 온갖 情緒가 더불게 하십시오!

더 이상 索漠하고 荒廢한 뜰이 아니며, 朔風의 언덕 暴風의 山河가

아니게 하십시오!

가장 平和롭고 豊饒로운 調和의 庭園을 이루려는 —

精誠으로, 熱情으로, 素望으로 —

저 — 命題의, 저 — 煩悶의, 答을 求하십시오!

"어떻게 살 것인가?"

어쩌면 —

아마도 —

그 答이 이미 거기 있으리라! — 이미 그 答을 살고 있으리라!

그러므로

가슴의 문(마음의 문, 심문)을 열고, 마음의 눈(심안)을 뜨십시오!

가슴의 정원(심정)에서 온갖 정서가 더불게 하십시오!

더 이상 삭막하고 황폐한 뜰이 아니며, 삭풍의 언덕 폭풍의 산하가 아니

게 하십시오!

가장 평화롭고 풍요로운 조화의 정원을 이루려는 —

정성으로, 열정으로, 소망으로 —

저 — 명제의, 저 — 번민의, 답을 구하십시오!

"어떻게 살 것인가?"

어쩌면 –
아마도 –
그 답이 이미 거기 있으리라! – 이미 그 답을 살고 있으리라!

25. 심안의 세계는 무한이며, 그 무한이 곧 영원입니다.

따뜻한 情으로 별 되게
맑은 마음으로 샘 되게
그윽한 눈물로 단비 되게 하십시오!
가슴으로 摩擦하고 가슴으로 돌보십시오!
肉眼의 世上은 有限하나 — 心眼의 世上은 無限하나니 —
肉眼을 넘어서 心眼으로 — 心眼을 따라서 無限으로 —
그렇게 펼쳐가는 無限이 곧 永遠입니다. —"永遠"—

따뜻한 정으로 별 되게
맑은 마음으로 샘 되게
그윽한 눈물로 단비 되게 하십시오!
가슴으로 마찰하고 가슴으로 돌보십시오!
육안의 세상은 유한하나 – 심안의 세상은 무한하나니 –
육안을 넘어서 심안으로 – 심안을 따라서 무한으로 –
그렇게 펼쳐가는 무한이 곧 영원입니다. –"영원"–

26. 감동을 주는 자와 동행하며 감동적인 얘기로 인생을 엮으십시오!

'無限을 좇아서 永遠으로!!! ─'
그 가는 길에는 必히
感動을 주는 者와 同行하며, 感動的인 얘기로 人生을 엮으십시오!
그리하여서 ─
香料로 가득한 香爐처럼 끝없는 香氣로 피어나십시오!
順하지만 純粹한, 잔잔하지만 긴긴,
그러나 때로는 津한 感動의 香氣로 ─
그렇게 피어나는 그 香氣가 敎養이요 人品이요 人格입니다.
당신의 人生에서 당신이 풍기는 당신의 내음입니다.

'무한을 좇아서 영원으로!!! ─'
그 가는 길에는 필히
감동을 주는 자와 동행하며, 감동적인 얘기로 인생을 엮으십시오!
그리하여서 ─
향료로 가득한 향로처럼 끝없는 향기로 피어나십시오!
순하지만 순수한, 잔잔하지만 긴긴,
그러나 때로는 진한 감동의 향기로 ─
그렇게 피어나는 그 향기가 교양이요 인품이요 인격입니다.
당신의 인생에서 당신이 풍기는 당신의 내음입니다.

㉒~㉖　어떻게 살 것인가?＿(발전)

❖❖❖❖❖

유랑의 막다른 노정에서 — 상념의 벼랑 끝에서 —
아직도 갈 길 모르는 길손이어든,
조그만 정원 하나를 가슴에 펼치시고
그 정원을 가꾸고 보살피는 정원사가 되십시오!
우주보다도 멀고 자연보다도 넓은 길이 또한 거기에 있습니다.
그 길을 발견하시고 그 길을 가 보십시오!

❖❖❖❖❖

절망과 고뇌와 무상의 뒤안길에서 — 회한의 가파른 언덕길에서 —
그 길의 발견은 — 그 길의 행보는 —
낡은 노정의 끝이 아니고, 새로운 여정의 시작입니다.
생각의 길이요 마음의 길이며
내면의 길이요 정서의 길입니다.
밖으로부터 안으로의 전환이며
안겨야했던 세상에서 안아야하는 세계로의 전환입니다.
그것은 분명, 객으로부터 주인으로의 전환!
세상의 주인으로의 전환입니다.

❖❖❖❖❖

그러므로
가슴의 문(마음의 문, 심문)을 열고, 마음의 눈(심안)을 뜨십시오!
가슴의 정원(심정)에서 온갖 정서가 더불게 하십시오!
더 이상 삭막하고 황폐한 뜰이 아니며, 삭풍의 언덕 폭풍의 산하가 아니게 하십시오!
가장 평화롭고 풍요로운 조화의 정원을 이루려는 —
정성으로, 열정으로, 소망으로 —
저 — 명제의, 저 — 번민의, 답을 구하십시오!
"어떻게 살 것인가?"
어쩌면 —
아마도 —
그 답이 이미 거기 있으리라! — 이미 그 답을 살고 있으리라!

❖ ❖ ❖ ❖ ❖

따뜻한 정으로 볕 되게
맑은 마음으로 샘 되게
그윽한 눈물로 단비 되게 하십시오!
가슴으로 마찰하고 가슴으로 돌보십시오!
육안의 세상은 유한하나 — 심안의 세상은 무한하나니 —
육안을 넘어서 심안으로 — 심안을 따라서 무한으로 —
그렇게 펼쳐가는 무한이 곧 영원입니다. — "영원" —

❖ ❖ ❖ ❖ ❖

'무한을 좇아서 영원으로 !!! —'
그 가는 길에는 필히
감동을 주는 자와 동행하며, 감동적인 얘기로 인생을 엮으십시오!
그리하여서 —
향료로 가득한 향로처럼 끝없는 향기로 피어나십시오!
순하지만 순수한, 잔잔하지만 긴긴,
그러나 때로는 진한 감동의 향기로 —
그렇게 피어나는 그 향기가 교양이요 인품이요 인격입니다.
당신의 인생에서 당신이 풍기는 당신의 내음입니다.

낙원

[27~34]

27. 낙원은 어디에 — 낙원에 이르는 길은!

激浪은 잠들고, 暴風도 雷聲도 사라진,
그런 가슴에 樂園이 있습니다.
그 가슴이 樂園입니다.
가슴을 다듬어 樂園을 이루는— 樂園에 이르는—
그 길 참으로 孤高한 길이요 忍苦의 길이지만,
그 길을 가야만 樂園에 이릅니다.

격랑은 잠들고, 폭풍도 뇌성도 사라진,
그런 가슴에 낙원이 있습니다.
그 가슴이 낙원입니다.
가슴을 다듬어 낙원을 이루는— 낙원에 이르는—
그 길 참으로 고고한 길이요 인고의 길이지만,
그 길을 가야만 낙원에 이릅니다.

28. 낙원이란?

樂園은 大體로—
사랑과 平和와 豊饒와 安息이며, 그것들의 동산이요 샘터입니다.
그래서
곳마다, 滿足이요 喜悅이요 驚異요 感動이며
때마다, 幸福이요 希望이요 榮光입니다.
그래서 樂園은,
人間의 神에 向한 素望이요 祈願이며
神의 人間에 對한 祝福이요 恩寵입니다.
"燦爛한 祝福이요 完璧한 恩寵" 입니다.

낙원은 대체로—
사랑과 평화와 풍요와 안식이며, 그것들의 동산이요 샘터입니다.
그래서
곳마다, 만족이요 희열이요 경이요 감동이며
때마다, 행복이요 희망이요 영광입니다.
그래서 낙원은,
인간의 신에 향한 소망이요 기원이며
신의 인간에 대한 축복이요 은총입니다.
"찬란한 축복이요 완벽한 은총"입니다.

29. 인생은 허상을 영위하더라도,
인간은 실상을 수확하게 됩니다.

樂園은,
꿈이요 抽象이며 虛像일 수 있지만,
切實히 要求하고 執拗히 要求되는 實像입니다.
"人生은 營爲하는 것!"이어서 — 人生은 虛像을 營爲하더라도,
人間은 實像을 收穫하게 됩니다.
炭素同化作用(光合成)이라는 虛像의 耕作으로, 열매라는 實像을
키우고 收穫하는 植物들의 그것처럼 —.

낙원은,
꿈이요 추상이요 허상일 수 있지만,
절실히 요구하고 집요히 요구되는 실상입니다.
"인생은 영위하는 것!"이어서 — 인생은 허상을 영위하더라도,
인간은 실상을 수확하게 됩니다.
탄소동화작용(광합성)이라는 허상의 경작으로, 열매라는 실상을 키우
고 수확하는 식물들의 그것처럼 —.

30. 낙원은 발견되는 것이 아니라, 만들어서 간직하는 것

樂園을 찾아서 —
아무리 애타게 憧憬하고 渴望하여도,
世上은 彷徨일 뿐 어디에도 樂園은 없습니다.
樂園은,
이미 있는 것(旣存)이 아니며,
따라서 發見되는 것이 아닙니다.
自身을 — 가슴을 —
끝없이 다듬고 耕作하여 만드는, 수고하고 忍耐하여 얻어내는,
겨운 忍苦의 벅찬 열매인 것입니다.

낙원을 찾아서 —
아무리 애타게 동경하고 갈망하여도,
세상은 방황일 뿐 어디에도 낙원은 없습니다.
낙원은,
이미 있는 것 (기존)이 아니며,
따라서 발견되는 것이 아닙니다.
자신을 — 가슴을 —
끝없이 다듬고 경작하여 만드는, 수고하고 인내하여 얻어내는,
겨운 인고의 벅찬 열매인 것입니다.

31. 오직, 합당함만이 우리를 온전히 인도하리니!

樂園에 到達하고, 福樂을 누림은―

願한다고 다 이르는 것 아니며, 이르렀다고 다 누리는 것 아닙니다.

合當하지 않으면 到達할 수 없고,

合當하지 않으면 누릴 수 없느니―!

丁寧 구하겠거든,

求하는 每事에서 合當함을 찾아서 좇으십시오!

오직, 合當함만이 우리를 바르게 引導하리니―!

낙원에 도달하고, 복락을 누림은-

원한다고 다 이르는 것 아니며, 이르렀다고 다 누리는 것 아닙니다.

합당하지 않으면 도달할 수 없고,

합당하지 않으면 누릴 수 없느니-!

정녕 구하겠거든,

구하는 매사에서 합당함을 찾아서 좇으십시오!

오직, 합당함만이 우리를 바르게 인도하리니-!

32. 만일 ― 낙원을 원하거든 ―

樂園을 바라거든,
樂園으로 通하는 合當함을 願하거든,
"樂園이 어디냐?"고 묻지 마시고
"樂園이 무어냐?"고 물으십시오!
묻고 또 물으면서 ―
그렇게 찾아가는 수고와 忍耐로 攄得하는 ― 깨달음과
그 깨달음이 쌓이고 展開될 ― 謙虛로 空虛로운 빈 가슴을
豫備하십시오!
樂園의 素材가 그것이며, 樂園을 耕作할 터전이 그곳입니다.

낙원을 바라거든,
낙원으로 통하는 합당함을 원하거든,
"낙원이 어디냐 ?"고 묻지 마시고
"낙원이 무어냐 ?"고 물으십시오!
묻고 또 물으면서 ―
그렇게 찾아가는 수고와 인내로 터득하는 ― 깨달음과
그 깨달음이 쌓이고 전개될 ― 겸허로 공허로운 빈 가슴을
예비하십시오!
낙원의 소재가 그것이며, 낙원을 경작할 터전이 그곳입니다.

33. 낙원의 터전은? ―

謙虛로 비워진 가슴 ― 그 高尚한 空虛가 ―
樂園을 다듬을 터전이며 ― 樂園을 反映할 湖水입니다.
거기가 樂園이며 ― 그것이 樂園입니다.
온갖 情緒가 生成消滅하고 出發歸結하는 ―
그러나 謙虛로 限 없이 空虛로운 ― 그 空間에서, 그 周邊에서
樂園은 언제나 徘徊하면서 기다립니다.
느끼지 못하더라도 ― 누리지 못하더라도 ―.

겸허로 비워진 가슴 ― 그 고상한 공허가 ―
낙원을 다듬을 터전이며 ― 낙원을 반영할 호수입니다.
거기가 낙원이며 ― 그것이 낙원입니다
온갖 정서가 생성소멸하고 출발귀결하는 ―
그러나 겸허로 한 없이 공허로운 ― 그 공간에서, 그 주변에서
낙원은 언제나 배회하면서 기다립니다.
느끼지 못하더라도 ― 누리지 못하더라도 ―.

34. 실(失)낙원과 실(實)낙원

또한 樂園은,
湖水속의 風景처럼 그렇게 — 가슴에 反映되는 藝術입니다.
그러므로
출렁이는 水面처럼, 混濁한 湖水처럼,
混亂한 가슴에는, 混濁한 가슴에는 — 樂園이 없습니다.
[失樂園].
眞正,
樂園을 反映할 가슴은 — 樂園을 孕胎하고 간직할 가슴은 —
언제나 —
저 — 傳說 속의 湖水처럼 맑고 純粹하며 잔잔해야 하는 것!
[實樂園].

또한 낙원은,
호수속의 풍경처럼 그렇게 – 가슴에 반영되는 예술입니다.
그러므로
출렁이는 수면처럼, 혼탁한 호수처럼,
혼란한 가슴에는, 혼탁한 가슴에는– 낙원이 없습니다. 〔실(失)낙원〕.
진정,
낙원을 반영할 가슴은– 낙원을 잉태하고 간직할 가슴은–
언제나–
저– 전설 속의 호수처럼 맑고 순수하며 잔잔해야 하는 것! 〔실(實)낙
원〕.

낙원

❖❖❖❖❖

격랑은 잠들고, 폭풍도 뇌성도 사라진,
그런 가슴에 낙원이 있습니다.
그 가슴이 낙원입니다.
가슴을 다듬어 낙원을 이루는 — 낙원에 이르는 —
그 길 참으로 고고한 길이요 인고의 길이지만,
그 길을 가야만 낙원에 이릅니다.

❖❖❖❖❖

낙원은 대체로 —
사랑과 평화와 풍요와 안식이며, 그것들의 동산이요 샘터입니다.
그래서 ,
곳마다, 만족이요 희열이요 경이요 감동이며
때마다, 행복이요 희망이요 영광입니다.
그래서 낙원은,
인간의 신에 향한 소망이요 기원이며
신의 인간에 대한 축복이요 은총입니다.
"찬란한 축복이요 완벽한 은총"입니다.

❖❖❖❖❖

낙원은,
꿈이요 추상이며 허상일 수 있지만,
절실히 요구하고 집요히 요구되는 실상입니다.
"인생은 영위하는 것!"이어서 — 인생은 허상을 영위하더라도,

인간은 실상을 수확하게 됩니다.
탄소동화작용(광합성)이라는 허상의 경작으로, 열매라는 실상을 키우고
수확하는 식물들의 그것처럼 —.

❖❖❖❖❖

낙원을 찾아서 —
아무리 애타게 동경하고 갈망하여도,
세상은 방황일 뿐 어디에도 낙원은 없습니다.
낙원은,
이미 있는 것(기존)이 아니며,
따라서 발견되는 것이 아닙니다.
자신을 — 가슴을 —
끝없이 다듬고 경작하여 만드는, 수고하고 인내하여 얻어내는,
겨운 인고의 벅찬 열매인 것입니다.

❖❖❖❖❖

낙원에 도달하고, 복락을 누림은 —
원한다고 다 이르는 것 아니며, 이르렀다고 다 누리는 것 아닙니다.
합당하지 않으면 도달할 수 없고,
합당하지 않으면 누릴 수 없느니 —!
정녕 구하겠거든,
구하는 매사에서 합당함을 찾아서 좇으십시오!
오직, 합당함만이 우리를 바르게 인도하리니 —!

❖❖❖❖❖

낙원을 바라거든,
낙원으로 통하는 합당함을 원하거든
"낙원이 어디냐?"고 묻지 마시고

"낙원이 무어냐?"고 물으십시오!
묻고 또 물으면서 ―
그렇게 찾아가는 수고와 인내로 터득하는 ― 깨달음과
그 깨달음이 쌓이고 전개될 ― 겸허로 공허로운 빈 가슴을
예비하십시오!
낙원의 소재가 그것이며, 낙원을 경작할 터전이 그곳입니다.

❖ ❖ ❖ ❖ ❖

겸허로 비워진 가슴 ― 그 고상한 공허가 ―
낙원을 다듬을 터전이며 ― 낙원을 반영할 호수입니다.
거기가 낙원이며 ― 그것이 낙원입니다.
온갖 정서가 생성소멸하고, 출발귀결하는,
그러나 겸허로 한없이 공허로운 ― 그 공간에서 ― 그 주변에서 ―
낙원은 언제나 배회하면서 기다립니다.
느끼지 못하더라도 ― 누리지 못하더라도 ―.

❖ ❖ ❖ ❖ ❖

또한 낙원은,
호수속의 풍경처럼 그렇게 ― 가슴에 반영되는 예술입니다.
그러므로
출렁이는 수면처럼 ― 혼탁한 호수처럼 ―
혼란한 가슴에는 ― 혼탁한 가슴에는 ― 낙원이 없습니다. [실(失)낙원].
진정,
낙원을 반영할 가슴은 ― 낙원을 잉태하고 간직할 가슴은 ―
언제나 ―
저 ― 전설 속의 호수처럼 맑고 순수하며 잔잔해야 하는 것! [실(實)낙원].

고행

[35~36]

35. 운명의 조건과 인생의 시험대

世上波濤가 끝없는 限, 世波의 試鍊은 끝없고
끝없는 試鍊의 波濤는,
萬感을 일으키며 가슴을 흔듭니다. 두드립니다.
世上은 온통—
挫折하라 흔들고 絶望하라 두드리는
挫折의 늪이요 絶望의 수렁이며 脫樂園의 덫입니다 .
이러한 것이—
人生에는 提示되는 條件이며,
人間에게는 試驗臺라고 하겠습니다.

세상파도가 끝없는 한, 세파의 시련은 끝없고
끝없는 시련의 파도는,
만감을 일으키며 가슴을 흔듭니다. 두드립니다.
세상은 온통—
좌절하라 흔들고 절망하라 두드리는
좌절의 늪이요 절망의 수렁이며 탈낙원의 덫입니다.
이러한 것이—
인생에는 제시되는 조건이며,
인간에게는 시험대라고 하겠습니다.

36. 좌절과 절망을 넘어서 끈질기게 가십시오!(지혜의 끝까지— 의지의 한계까지— 최후의 순간까지—)

試鍊과 苦難이 苛酷할지라도 — 挫折과 絶望을 넘어서 가십시오!

挫折하지 않을 수 없고, 絶望하지 않을 수 없더라도,

차라리, 切實히 感想하고 吟味하면서 —

觀照하는 修道者의 苦行과 忍耐처럼 — 그렇게 가십시오!

智慧의 끝까지 —! 意志의 限界까지 —! 最後의 瞬間까지 —!

그리하면

그 끝에 비로소 超然의 門이 있습니다. "超然의 門!"

시련과 고난이 가혹할지라도 – 좌절과 절망을 넘어서 가십시오!

좌절하지 않을 수 없고, 절망하지 않을 수 없더라도,

차라리, 절실히 감상하고 음미하면서 –

관조하는 수도자의 고행과 인내처럼 – 그렇게 가십시오!

지혜의 끝까지 –! 의지의 한계까지 –! 최후의 순간까지 –!

그리하면

그 끝에 비로소 초연의 문이 있습니다. "초연의 문!"

㉟~㊱ 고행

❖❖❖❖❖

세상파도가 끝없는 한, 세파의 시련은 끝없고
끝없는 시련의 파도는,
만감을 일으키며 가슴을 흔듭니다. 두드립니다.
세상은 온통 —
좌절하라 흔들고 절망하라 두드리는
좌절의 늪이요 절망의 수렁이며 탈낙원의 덫입니다.
이러한 것이 —
인생에는 제시되는 조건이며,
인간에게는 시험대라고 하겠습니다.

❖❖❖❖❖

시련과 고난이 가혹할지라도 — 좌절과 절망을 넘어서 가십시오!
좌절하지 않을 수 없고, 절망하지 않을 수 없더라도.
차라리, 절실히 감상하고 음미하면서 —
관조하는 수도자의 고행과 인내처럼 —그렇게 가십시오!
지혜의 끝까지 —! 의지의 한계까지 —! 최후의 순간까지 —!
그리하면
그 끝에 비로소 초연의 문이 있습니다. "초연의 문!"

신__하느님
[37~62]

37. 신과 인간의 만남

最善을 다하고 忍耐를 다한 最後의 瞬間에 —
人間의 것을 다한 그곳에서 —
알 듯 모를 듯, 人間의 것이 아닌 그 무엇을 느끼게 됩니다.
神의 손길이며 — 그것의 認識입니다.
神의 接觸이며 — 그것의 交感입니다.
神에게 가장 近接한 거리까지 接近한, 흔치 아니하고 쉽지 아니한
낯선 經驗이며 느낌입니다.
神과의 關係 即, 만남인 것입니다.

최선을 다하고 인내를 다한 최후의 순간에 —
인간의 것을 다한 그곳에서 —
알 듯 모를 듯, 인간의 것이 아닌 그 무엇을 느끼게 됩니다.
신의 손길이며 — 그것의 인식입니다.
신의 접촉이며 — 그것의 교감입니다.
신에게 가장 근접한 거리까지 접근한, 흔치 아니하고 쉽지 아니한
낯선 경험이며 느낌입니다.
신과의 관계 즉, 만남인 것입니다.

38. 인간과, 인간적인 것의 한계의 끝은
그대로 끝이 아닙니다

人間에게는 ― 人間으로서의 限界가 있습니다.

그러나 그것은 人間의 限界일 뿐,

人間의 限界의 끝은, 그대로 끝이 아닙니다.

人間이 登場한 舞臺와, 人間을 投映한 背景의 延長線은 그대로입
니다.

人間的인 것의 限界의 끝 또한 끝이 아니며

그 限界를 包含한 延長線은 그대로입니다.

文明과 文化를 包含하고 ― 그것을 넘어서 自然으로 宇宙로 ―

有限을 包含하고 ― 그것을 넘어서 無限으로 ―

瞬間을 包含하고 ― 그것을 넘어서 永遠으로 ―

人間界를 包含하고 ― 그것을 넘어서 仙界로, 神界로 ―

그러니까

人間의, 人間的인 것의 限界는

人間의, 人間的인 것의 限界일 뿐

世上은, 人間의 限界와는 無關한 超人格의 世上입니다.

인간에게는 ― 인간으로서의 한계가 있습니다.

그러나 그것은 인간의 한계일 뿐,

인간의 한계의 끝은, 그대로 끝이 아닙니다.

인간이 등장한 무대와, 인간을 투영한 배경의 연장선은 그대로입니다.

인간적인 것의 한계의 끝 또한 끝이 아니며
그 한계를 포함한 연장선은 그대로입니다.
문명과 문화를 포함하고- 그것을 넘어서 자연으로 우주로-
유한을 포함하고- 그것을 넘어서 무한으로-
순간을 포함하고- 그것을 넘어서 영원으로-
인간계를 포함하고- 그것을 넘어서 선계로, 신계로-
그러니까
인간의, 인간적인 것의 한계는
인간의, 인간적인 것의 한계일 뿐
세상은, 인간의 한계와는 무관한 초인격의 세상입니다.

39. 필요(必要)신론, 필수(必須)신론, 필수(必需)신론__
   필(必)신론

人間 限界의 밖을 言及하였습니다.

卽, 神의 領域과 그 存在의 可能性이 言及되었습니다.

"神은 무엇인가? 神은 무엇이며 그것은 存在인가 ?

存在라면 —그 實體는? 素材는? 所在는? 存在 理由는 무엇이며,

存在 價値는 무엇인가 ? 그 役割과 能力은 어디서부터 어디까지

인가?

神도 삶과 죽음이 있는가? 神도 運命을 가지는가? "

이렇게 좀처럼 떨칠 수 없는 많은 疑問들이 꼬리에 꼬리를 물어서

여러 가지의 假說들이 生成하겠지만,

神은 人間에게 있어서—

있으면 있는 것으로, 없어도 있어야 하는 것으로,

光明이요 希望이며 安息입니다. 그리운 별이요 아련한 燈臺이며

기댈 언덕입니다. 限없는 憧憬이요 渴望이며 至高의 理想입니다.

그러므로 神의 存在는 人間의 삶에 있어서—

없는 것(無神論) 보다— 있는 것(有神論) 이—

있는 것(有神論) 보다— 있어야 하는 것(必要神論) 이—

더 必要되고 要求됩니다.

그리고, 있어야 하는 것(必要神論)을 넘어서— 必히 있어야 하는

것(必需神論) — 그것이 곧, 存在 理由이며 價値이겠습니다.

이 또한 하나의 假說이긴 하지만,

얘기는 여기서부터 始作되겠습니다.

인간 한계의 밖을 언급하였습니다.

즉, 신의 영역과 그 존재의 가능성이 언급되었습니다.

"신은 무엇인가? 신은 무엇이며 그것은 존재인가?

 존재라면 - 그 실체는? 소재(素材)는? 소재(所在)는? 존재 이유는 무

 엇이며, 존재 가치는 무엇인가?

 그 역할과 능력은 어디서부터 어디까지인가?

 신도 삶과 죽음이 있는가? 신도 운명을 가지는가?"

이렇게 좀처럼 떨칠 수 없는 많은 의문들이 꼬리에 꼬리를 물어서 여러

가지의 가설들이 생성하겠지만,

신은 인간에게 있어서 -

있으면 있는 것으로, 없어도 있어야하는 것으로,

광명이요 희망이며 안식입니다. 그리운 별이요 아련한 등대이며 기댈

언덕입니다. 한없는 동경이요 갈망이며 지고의 이상입니다.

그러므로 신의 존재는 인간의 삶에 있어서 -

없는 것(무신론)보다 - 있는 것(유신론)이 -

있는 것(유신론)보다 - 있어야하는 것(필요신론)이 -

더 필요되고 요구됩니다.

그리고 있어야하는 것(필요신론)을 넘어서 - 필히 있어야하는 것(필수

신론) - 그것이 곧, 존재 이유이며 가치이겠습니다.

이 또한 하나의 가설이긴 하지만,

얘기는 여기서부터 시작되겠습니다.

40. 인간의 결론은 인간의 한계에서 머물고 ―

人間의 結論은 人間의 限界 속에 머무는 것!

無神論, 有神論을 論爭하기엔 이미 數많은 光陰이 交叉하였습니다.

滔滔한 反證의 흐름 같아도 科學의 물결은 ― 神性의 證明입니다.

新 發見과 發明과 發達 모두가 ― 神性 一部의 새로운 露出일 뿐,

宇宙의 이 끝에서 저 끝까지

人間이 到達할 수 없는 領域은, 神秘의 世界는, 無限히 廣闊합니다.

인간의 결론은 인간의 한계 속에 머무는 것!

무신론, 유신론을 논쟁하기엔 이미 수많은 광음이 교차하였습니다.

도도한 반증의 흐름 같아도 과학의 물결은- 신성의 증명입니다.

신 발견과 발명과 발달 모두가- 신성 일부의 새로운 노출일 뿐,

우주의 이 끝에서 저 끝까지

인간이 도달할 수 없는 영역은, 신비의 세계는, 무한히 광활합니다.

41. 관계와 존재론, 존재와 관계론

처음 그 以前부터 — 마지막 그 以後까지 —
神과 人間의 關係는, 神과 그 外의 關係처럼 —
人間과 神의 관계는, 人間과 그 外의 關係처럼 —
그렇게 連結, 結合, 合致되고 維持되겠습니다.
靈이거나 肉이거나, 有形이거나 無形이거나,
關係의 存在는 實體의 存在를,
實體의 存在는 關係의 存在를 뜻함이기에
그 中에서도 神과 人間은,
人間과 神은,
否定할 수도 分離할 수도 없는 切實한 關係의 兩 當事者이고보면
關係와 存在論 속에서, 存在와 關係論 속에서,
人間이 그러하듯
神은 存在이며 또한 實體인 것입니다.

처음 그 이전부터 – 마지막 그 이후까지 –
신과 인간의 관계는, 신과 그 외의 관계처럼 –
인간과 신의 관계는, 인간과 그 외의 관계처럼 –
그렇게 연결, 결합, 합치되고 유지되겠습니다.
영이거나 육이거나, 유형이거나 무형이거나,
관계의 존재는 실체의 존재를,
실체의 존재는 관계의 존재를 뜻함이기에
그 중에서도 신과 인간은,

인간과 신은,
부정할 수도 분리할 수도 없는 절실한 관계의 양 당사자이고보면
관계와 존재론 속에서, 존재와 관계론 속에서,
인간이 그러하듯
신은 존재이며 또한 실체인 것입니다.

42. 신과 인간의 관계

人間과 神의 關係는 人爲的이라 하더라도
神과 人間의 關係는 天爲的인 것이어서―
人爲的인 理由로 斷絶이 있을 수 없겠습니다.
그럼에도 萬一 斷絶을 試圖한다면― 그것은,
無理요 어리석음이며 失手요 잘못입니다.
神性으로 完成되었음에도 自身 속에서 神性을 排除하려들고,
그래서 結局에는 自身도 否定하게 되는 誤謬에 빠지게 됩니다.
世上事實과 論理 모두가 矛盾 속에 있게 됩니다.
이는, 世上의 破壞이며 秩序의 混亂입니다.― (惡魔의 出現)
그래서 救世의 本質은― (天使의 出現)
神과 人間과의 關係에서 關係의 斷絶을 삼가고, 關係의 疏通과 그
維持를 確保함이 첫걸음이라 하겠습니다.

인간과 신의 관계는 인위적이라 하더라도
신과 인간의 관계는 천위적인 것이어서-
인위적인 이유로 단절이 있을 수 없겠습니다.
그럼에도 만일 단절을 시도 한다면- 그것은,
무리요 어리석음이며 실수요 잘못입니다.
신성으로 완성되었음에도 자신 속에서 신성을 배제하려들고,
그래서 결국에는 자신도 부정하게 되는 오류에 빠지게 됩니다.
세상사실과 논리 모두가 모순 속에 있게 됩니다.
이는, 세상의 파괴이며 질서의 혼란입니다. - (악마의 출현)

그래서 구세의 본질은- (천사의 출현)
신과 인간과의 관계에서 관계의 단절을 삼가고, 관계의 소통과 그 유지
를 확보함이 첫걸음이라 하겠습니다.

43. 신과의 단절은?

神과의 斷絶은—

時間과 空間 어디에서도 世上과 나를 連結할 수 없고 說明할 수도 없겠습니다.

그것은, 希望이 排除되고 光明이 밀리는 ,

卽, 絶望으로 갇히고 暗黑으로 덮이는 世界입니다.

바로 여기가, 이것이 地獄이지요! — [地獄]

地獄을 알지 못하면 天國을 알 리 없고,

알더라도 벗어나지 못하면, 알더라도 臨하지 못함이리라!

신과의 단절은—

시간과 공간 어디에서도 세상과 나를 연결할 수 없고 설명할 수도 없겠습니다.

그것은, 희망이 배제되고 광명이 밀리는 ,

즉, 절망으로 갇히고 암흑으로 덮이는 세계입니다.

바로 여기가, 이것이 지옥이지요! —〔지옥〕

지옥을 알지 못하면 천국을 알 리 없고,

알더라도 벗어나지 못하면, 알더라도 임하지 못함이리라!

44. 길의 선택

그러므로 이제는,

神의 存在與否로 混亂과 是非에 말리지 마십시오!

否定과 否認의 固執으로 人生을 漆黑의 暗黑[地獄]에 끌어넣는 것은 어리석음이겠습니다.

混亂과 是非로부터 自由롭고,

暗黑에서 光明으로 — 絶望에서 希望으로 — [天國]

그렇게 引導되는 밝은 길을 選擇함은 賢明이며 슬기이겠습니다.

그것이 잘못이 아니거든,

그것을 是是非非하지 마시고, 그 길을 가기에 躊躇하지 마십시오!

天國을 向하여 갈 길은 — 義務이기도 하지만 權利이기도 하겠습니다.

그러므로 이제는,

신의 존재여부로 혼란과 시비에 말리지 마십시오!

부정과 부인의 고집으로 인생을 칠흑의 암흑[지옥]에 끌어넣는 것은 어리석음이겠습니다.

혼란과 시비로부터 자유롭고,

암흑에서 광명으로 — 절망에서 희망으로 — [천국]

그렇게 인도되는 밝은 길을 선택함은 현명이며 슬기이겠습니다.

그것이 잘못이 아니거든,

그것을 시시비비하지 마시고, 그 길을 가기에 주저하지 마십시오!

천국을 향하여 갈 길은 — 의무이기도 하지만 권리이기도 하겠습니다.

45. 신에 대하여__긍정하고 인정하며 확신하라!

神에 對하여 —

肯定과 肯認과 不信이 있거든,

그것을 밀치고 그 자리를 肯定과 認定과 確信으로 채우십시오!

이러나저러나 그대로인 것 같지만,

그로 因한 情緒는 — 內面의 世界는 — 觀念의 世界는 —

그대로가 아닙니다.

關心이 다르면 體驗이 다르고 情緒가 다르므로

關心對象에 따라 對象關係도 달라지겠습니다.

신에 대하여 —

부정과 부인과 불신이 있거든,

그것을 밀치고 그 자리를 긍정과 인정과 확신으로 채우십시오!

이러나저러나 그대로인 것 같지만,

그로 인한 정서는 — 내면의 세계는 — 관념의 세계는 —

그대로가 아닙니다.

관심이 다르면 체험이 다르고 정서가 다르므로

관심대상에 따라 대상관계도 달라지겠습니다.

46. 관계의 전환과 인생의 전환

觀心對象과 對象關係의 變化와 轉換으로―

人生의 意味와 內容과 方向 모두가 變化하고 轉換하게 됩니다.

暗黑에서 ― 光明으로

絶望에서 ― 希望으로

有限에서 ― 無限으로

瞬間에서 ― 永遠으로

死亡(죽음)에서 ― 生命(삶)으로

地上에서 ― 天國으로

現實에서 ― 理想으로 ―

바로 여기에, 저 ― 素望하고 渴求하던 ―

理想鄕(유토피아)에의, 彼岸(파라다이스)에의, 天國(헤븐)에의 길

이 보이고 있습니다. ―길을 찾은 것입니다. 門을 發見한 것입니다.

물음이 있겠지만, 이제는 물음을 멈추고 생각하십시오!

어떤 變化와 轉換이 이 길의 길잡이인가를! ―

그리고 가십시오! 行하여 가십시오!!

관심대상과 대상관계의 변화와 전환으로―

인생의 의미와 내용과 방향 모두가 변화하고 전환하게 됩니다.

암흑에서 ― 광명으로

절망에서 ― 희망으로

유한에서 ― 무한으로

순간에서 - 영원으로

사망(죽음)에서 - 생명(삶)으로

지상에서 - 천국으로

현실에서 - 이상으로 -

바로 여기에, 저 - 소망하고 갈구하던 -

이상향(유토피아)에의, 피안(파라다이스)에의 , 천국(헤븐)에의 길이

보이고 있습니다. - 길을 찾은 것입니다. 문을 발견한 것입니다.

물음이 있겠지만, 이제는 물음을 멈추고 생각하십시오!

어떤 변화와 전환이 이 길의 길잡이인가를! -

그리고 가십시오! 행하여 가십시오!!

47. 깨달음의 그날까지

萬一, 아직도 —
좀처럼 떠나지 않는 물음이 남았거든, 疑問이 남았거든,
그래도 서성이는 망설임이 남아있거든,
차라리 —
그 자리를 그냥 空白으로 두십시오!
새로운 機會와 그 可能性의 餘白으로 —
새로운 始作의 準備로 — 그 準備를 기다리는 忍耐로 —
언젠가 —
無心 中에 — 想念 中에 — 瞑想 中에 —
이윽고 깨달음 있을 그 날을 爲하여 — 그 날이 오기까지 —

만일, 아직도 —
좀처럼 떠나지 않는 물음이 남았거든, 의문이 남았거든,
그래도 서성이는 망설임이 남아있거든,
차라리 —
그 자리를 그냥 공백으로 두십시오!
새로운 기회와 그 가능성의 여백으로 —
새로운 시작의 준비로 — 그 준비를 기다리는 인내로 —
언젠가 —
무심 중에 — 상념 중에 — 명상 중에 —
이윽고 깨달음 있을 그 날을 위하여 — 그 날이 오기까지 —

48. 인간이 고귀하다 위대하다 할 수 있는 것은 —

稱하여 —

人間을 高貴하다 偉大하다 하지만,

神에 依하지 아니하고 人間의 價値를 말할 수는 없겠습니다.

動物的이며 世俗的인 — 俗世의 低俗한 人間까지 —

高貴하다 偉大하다 할 수는 없겠습니다.

'가장 가깝게 神에 近接하고

 가장 비슷하게 神을 닮아서

 그래서 高尚하지만, 그러나 神은 아닌 —'

그런 人間을 分別하여 高貴하다 偉大하다 하겠습니다.

칭하여 —

인간을 고귀하다 위대하다 하지만,

신에 의하지 아니하고 인간의 가치를 말할 수는 없겠습니다.

동물적이며 세속적인 — 속세의 저속한 인간까지 —

고귀하다 위대하다 할 수는 없겠습니다.

'가장 가깝게 신에 근접하고

 가장 비슷하게 신을 닮아서

 그래서 고상하지만, 그러나 신은 아닌 —'

그런 인간을 분별하여 고귀하다 위대하다 하겠습니다.

49. 신의 존재와 권위의 증거

神은 人間에게 —

모든 領域에서 無數한 可能性을 開放, 羅列하고

그것으로 祝福하고 恩寵합니다.

그리고 ,

그 成就는 쉽지 아니하게 — 어렵게 함으로써 資格과 價値를 附與

합니다.

그러하는 것으로써 神은 到處에서

存在와 權威를 表示하고 또 證據합니다.

신은 인간에게 —

모든 영역에서 무수한 가능성을 개방, 나열하고

그것으로 축복하고 은총합니다.

그리고 ,

그 성취는 쉽지 아니하게 — 어렵게 함으로써 자격과 가치를 부여합니다.

그러하는 것으로써 신은 도처에서

존재와 권위를 표시하고 또 증거합니다.

50. 신의 가설과 정의

神은 — (그 假說은)

全知全能하고 完全無缺하며 無限永遠한 天地宇宙의 創造主요 萬物의 造物主시며 이 모두를 支配하고 運營하는 主管主십니다.

人間에게는 —

神氣와 神秘로 無限히 靈妙한 超人格的, 超自然的, 存在로서 — 眞, 善, 美의 眞正한 産室이며 — 仁과 慈悲와 사랑과 知性과 感性을 모두 끌어안은 가슴으로 — 無限한 憧憬, 完璧한 理想이며 또한 그 鄕愁이겠습니다.

신은 — (그 가설은)

전지전능하고 완전무결하며 무한 영원한 천지우주의 창조주요 만물의 조물주시며 이 모두를 지배하고 운영하는 주관주십니다.

인간에게는 —

신기와 신비로 무한히 영묘한 초인격적, 초자연적, 존재로서 — 진, 선, 미의 진정한 산실이며 — 인과 자비와 사랑과 지성과 감성을 모두 끌어안은 가슴으로 — 무한한 동경, 완벽한 이상이며 또한 그 향수이겠습니다.

51. 창조론과 진화론의 모순(진화라는 함수의 그래프는, 창조라는 점들의 자취인 것)

創造論과 進化論.

人類의 歷史 속에서 오랜 歲月동안 創造와 進化의 論爭對立이 深化했고 深刻했음은 周知의 事實입니다.

그리고 오늘날도 그러하며 앞으로도 그러리라 미루어 생각됩니다.

하지만 斷言하건대, 그것은 分離論者들의 부질없는 對立論爭에 不過한 것이라 思料됩니다.

創造와 進化는―

分離對立의 對象이 아니라 손잡고 같이 갈 同伴者 關係입니다.

創造 없는 進化 없고, 進化 없는 創造 없느니―

創造의 過程이 進化요, 進化의 結果가 創造인 것을―

創造와 進化는―

別個의 것이 아니며 또 一回性도 아닙니다. 因果關係요 補完關係이며 맞물려 돌아가는 톱니바퀴 같은 것입니다.

創造와 그 創造物(被造物)은―

物質뿐이 아니며― 또한 硬直된 完成品으로 最後의 것도 아닙니다.

"可能性의 創造!"―"無限한 可能性의 創造!"―이 또한 創造의 一部임에 우리는 언제나 完成은 없는 끝없는 未完成의 過程을 通하여 進化합니다.

進化라는 것은― 그 無限한 可能性속에 녹아있는 數많은 創造의

境遇들 中의 한 모습이며

創造라는 것은— 그 無限한 可能性 속에 녹아있는 數많은 進化의
過程들 中의 한 모습이겠습니다.

하 많은 歲月동안의 創造論, 進化論,의 對立論爭에서도 그 실마리
를 풀지 못했던 것은—分離할 수 없는 것을 分離하려 했던 것이 그
理由요 原因이었겠습니다.

無理요 矛盾이며 誤謬였겠습니다.

창조론과 진화론.
인류의 역사 속에서 오랜 세월동안 창조와 진화의 논쟁대립이 심화했고
심각했음은 주지의 사실입니다.
그리고 오늘날도 그러하며 앞으로도 그러리라 미루어 생각됩니다.
하지만 단언하건대, 그것은 분리론자들의 부질없는 대립논쟁에 불과한
것이라 사료됩니다.
창조와 진화는—
분리 대립의 대상이 아니라 손잡고 같이 갈 동반자 관계입니다.
창조 없는 진화 없고 , 진화 없는 창조 없느니—
창조의 과정이 진화요, 진화의 결과가 창조인 것을—
창조와 진화는—
별개의 것이 아니며 또 일회성도 아닙니다. 인과관계요 보완관계이며
맞물려 돌아가는 톱니바퀴 같은 것입니다.
창조와 그 창조물(피조물)은—
물질뿐이 아니며 또한 경직된 완성품으로 최후의 것도 아닙니다.
"가능성의 창조!"— "무한한 가능성의 창조!"— 이 또한 창조의 일부임
에 우리는 언제나 완성은 없는 끝없는 미완성의 과정을 통하여 진화합
니다.

진화라는 것은- 그 무한한 가능성 속에 녹아있는 수많은 창조의 경우들
중의 한 모습이며
창조라는 것은- 그 무한한 가능성 속에 녹아있는 수많은 진화의 과정들
중의 한 모습이겠습니다.
하 많은 세월 동안의 창조론, 진화론, 의 대립논쟁에서도 그 실마리를
풀지 못했던 것은- 분리할 수 없는 것을 분리하려 했던 것이 그 이유요
원인이었겠습니다.
무리요 모순이며 오류였겠습니다.

52. 의지론과 무의지론__창조는 끝없고
　　　　　　진화는 계속되느니!

創造는 끝없고 ─ 進化는 繼續되는데도 ─

'創造냐? ─ 進化냐?'의 ─ '닭이 먼저냐? ─ 알이 먼저냐?'의

論爭으로 脫盡하는 것은 無意味하다 하겠습니다.

圓의 둘레에서, 任意의 한 點이 그 圓의 始作點이라고 말하더라도

오직 그 點만이 그 圓의 出發點이라고 主張한다면, 거기엔 納得할

수 없는 無理가 따르겠습니다.

왜냐하면 ─

任意의 한 点이 圓이 되기까지 그렇게 말할 수 있는 点의 數는 圓周

上엔 헤아릴 수 없이 많으며 또한 그 자취의 進行은 아직도 未完成

인 채 圓周의 曲線을 이루며 돌고 또 도는 것을 ─!

왜 何必 圓이냐고 ─? (그 理由 說明은 且置하고)

모든 創造의 앞에는 그 過程이 先行이며,

모든 過程의 앞에는 그 생각이 先行이기에 ─

種의 起源에 있어서 ─ 或如 問題 삼는다면 問題 되는 것은

'創造냐? 進化냐?'의 問題가 아니라 ─

意思와 意志의 有無卽, 생각의 有無가 ─ 問題의 關鍵이겠습니다.

생각 안의 (있는) 것이냐? 意志 안의 것이냐? ─ 有神論, 創造論, 意
志論

생각 밖의 (없는) 것이냐? 意志 밖의 것이냐? ─ 無神論, 進化論, 無
意志論

그래서 神論을 肯定하는 意志論과 — 神論을 否定하는 無意志論의 摩擦과 衝突이 있을 수 있겠습니다.

神에 關한 絶對的 槪念으로는 생각 밖의 것은 있을 수 없겠지만 — 或者들이 "있다" 하거나 혹은 "없다" 하더라도, 그것을 넘어서 滔滔히 悠悠히 나아가도 될 것은 — "必要神論"이겠습니다.

어차피 證明할 길 없는 것이라면 — 必要神論을 바탕으로 한 必需神論이 人類가 選擇해 가도 될, 選擇해 가야 할, 바람직한 길이기에 그것을 答으로 삼으면 좋겠습니다.

그 속으로 모든 葛藤들이 다 녹아들 것이기에 그렇습니다.

창조는 끝없고 — 진화는 계속되는데도 —
'창조냐? — 진화냐?'의 — '닭이 먼저냐? — 알이 먼저냐?'의
논쟁으로 탈진하는 것은 무의미하다 하겠습니다.

원의 둘레에서, 임의의 한 점이 그 원의 시작점이라고 말하더라도 오직 그 점만이 그 원의 출발점이라고 주장한다면, 거기엔 납득할 수 없는 무리가 따르겠습니다.

왜냐하면 —
임의의 한 점이 원이 되기까지 그렇게 말할 수 있는 점의 수는 원주 상엔 헤아릴 수 없이 많으며 또한 그 자취의 진행은 아직도 미완성인 채 원주의 곡선을 이루며 돌고 또 도는 것을!

왜 하필 원이냐고 —? (그 이유 설명은 차치하고)
모든 창조의 앞에는 그 과정이 선행이며,
모든 과정의 앞에는 그 생각이 선행이기에 —
종의 기원에 있어서 — 혹여 문제 삼는다면 문제 되는 것은
'창조냐? 진화냐?'의 문제가 아니라 —

의사와 의지의 유무 즉, 생각의 유무가— 문제의 관건이겠습니다.

생각 안의 (있는) 것이냐? — 의지 안의 것이냐? — 유신론, 창조론, 의지론

생각 밖의 (없는) 것이냐? — 의지 밖의 것이냐? — 무신론, 진화론, 무의지론

그래서 신론을 긍정하는 의지론과— 신론을 부정하는 무의지론의 마찰과 충돌이 있을 수 있겠습니다.

신에 관한 절대적 개념으로는 생각 밖의 것은 있을 수 없겠지만—

혹자들이 "있다" 하거나 혹은 "없다" 하더라도, 그것을 넘어서 도도히 유유히 나아가도 될 것은— "필요신론"이겠습니다.

어차피 증명할 길 없는 것이라면 — 필요신론을 바탕으로 한 필수신론이 인류가 선택해 가도 될, 선택해 가야 할, 바람직한 길이기에 그것을 답으로 삼으면 좋겠습니다.

그 속으로 모든 갈등들이 다 녹아들 것이기에 그렇습니다.

53. 원과 구_우주

前面에서 圓을 引用, 比喩한 것은
宇宙가 圓이요 球이기 때문입니다
그래서—
圓을 通하여 球를— 球를 通하여 宇宙를— 宇宙를 通하여 神을—
神을 通하여 人間을— 人間을 通하여 우리를— 우리를 통하여
나를, 너를—
그렇게 照明하고 理解하고 說明하려 함에서였습니다.

전면에서 원을 인용 , 비유한 것은
우주가 원이요 구이기 때문입니다.
그래서–
원을 통하여 구를– 구를 통하여 우주를– 우주를 통하여 신을–
신을 통하여 인간을– 인간을 통하여 우리를– 우리를 통하여 나를,
너를–
그렇게 조명하고 이해하고 설명하려 함에서였습니다.

54. 범신론(만유신론)과 유일신론(일신론)의 모순

汎神論(萬有神論)과 唯一神論(一神論)

汎神論, 唯一神論 또한 創造論, 進化論처럼 그 分爭과 對立의 골이 깊고도 길지만, 混沌과 秩序의 反復進行으로 世上論理는 곧 平靜되고 調和로워지리라!

探究와 推論은 그 過程에서 —

論據의 選擇과 方法의 差異로 말미암아 論理의 誤謬가 비롯될 수 있으며 그런 誤謬가 到達한 結論은,

正論일 리 없으며 調和에 이를 리 없는 偏見이 된다는 것!

"나무는 있으되 숲은 없다." 하거나, "숲은 있으되 나무는 없다." 하거나 할 수 있겠습니다.

숲이면 그것이 나무들이겠고, 나무들이면 그것이 곧 숲인 것 —!!

그러므로

너무 멀리서도 가까이서도 아닌 適當한 距離에서 調和롭게 觀察하십시오! 숲도 보이고 나무도 보이는 適當한 距離쯤에서 숲도 보고 나무도 보면서, 숲이 곧 나무요 나무가 곧 숲임을 確認하십시오!

한 번은 아주 멀리서, 또 한 번은 아주 가까이서, 그리고 한 번은 아예 숲속에 들어가 묻혀서 觀照하고 體驗해 보십시오! 다가갈수록 神秘는 더욱 纖細하고 가득할 것이로되, 숲은 언제나 그대로의 그 숲이라는 것!

범신론(만유신론)과 유일신론(일신론)

범신론, 유일신론 또한 창조론, 진화론처럼 그 분쟁과 대립의 골이 깊고
도 길지만, 혼돈과 질서의 반복진행으로 세상논리는 곧 평정되고 조화
로워지리라!

탐구와 추론은 그 과정에서 —

논거의 선택과 방법의 차이로 말미암아 논리의 오류가 비롯될 수 있으며
그런 오류가 도달한 결론은,

정론일 리 없으며 조화에 이를 리 없는 편견이 된다는 것!

"나무는 있으되 숲은 없다." 하거나, "숲은 있으되 나무는 없다." 하거나
할 수 있겠습니다.

숲이면 그것이 나무들이겠고, 나무들이면 그것이 곧 숲인 것 — ! !

그러므로

너무 멀리서도 가까이서도 아닌 적당한 거리에서 조화롭게 관찰하십시
오! 숲도 보이고 나무도 보이는 적당한 거리쯤에서 숲도 보고 나무도 보
면서, 숲이 곧 나무요 나무가 곧 숲임을 확인하십시오!

한 번은 아주 멀리서, 또 한 번은 아주 가까이서, 그리고 한 번은 아예 숲
속에 들어가 묻혀서 관조하고 체험해 보십시오! 다가갈수록 신비는 더
욱 섬세하고 가득할 것이로되, 숲은 언제나 그대로의 그 숲이라는 것!

55. 범신론과 유일신론

아마도,

숲은 그대로의 그 숲이로되 — 숲과 나무에서

唯一神論(一神論)은 — 形成된 巨大한 숲의 總稱같은 것이며

汎神論(萬有神論)은 — 숲을 構成하는 나무와 온갖 것들의 各稱같

은 것이리라!

아마도,

숲은 그대로의 그 숲이로되 — 숲과 나무에서

유일신론(일신론)은 — 형성된 거대한 숲의 총칭 같은 것이며

범신론(만유신론)은 — 숲을 구성하는 나무와 온갖 것들의 각칭 같은 것

이리라!

56. 신이 있는 곳에 신의 의지가 있으며,
신의 의지가 있는 곳에 신이 있습니다.

神이 있는 곳에 — 神의 精神이 있고, 神의 法則이 있으며

神의 精神이 있고, 神의 法則이 있는 곳에 — 神은 있습니다.

神이 있는 곳에 — 神의 意志가 있고,

神의 意志가 있는 곳에 — 神은 있습니다.

神의 所在는 不在가 없으므로 世上은 온통

神의 精神과 法則과 意志로 가득하겠습니다.

그러므로 重要한 것은

神의 精神이 무엇이고, 神의 法則이 무엇이며, 神의 意志가 무엇인

지를 바르게 求하는 것이겠습니다.

신이 있는 곳에 – 신의 정신이 있고, 신의 법칙이 있으며

신의 정신이 있고, 신의 법칙이 있는 곳에 – 신은 있습니다.

신이 있는 곳에 – 신의 의지가 있고,

신의 의지가 있는 곳에 – 신은 있습니다.

신의 소재는 부재가 없으므로 세상은 온통

신의 정신과 법칙과 의지로 가득하겠습니다.

그러므로 중요한 것은

신의 정신이 무엇이고, 신의 법칙이 무엇이며, 신의 의지가 무엇인지를

바르게 구하는 것이겠습니다.

57. 신의 의지는 무엇인가?

大體로 —

神의 意志는 完成된 宇宙의 建設과 保存이며

이를 爲한 完全한 法則과 秩序의 運營이리라!

그러므로

創造하고 改造하고 調整하기를 끝없이 하며

安定과 調和와 均衡을 圖謀하는 것이리라!

그리고

이러한 意志의 進行過程에서 어떤 摩擦도 衝突도 抵抗도 없는

完全한 順調로움을 求하는 것이리라!

대체로 —

신의 의지는 완성된 우주의 건설과 보존이며

이를 위한 완전한 법칙과 질서의 운영이리라!

그러므로

창조하고 개조하고 조정하기를 끝없이 하며

안정과 조화와 균형을 도모하는 것이리라!

그리고

이러한 의지의 진행과정에서 어떤 마찰도 충돌도 저항도 없는

완전한 조화로움을 구하는 것이리라!

58. 신의 의지가 곧 선과 악의 기준이겠습니다.

大抵, 그러한 意志의 틀 속에 戒律을 두고서
宇宙를 經營하는 神의 意志가 —
그것이 善과 惡의 基準이겠습니다.
卽, 神의 意志에 符合되고 副應함이 — 善이요,
그에 反함이 — 惡이겠습니다.
人間에게는 疑問과 誤解가 發生되더라도 —
人間의 立場이나 意志와는 無關한 —
그러나
끝없이 推究하여 왔으므로 人間의 그것과는 비슷함도 많은 —
아무튼, 人間에게 있어서는
神의 意志에 對하여 바른 認識과 判斷이 重要하며
그것이 善과 惡을 分別하는 分水嶺이라 하겠습니다.
저 — 善惡果의 禁忌같은 —.

대저, 그러한 의지의 틀 속에 계율을 두고서
우주를 경영하는 신의 의지가 -
그것이 선과 악의 기준이겠습니다.
즉, 신의 의지에 부합되고 부응함이 - 선이요,
그에 반함이 - 악이겠습니다.
인간에게는 의문과 오해가 발생되더라도 -
인간의 입장이나 의지와는 무관한 -
그러나

끝없이 추구하여 왔으므로 인간의 그것과는 비슷함도 많은 –
아무튼, 인간에게 있어서는
신의 의지에 대하여 바른 인식과 판단이 중요하며
그것이 선과 악을 분별하는 분수령이라 하겠습니다.
저 – 선악과의 금기 같은 –.

59. 절대선과 상대선

善이 — 神의 意志라고 하는 것은
神의 意志를 — 善이라고 하였음에 根據합니다.
그리고
正義, 眞理, 平和, 사랑, 仁, 慈悲 등 이런 모든 것들이
善의 槪念의 延長線 위에서 根據하며 同行한다고
類推 推論 推定할 수밖에 없을 때 —
神의 意志와 — 人間의 意志는
神의 意志와 — 人間의 解釋은
그 絶對善과 — 이 相對善은
더러는, 때로는, 一致하지 아니한다는 것! 卽,
善인 줄 알았는데 — 그것이 惡일 수 있고
惡인 줄 알았는데 — 그것이 善일 수 있는
그런 틈새에서 — 알 듯 모를 듯, 맞을 듯 틀릴 듯,
人間은, 人間의 삶은 曲藝합니다.
卽, 人間은, 人生은, 그래서도 또한
善과 惡의 갈피에서 曲藝하게 된다는 것입니다.

선이 – 신의 의지라고 하는 것은
신의 의지를 – 선이라고 하였음에 근거합니다.
그리고
정의, 진리, 평화, 사랑, 인, 자비 등 이런 모든 것들이

선의 개념의 연장선 위에서 근거하며 동행한다고
유추 추론 추정할 수밖에 없을 때-
신의 의지와- 인간의 의지는
신의 의지와- 인간의 해석은
그 절대선과- 이 상대선은
더러는, 때로는, 일치하지 아니한다는 것! 즉,
선인 줄 알았는데- 그것이 악일 수 있고
악인 줄 알았는데- 그것이 선일 수 있는
그런 틈새에서- 알 듯 모를 듯, 맞을 듯 틀릴 듯,
인간은, 인간의 삶은 곡예합니다.
즉, 인간은, 인생은, 그래서도 또한
선과 악의 갈피에서 곡예하게 된다는 것입니다.

60. 인간의 입장과 신의 입장

人間은 —

思考의 存在이기에,

神을 思考하고 善을 追求하는 存在이기에,

그래서 倫理的인 存在이기에,

神의 뜻을 喝破하고 바로알기 爲하여

卽, 善과 惡의 分別이 明確, 確實하기 爲하여

注意하고 操心하지만

언제나 錯誤하고 葛藤하며 苦悶에 빠지게 됩니다.

堪當하고 풀어가야 할 問題가 — 難題가 —

未知를 헤치고 더듬어가야 할 漠然함이 —

人間의 몫이기에 그렇습니다.

그러나, 그럼에도,

神의 意志는 人間의 立場만이 아닌 全體의 立場에 서서

人間에게는 無心하리만큼 冷靜하며 滔滔합니다.

人間만의 神이 아니며, 全體의 神이기에 그러하겠습니다.

인간은 —

사고의 존재이기에

신을 사고하고 선을 추구하는 존재이기에

그래서 윤리적인 존재이기에

신의 뜻을 갈파하고 바로알기 위하여

즉, 선과 악의 분별이 명확, 확실하기 위하여
주의하고 조심하지만
언제나 착오하고 갈등하며 고민에 빠지게 됩니다.
감당하고 풀어가야 할 문제가- 난제가-
미지를 헤치고 더듬어가야 할 막연함이-
인간의 몫이기에 그렇습니다.
그러나, 그럼에도,
신의 의지는 인간의 입장만이 아닌 전체의 입장에 서서
인간에게는 무심하리만큼 냉정하며 도도합니다.
인간만의 신이 아니며, 전체의 신이기에 그러하겠습니다.

신(하느님)의 업적을 인간의 척도로 가늠한다면-
아마도
업적 중 가장 위대하다 할 것은- 만물이 있게 한 것!
즉, 우주의 형성과 생명의 창조이리라!
또한
그러한 신의 선물(은총) 중에서 가장 소중한 것은- 피조물(만물)의 보
존과 보전을 위한 배려 卽, 환경의 제공이리라!
그리고
신(하느님)의 배려 중에서 가장 거룩하다 할 것(축복)은-
아마도
이들의 형성을 허물지 아니하고
또한 허물어지지 아니하게 지키고 보살피는
관심과 애착 즉, 사랑이 그것이리라!
창조하고-
생존과 번성이 있게 하고-
그것의 소멸이 없게 하는-
이것이 곧 신(하느님)의 역할 일체삼위이리라! -
'일체삼위' - '삼위일체'

㊲~㊻ 신(하느님)

❖❖❖❖❖
최선을 다하고 인내를 다한 최후의 순간에 —
인간의 것을 다한 그곳에서 —
알 듯 모를 듯, 인간의 것이 아닌 그 무엇을 느끼게 됩니다.
신의 손길이며 — 그것의 인식입니다.
신의 접촉이며 — 그것의 교감입니다.
신에게 가장 근접한 거리까지 접근한, 흔치 아니하고 쉽지 아니한
낯선 경험이며 느낌입니다.
신과의 관계 즉, 만남인 것입니다.

❖❖❖❖❖
인간에게는 — 인간으로서의 한계가 있습니다.
그러나 그것은 인간의 한계일 뿐,
인간의 한계의 끝은, 그대로 끝이 아닙니다.
인간이 등장한 무대와, 인간을 투영한 배경의, 연장선은 그대로입니다.
인간적인 것의 한계의 끝 또한 끝이 아니며, 그 한계를 포함한 연장선은 그
대로입니다.
문명과 문화를 포함하고 — 그것을 넘어서 자연으로 우주로 —
유한을 포함하고 — 그것을 넘어서 무한으로 —
순간을 포함하고 — 그것을 넘어서 영원으로 —
인간계를 포함하고 — 그것을 넘어서 선계로, 신계로 —
그러니까
인간의, 인간적인 것의 한계는
인간의, 인간적인 것의 한계일 뿐

세상은, 인간의 한계와는 무관한 초인격의 세상입이다.

❖❖❖❖❖

인간 한계의 밖을 언급하였습니다.
즉, 신의 영역과 그 존재의 가능성이 언급되었습니다.
"신은 무엇인가 ? 신은 무엇이며 그것은 존재인가 ?
 존재라면 — 그 실체는? 소재(素材)는? 소재(所在)는? 존재 이유는 무엇이
며, 존재 가치는 무엇인가? 그 역할과 능력은 어디서부터 어디까지인가?
 신도 삶과 죽음이 있는가? 신도 운명을 가지는가?"
이렇게 좀처럼 떨칠 수 없는 많은 의문들이 꼬리에 꼬리를 물어서 여러 가
지의 가설들이 생성하겠지만,
신은 인간에게 있어서 —
있으면 있는 것으로, 없어도 있어야 하는 것으로,
광명이요 희망이며 안식입니다. 그리운 별이요 아련한 등대이며 기댈 언
덕입니다. 한없는 동경이요 갈망이며 지고의 이상입니다.
그러므로 신의 존재는 인간의 삶에 있어서 —
없는 것(무신론)보다 — 있는 것(유신론)이 —
있는 것(유신론)보다 — 있어야 하는 것(필요신론)이 —
더 필요되고 요구됩니다.
그리고, 있어야 하는 것(필요신론)을 넘어서 — 필히 있어야 하는 것(필수
신론) — 그것이 곧, 존재 이유이며 가치이겠습니다.
이 또한 하나의 가설이긴 하지만,
얘기는 여기서부터 시작되겠습니다.

❖❖❖❖❖

인간의 결론은 인간의 한계 속에 머무는 것!
무신론, 유신론을 논쟁하기엔 이미 수많은 광음이 교차하였습니다.
도도한 반증의 흐름 같아도 과학의 물결은 — 신성의 증명입니다.

신 발견과 발명과 발달 모두가 — 신성 일부의 새로운 노출일 뿐,
우주의 이 끝에서 저 끝까지
인간이 도달할 수 없는 영역은, 신비의 세계는, 무한히 광활합니다.

❖❖❖❖❖

처음 그 이전부터 — 마지막 그 이후까지 —
신과 인간의 관계는, 신과 그 외의 관계처럼
인간과 신의 관계는, 인간과 그 외의 관계처럼
그렇게 연결, 결합, 합치되고 유지되겠습니다.
영이거나 육이거나, 유형이거나 무형이거나,
관계의 존재는 실체의 존재를,
실체의 존재는 관계의 존재를 뜻함이기에
그 중에서도 신과 인간은,
인간과 신은,
부정할 수도 분리할 수도 없는 절실한 관계의 양 당사자이고보면
관계와 존재론 속에서, 존재와 관계론 속에서,
인간이 그러하듯
신은 존재이며 또한 실체인 것입니다.

❖❖❖❖❖

인간과 신의 관계는 인위적이라 하더라도
신과 인간의 관계는 천위적인 것이어서 —
인위적인 이유로 단절이 있을 수 없겠습니다.
그럼에도 만일 단절을 시도 한다면 — 그것은,
무리요 어리석음이며 실수요 잘못입니다.
신성으로 완성되었음에도 자신 속에서 신성을 배제하려들고,
그래서 결국에는 자신도 부정하게 되는 오류에 빠지게 됩니다.
세상사실과 논리 모두가 모순 속에 있게 됩니다.

이는, 세상의 파괴이며 질서의 혼란입니다. ─ (악마의 출현)
그래서 구세의 본질은 ─ (천사의 출현)
신과 인간과의 관계에서 관계의 단절을 삼가고, 관계의 소통과 그 유지를
확보함이 첫 걸음이라 하겠습니다.

❖❖❖❖❖

신과의 단절은 ─
시간과 공간 어디에서도 세상과 나를 연결할 수 없고 설명할 수도 없겠습
니다.
그것은, 희망이 배제되고 광명이 밀리는
즉, 절망으로 갇히고 암흑으로 덮이는 세계입니다.
바로 여기가, 이것이 지옥이지요! ─ [지옥]
지옥을 알지 못하면 천국을 알 리 없고,
알더라도 벗어나지 못하면, 알더라도 임하지 못함이리라!

❖❖❖❖❖

그러므로 이제는 ,
신의 존재여부로 혼란과 시비에 말리지 마십시오!
부정과 부인의 고집으로 인생을 칠흑의 암흑(지옥)에 끌어넣는 것은 어리
석음이겠습니다.
혼란과 시비로부터 자유롭고,
암흑에서 광명으로 ─, 절망에서 희망으로 ─ [천국]
그렇게 인도되는 밝은 길을 선택함은 현명이며 슬기이겠습니다.
그것이 잘못이 아니거든,
그것을 시시비비하지 마시고, 그 길을 가기에 주저하지 마십시오!
천국을 향하여 갈 길은 ─ 의무이기도 하지만 권리이기도 하겠습니다.

❖❖❖❖❖

신에 대하여 ― 부정과 부인과 불신이 있거든,
그것을 밀치고 그 자리를 긍정과 인정과 확신으로 채우십시오!
이러나저러나 그대로인 것 같지만,
그로 인한 정서는 ― 내면의 세계는 ― 관념의 세계는 ―
그대로가 아닙니다,
관심이 다르면 체험이 다르고 정서가 다르므로
관심대상에 따라 대상관계도 달라지겠습니다.

❖❖❖❖❖

관심대상과 대상관계의 변화와 전환으로
인생의 의미와 내용과 방향 모두가 변화하고 전환하게 됩니다.
암흑에서 ― 광명으로
절망에서 ― 희망으로
유한에서 ― 무한으로
순간에서 ― 영원으로
사망(죽음)에서 ― 생명(삶)으로
지상에서 ― 천국으로
현실에서 ― 이상으로 ―
바로 여기에, 저 ― 소망하고 갈구하던
이상향(유토피아)에의, 피안(파라다이스)에의, 천국(헤븐)에의 길이 보이
고 있습니다. 길을 찾은 것입니다. 문을 발견한 것입니다.
물음이 있겠지만, 이제는 물음을 멈추고 생각하십시오!
어떤 변화와 전환이 이 길의 길잡이인가를 ―
그리고 가십시오! 행하여 가십시오!!

❖❖❖❖❖

만일, 아직도 ―
좀처럼 떠나지 않는 물음이 남았거든, 의문이 남았거든,

그래서 서성이는 망설임이 남아있거든,
차라리 —
그 자리를 그냥 공백으로 두십시오!
새로운 기회와 그 가능성의 여백으로 —
새로운 시작의 준비로 — 그 준비를 기다리는 인내로 —
언젠가 —
무심중에 — 상념 중에 — 명상 중에 —
이윽고 깨달음 있을 그 날을 위하여 — 그날이 오기까지 —

❖❖❖❖❖

칭하여 —
인간을 고귀하다 위대하다 하지만,
신에 의하지 아니하고 인간의 가치를 말할 수는 없겠습니다.
동물적이며 세속적인 — 속세의 저속한 인간까지
고귀하다 위대하다 할 수는 없겠습니다.
'가장 가깝게 신에 근접하고
 가장 비슷하게 신을 닮아서
 그래서 고상하지만, 그러나 신은 아닌 —'
그런 인간을 분별하여 고귀하다 위대하다 하겠습니다.

❖❖❖❖❖

신은 인간에게
모든 영역에서 무수한 가능성을 개방, 나열하고
그것으로 축복하고 은총합니다.
그리고
그 성취는 쉽지 아니하게 어렵게 함으로써 자격과 가치를 부여합니다.
그러하는 것으로써 신은 도처에서
존재와 권위를 표시하고 또 증거합니다.

❖❖❖❖❖❖

신은 ─ (그 가설은)

전지전능하고 완전무결하며 무한 영원한 천지우주의 창조주요 만물의 조물주시며 이 모두를 지배하고 운영하는 주관주십니다.

인간에게는 ─

신기와 신비로 무한히 영묘한 초인격적 초자연적 존재로서 ─ 진, 선, 미, 의 진정한 산실이며 ─ 인과 자비와 사랑과 지성 감성 모두를 끌어안은 가슴으로 ─ 무한한 동경, 완벽한 이상이며 또한 그 향수이겠습니다.

❖❖❖❖❖

창조론과 진화론.

인류의 역사 속에서 오랜 세월동안 창조와 진화의 논쟁대립이 심화했고 심각했음은 주지의 사실입니다.

그리고 오늘날도 그러하며 앞으로도 그러리라 미루어 생각됩니다.

하지만 단언하건대, 그것은 분리론자들의 부질없는 대립논쟁에 불과한 것이라 사료됩니다.

창조와 진화는 ─

분리대립의 대상이 아니라 손잡고 같이 갈 동반자 관계입니다.

창조 없는 진화 없고, 진화 없는 창조 없느니 ─

창조의 과정이 진화요, 진화의 결과가 창조인 것을 ─

창조와 진화는 ─

별개의 것이 아니며 또 일회성도 아닙니다. 인과관계요 보완관계이며 맞물려 돌아가는 톱니바퀴 같은 것입니다.

창조와 그 창조물(피조물)은 ─

물질뿐이 아니며, 또한 경직된 완성품으로 최후의 것도 아닙니다.

"가능성의 창조!" ─ "무한한 가능성의 창조!" ─ 이 또한 창조의 일부임에 ─ 우리는 언제나 완성은 없는 끝없는 미완성의 과정을 통하여 진화합니다.

진화라는 것은 ― 그 무한한 가능성 속에 녹아있는 수많은 창조의 경우들 중의 한 모습이며

창조라는 것은 ― 그 무한한 가능성 속에 녹아있는 수많은 진화의 과정들 중의 한 모습이겠습니다.

하 많은 세월동안의 창조론 진화론의 대립논쟁에서도 그 실마리를 풀지 못했던 것은 ― 분리할 수 없는 것을 분리하려 했던 것이 그 이유요 원인이었겠습니다.

무리요 모순이며 오류였겠습니다.

✦✦✦✦✦

창조는 끝없고 ― 진화는 계속되는데도 ―

'창조냐? ― 진화냐?'의 ― '닭이 먼저냐? ― 알이 먼저냐?'의

논쟁으로 탈진하는 것은 무의미하다 하겠습니다.

원의 둘레에서 ― 임의의 한 점이 그 원의 시작점이라고 말하더라도, 오직 그 점만이 그 원의 출발점이라고 주장한다면, 거기엔 납득할 수 없는 무리가 따르겠습니다.

왜냐하면 ―

임의의 한 점이 원이 되기까지 그렇게 말할 수 있는 점의 수는 원주 상엔 헤아릴 수 없이 많으며 또한 그 자취의 진행은 아직도 미완성인 채 원주의 곡선을 이루며 돌고 또 도는 것을 ―!

왜 하필 원이냐고 ―? (그 이유 설명은 차치하고)

모든 창조의 앞에는 그 과정이 선행이며

모든 과정의 앞에는 그 생각이 선행이기에

종의 기원에 있어서 ― 혹여 문제 삼는다면 문제 되는 것은

'창조냐? 진화냐?'의 문제가 아니라 ―

의사와 의지의 유무 즉, 생각의 유무가 ― 문제의 관건이겠습니다.

생각 안의(있는) 것이냐? ― 의지 안의 것이냐? ― 유신론, 창조론, 의지론.

생각 밖의(없는) 것이냐? — 의지 밖의 것이냐? — 무신론, 진화론, 무의
지론.

그래서 신론을 긍정하는 의지론과 — 신론을 부정하는 무의지론의 마찰과
충돌이 있을 수 있겠습니다.

신에 관한 절대적 개념으로는 생각 밖의 것은 있을 수 없겠지만 —

혹자들이 "있다" 하거나 혹은 "없다" 하더라도, 그것을 넘어서 도도히 유유
히 나아가도 될 것은 — "필요신론"이겠습니다.

어차피 증명할 길 없는 것이라면 필요신론을 바탕으로 한 필수신론이 인
류가 선택해 가도 될, 선택해 가야 할, 바람직한 길이기에 그것을 답으로
삼으면 좋겠습니다.

그 속으로 모든 갈등들이 다 녹아들 것이기에 그렇습니다.

❖❖❖❖❖

전면에서 원을 인용, 비유한 것은

우주가 원이요 구이기 때문입니다.

그래서 — 원을 통하여 구를 — 구를 통하여 우주를 — 우주를 통하여 신
을 —

신을 통하여 인간을 — 인간을 통하여 우리를 — 우리를 통하여 나를, 너
를 —

그렇게 조명하고 이해하고 설명하려 함에서였습니다.

❖❖❖❖❖

범신론(만유신론)과 — 유일신론(일신론).

범신론, 유일신론 또한 창조론, 진화론처럼 그 분쟁과 대립의 골이 깊고도
길지만, 혼돈과 질서의 반복진행으로 세상논리는 곧 평정되고 조화로워지
리라!

탐구와 추론은 그 과정에서 —

논거의 선택과 방법의 차이로 말미암아 논리의 오류가 비롯될 수 있으며,

그런 오류가 도달한 결론은,
정론일 리 없으며 조화에 이를 리 없는 편견이 된다는 것!
"나무는 있으되 숲은 없다." 하거나, "숲은 있으되 나무는 없다." 하거나 할
수 있겠습니다.
숲이면 그것이 나무들이겠고, 나무들이면 그것이 곧 숲인 것 ―!!
그러므로,
너무 멀리서도 가까이서도 아닌 적당한 거리에서 조화롭게 관찰하십시오!
숲도 보이고 나무도 보이는 적당한 거리쯤에서 숲도 보고 나무도 보면서,
숲이 곧 나무요 나무가 곧 숲임을 확인하십시오.
한 번은 아주 멀리서 또 한 번은 아주 가까이서 그리고 한 번은 아예 숲속
에 들어가 묻혀서 관조하고 체험해보십시오! 다가갈수록 신비는 더욱 섬
세하고 가득할 것이로되, 숲은 언제나 그대로의 그 숲이라는 것!

❖❖❖❖❖

아마도,
숲은 그대로의 그 숲이로되 ― 숲과 나무에서
유일신론(일신론)은 ― 형성된 거대한 숲의 총칭 같은 것이며
범신론(만유신론)은 ― 숲을 구성하는 나무와 온갖 것들의 각칭 같은 것이
리라!

❖❖❖❖❖

신이 있는 곳에 ― 신의 정신이 있고, 신의 법칙이 있으며
신의 정신이 있고, 신의 법칙이 있는 곳에 ― 신은 있습니다.
신이 있는 곳에 ― 신의 의지가 있고
신의 의지가 있는 곳에 ― 신은 있습니다.
신의 소재는 부재가 없으므로 세상은 온통
신의 정신과 법칙과 의지로 가득하겠습니다.
그러므로 중요한 것은

신의 정신이 무엇이고, 신의 법칙이 무엇이며, 신의 의지가 무엇인지를 바르게 구하는 것이겠습니다.

❖ ❖ ❖ ❖ ❖
대체로 ―
신의 의지는 완성된 우주의 건설과 보존이며
이를 위한 완전한 법칙과 질서의 운영이리라!
그러므로
창조하고 개조하고 조정하기를 끝없이 하며
안정과 조화와 균형을 도모하는 것이리라!
그리고
이러한 의지의 진행과정에서 어떤 마찰도 충돌도 저항도 없는
완전한 조화로움을 구하는 것이리라!

❖ ❖ ❖ ❖ ❖
대저, 이러한 의지의 틀 속에 계율을 두고서
우주를 경영하는 신의 의지가 ―
그것이 선과 악의 기준이겠습니다.
즉, 신의 의지에 부합되고 부응함이 ― 선이요,
그에 반함이 ― 악이겠습니다.
인간에게는 의문과 오해가 발생되더라도 ―
인간의 입장이나 의지와는 무관한 ― 그러나
끝없이 추구하여 왔으므로 인간의 그것과는 비슷함도 많은 ―
아무튼, 인간에게 있어서는
신의 의지에 대하여 바른 인식과 판단이 중요하며
그것이 선과 악을 분별하는 분수령이라 하겠습니다.
저 ― 선악과의 금기 같은 ―.

❖ ❖ ❖ ❖ ❖

선이 ― 신의 의지라고 하는 것은
신의 의지를 ― 선이라 하였음에 근거합니다.
그리고 정의, 진리, 평화, 사랑, 인, 자비 등 이런 모든 것들이
선의 개념의 연장선 위에서 근거하며 동행한다고
유추, 추론, 추정할 수밖에 없을 때 ―
신의 의지와 ― 인간의 의지는,
신의 의지와 ― 인간의 해석은,
그 절대선과 ― 이 상대선은,
더러는, 때로는, 일치하지 아니한다는 것! 즉,
선인 줄 알았는데 ― 그것이 악일 수 있는
악인 줄 알았는데 ― 그것이 선일 수 있는
그런 틈새에서 ― 알 듯 모를 듯, 맞을 듯 틀릴 듯,
인간은, 인간의 삶은 곡예합니다.
즉, 인간은, 인생은 ― 그래서도 또한
선과 악의 갈피에서 곡예하게 된다는 것입니다.

❖ ❖ ❖ ❖ ❖

인간은 ―
사고의 존재이기에
신을 사고하고 선을 추구하는 존재이기에
그래서 윤리적인 존재이기에
신의 뜻을 갈파하고 바로알기 위하여
즉, 선과 악의 분별이 명확 확실하기 위하여
주의하고 조심하지만
언제나 착오하고 갈등하며 고민에 빠지게 됩니다.
감당하고 풀어가야 할 문제가 ― 난제가 ―
미지를 헤치고 더듬어가야 할 막연함이 ―

인간의 몫이기에 그렇습니다.
그러나, 그럼에도,
신의 의지는 인간의 입장만이 아닌 전체의 입장에 서서
인간에게는 무심하리만큼 냉정하며 도도합니다.
인간만의 신이 아니며, 전체의 신이기에 그러하겠습니다.

❖❖❖❖❖
우주는 ―
유기적으로 그 전체가 하나로서 곧, 신(하느님) 그 자체라고 해야겠습니다.
신(하느님)의 지으신 집으로
신(하느님)의 임하시는 전당(사원)으로
신(하느님)의 정신과 마음(의지)으로 가득한 ―
그래서
피조물(만물) 전체의 존재의 환경으로서 ―
생명과 생존의 근간이며 그 터전이겠습니다.
이것이 우주이며 곧, 신(하느님) 그 자체이겠습니다.

❖❖❖❖❖
신(하느님)의 업적을 인간의 척도로 가늠한다면 ―
아마도, 업적 중 가장 위대하다 할 것은 ― 만물이 있게 한 것!
즉, 우주의 형성과 생명의 창조이리라!
또한
그러한 신의 선물(은총) 중에서 가장 소중한 것은 ― 피조물(만물)의 보존
과 보전을 위한 배려 즉, 환경의 제공이리라!
그리고
신(하느님)의 배려 중에서 가장 거룩하다 할 것(축복)은 ―
아마도
이들의 형성을 허물지 아니하고

또한 허물어지지 아니하게 지키고 보살피는
관심과 애착 즉, 사랑이 그것이리라!
창조하고 ― 생존과 번성이 있게 하고 ― 그것의 소멸이 없게 하는,
이것이 곧 신(하느님)의 역할 일체삼위이리라! ―
‘일체삼위’ ― ‘삼위일체’

자연과 환경
[63~73]

63. 자연과 환경은 신의 사신(使臣),
　　그래서 그것이 신과 인간 사이의 통로입니다.

宇宙의 形成과 法則은 —

萬物의 造化와 理致는 —

自然과 環境은 —

이 모든 것이 다 神(하느님)의 意志에서 비롯된 創造요, 恩寵이요,
祝福이라 여기며 — 特히,

自然과 環境은 神의 使臣으로서, 神과 人間 사이의 通路라 하겠습
니다.

神(造物主—하느님)은 人間(被造物)에게 — 自然과 環境을 通하여
말을 하고 行事합니다. 自然과 環境을 通하여 豫示하고, 暗示하며,
教示합니다.

後日 오리라는 저 — 審判의 날의 豫言도 — 其實은

自然과 環境에 基因한 —

自然과 環境을 通한 —

自然과 環境에 依한 —

그런 災殃의 豫告요 警告라 여겨집니다.

生態系의 自然環境 卽, 環境條件이 흩어지면 生存도 繁盛도 다 破
滅이요, 滅亡이며, 終末인 것처럼, 人類에 있어서도 終末은 아마도
環境에 依하여 비롯되리라 여겨집니다.

그리고 그렇게 비롯되는 環境의 沒落은 — 어쩌면 그것을 輕視하고
忽待하는 人間의 無關心 利己心에서부터 이미 그 始作이 되어가

고 있는지도 모릅니다.

우주의 형성과 법칙은－

만물의 조화와 이치는－

자연과 환경은－

이 모든 것이 다 신(하느님)의 의지에서 비롯된 창조요, 은총이요, 축복
이라 여기며－ 특히,

자연과 환경은 신의 사신으로서, 신과 인간 사이의 통로라 하겠습니다.

신(조물주－하느님)은 인간(피조물)에게－ 자연과 환경을 통하여 말을
하고 행사합니다.

자연과 환경을 통하여 예시하고, 암시하며, 교시합니다.

후일 오리라는 저－ 심판의 날의 예언도－ 기실은

자연과 환경에 기인한－

자연과 환경을 통한－

자연과 환경에 의한－

그런 재앙의 예고요 경고라 여겨집니다.

생태계의 자연환경 즉, 환경조건이 흩어지면 생존도 번성도 다 파멸이
요, 멸망이며, 종말인 것처럼, 인류에 있어서도 종말은 아마도 환경에
의하여 비롯되리라 여겨집니다.

그리고 그렇게 비롯되는 환경의 몰락은－ 어쩌면 그것을 경시하고 홀대
하는 인간의 무관심 이기심에서부터 이미 그 시작이 되어가고 있는지도
모릅니다.

64. 자연환경과 인간문명

人生이 그렇듯, 人類에게는—

人間의 意志(割愛된 意志)에 依한 文明이 있어서—

文明이 없을 수가 없어서—

到處에서 自然과 摩擦하고 環境과 衝突합니다.

그런 그 文明이 燦爛하면 할수록, 發達하면 할수록,

自然과 環境은 더더욱 시달리고 呻吟하게 됩니다.

그리고

그렇게 시달리다 呻吟하다 끝내는 깨지고 무너집니다.

文明의 길도 '割愛된 意志'의 것으로

人類도 나름대로의 길을 찾아서 가는 것인데—

그래서 있는 그대로를 지키는 것만으로는, 卽,

無條件 放置하는 것으로 自然과 環境을 지키고 保護하는 것이라고

固執할 수만은 없는 것이어서

適當한 調和의 答을 求하기 爲하여 深思熟考하며 深刻히 苦悶하게

됩니다.

多幸하게도—

그러한 생각의 사람들이 많아서—

人間의 생각과 精神이 여기에 이르러서—

人類는, 人類의 未來는— 그래도 希望的이라 하겠습니다.

인생이 그렇듯, 인류에게는—

인간의 의지 (할애된 의지)에 의한 문명이 있어서—

문명이 없을 수가 없어서—

도처에서 자연과 마찰하고 환경과 충돌합니다.

그런 그 문명이 찬란하면 할수록, 발달하면 할수록,

자연과 환경은 더더욱 시달리고 신음하게 됩니다.

그리고

그렇게 시달리다 신음하다 끝내는 깨지고 무너집니다.

문명의 길도 '할애된 의지'의 것으로

인류도 나름대로의 길을 찾아서 가는 것인데—

그래서 있는 그대로를 지키는 것만으로는, 즉,

무조건 방치하는 것으로 자연과 환경을 지키고 보호하는 것이라고 고집
할 수만은 없는 것이어서

적당한 조화의 답을 구하기 위하여 심사숙고하며 심각히 고민하게 됩
니다.

다행하게도—

그러한 생각의 사람들이 많아서—

인간의 생각과 정신이 여기에 이르러서—

인류는, 인류의 미래는— 그래도 희망적이라 하겠습니다.

65. 생존하고 번성해야 할 명제 앞에서의 우선적 과제는?

人間은, 人間의 思考는,

生存해야 하고 繁盛해야 할 命題 앞에서

期必코, 그 解答을 찾고 解法을 發見해냅니다.

무엇을 생각하고

무엇을 말하며

무엇을 行할 것인가? ─ 를

優先 論題가 무엇이며 ─ 優先 論理가 무엇인가? ─ 를

限界에 逢着하고 錯誤를 頻發하면서도

'自然과 環境의 保護'가 ─ 오직 그것임을 切實히 吐露합니다.

인간은, 인간의 사고는,

생존해야 하고 번성해야 할 명제 앞에서

기필코, 해답을 찾고 해법을 발견해냅니다.

무엇을 생각하고

무엇을 말하며

무엇을 행할 것인가? ─를

우선 논제가 무엇이며 ─ 우선 논리가 무엇인가? ─를

한계에 봉착하고 착오를 빈발하면서도

'자연과 환경의 보호'가─ 오직 그것임을 절실히 토로합니다.

66. 메시지 제시의 전조

思考의 動物이며

善의 追從者이며

運命의 存在이면서

意志로 營爲하는— 그러한 그것이 人間이며 人生이라 하였습니다.

'삶이란 무엇인가?

그것은 有限인가, 無限인가?

萬一 有限이라면, 無限으로의 通路는 없는가?

있다면, 그것은 무엇인가?'

이제,

그러한 삶의 수수께끼를 풀기 爲하여 하나의 메시지를 提示해봅니다.

純粹 그대로 느끼고, 느끼는 그대로 생각하며, 생각하는 그대로 攄得하십시오!

사고의 동물이며

선의 추종자이며

운명의 존재이면서

의지로 영위하는— 그러한 그것이 인간이며 인생이라 하였습니다.

'삶이란 무엇인가?

그것은 유한인가, 무한인가?

만일 유한이라면, 무한으로의 통로는 없는가?

있다면, 그것은 무엇인가?'

이제,
그러한 삶의 수수께끼를 풀기 위하여 하나의 메시지를 제시해봅니다.
순수 그대로 느끼고, 느끼는 그대로 생각하며, 생각하는 그대로 터득하
십시오!

67. 영원한 생명(삶)의 메시지__분꽃을 보면서

支離한 장마가 걷히고, 太陽이 따갑던 어느 無心하던 여름날,
偶然히
人跡 드문 마당 모퉁이 버려둔 花壇에서 한 포기 粉꽃을 發見합
니다.
'어디서 왔을까?'
생각하다. 생각하다. ― 昨年에도 그곳에 粉꽃이 있었음을 想起합
니다.
아― 그러니까
粉꽃은 죽은 것이 아니었습니다.
죽지 아니하였고, 그 空間에 살아있었습니다.
나는 잊고 있었는데, 잊혀진 것이 아니었습니다.
나는 돌보지 않았는데, 버려진 것이 아니었습니다.
無心하였는데, 그것은 나만일 뿐― 世上은 가득히 有心이었습
니다.
씨앗 속에서 (空間帶의 블랙홀)
雪寒을 견디며 (時間代의 블랙홀)
무던히 忍耐하였고 克服하였으며
드디어
蘇生과 繁盛의 環境이 到來하였으므로
粉꽃은 更生하였고 피어났습니다.
世代를 넘어서 먼―

다음 世代로 가려는 經路로 — 過程으로 —!

그러니까

環境이 健在하고 — 그 反復의 法則에 無頃한 限

來年에도, 그 다음 해에도 —

粉꽃은 그곳에 그렇게 있으리라!

生命의 永遠함은 — 永遠한 生命은

그러한 節次, 그러한 모습으로, 그렇게 이어지는 것이리라!

아마도

그렇게 이어가는 것이리라!

지리한 장마가 걷히고, 태양이 따갑던 어느 무심하던 여름날,

우연히

인적 드문 마당 모퉁이 버려둔 화단에서 한 포기 분꽃을 발견합니다.

'어디서 왔을까?'

생각하다, 생각하다 — 작년에도 그곳에 분꽃이 있었음을 상기합니다.

아 — 그러니까

분꽃은 죽은 것이 아니었습니다.

죽지 아니하였고, 그 공간에 살아있었습니다

나는 잊고 있었는데, 잊혀진 것이 아니었습니다.

나는 돌보지 않았는데, 버려진 것이 아니었습니다.

무심하였는데, 그것은 나만일 뿐 — 세상은 가득히 유심이었습니다.

씨앗 속에서 (공간대의 블랙홀)

설한을 견디며 (시간대의 블랙홀)

무던히 인내하였고 극복하였으며

드디어

소생과 번성의 환경이 도래하였으므로
분꽃은 갱생하였고 피어났습니다.
세대 (世代) 를 넘어서 먼 −
다음 세대 (世代) 로 가려는 경로로 − 과정으로 − !
그러니까
환경이 건재하고 − 그 반복의 법칙에 무탈한 한
내년에도, 그 다음 해에도 −
분꽃은 그곳에 그렇게 있으리라!
생명의 영원함은 − 영원한 생명은
그러한 절차, 그러한 모습으로, 그렇게 이어지는 것이리라!
아마도
그렇게 이어가는 것이리라!

68. 영원한 생명의 관건

永遠한 生命(삶)의 關鍵이 環境에 依한다는 —
그것이 明白하고 確實한 것이라면
오늘을 살며 來日을 생각하고,
來日을 생각하며 오늘을 사는 우리들은
運命을 감싸 안은 어머니 품속 같은 저 — 自然環境 앞에서
肅然히 感謝하며 또한 熟考해야 하겠습니다.
한 平生 사는 동안 무엇을 어찌해야 하는지를 —!

영원한 생명(삶)의 관건이 환경에 의한다는 —
그것이 명백하고 확실한 것이라면
오늘을 살며 내일을 생각하고,
내일을 생각하며 오늘을 사는 우리들은
운명을 감싸 안은 어머니 품속 같은 저 — 자연환경 앞에서
숙연히 감사하며 또한 숙고해야 하겠습니다.
한 평생 사는 동안 무엇을 어찌해야 하는지를 —!

69. 환경을 명심하고 환경에 집착하라!

各個 生命의 秘密과 ─ 各個 삶의 條件이 ─

모두다 全體의 環境과 더불어 그 運命을 같이하는 것이기에

無限과 永遠을 憧憬하거든 ─

그것 (環境) 을 銘心하고 그것 (環境) 에 執着하십시오!

그 執着 속에 길이 있고, 그 執着 속에서 찾은 길이 바른 길입니다.

그 길의 저쪽 언덕너머에 ─

無限의 通路가 있고, 永遠의 門이 있습니다.

그래서 ─

銘心하라 하고 執着하라 하는 것입니다.

굳이 輪廻의 說을 끌고 들어와 들추지 아니하더라도 ─.

각개 생명의 비밀과 ─ 각개 삶의 조건이 ─

모두다 전체의 환경과 더불어 그 운명을 같이하는 것이기에

무한과 영원을 동경하거든 ─

그것 (환경) 을 명심하고 그것 (환경) 에 집착하십시오!

그 집착 속에 길이 있고, 그 집착 속에서 찾은 길이 바른 길입니다.

그 길의 저쪽 언덕너머에

무한의 통로가 있고, 영원의 문이 있습니다.

그래서 ─

명심하라 하고 집착하라 하는 것입니다.

굳이 윤회의 설을 끌고 들어와 들추지 아니하더라도 ─.

70. 인간의 신에 대한 본분은?

自然과 環境을 — 災難으로부터 保護하는,

그리고

人間의 文明이 그것을 汚染, 毁損, 破壞하지 않으며, 傍觀하지도

않는,

그래서

하느님(神)의 殿堂을 穩全하게 하는 —

그러함이 眞正 神에 對한 人間의

바른 本分이며, 바른 報恩, 바른 使命이라 하겠습니다.

當然한 義務이겠지만 또한 마땅한 權利라고도 하겠습니다.

神과 人間 사이의 通路이면서, 永遠한 生命(삶)의 關鍵이기에 —

자연과 환경을 — 재난으로부터 보호하는,

그리고

인간의 문명이 그것을 오염, 훼손, 파괴하지 않으며, 방관하지도 않는,

그래서

하느님(신)의 전당을 온전하게 하는 —

그러함이 진정 신에 대한 인간의

바른 본분이며, 바른 보은, 바른 사명이라 하겠습니다.

당연한 의무이겠지만 또한 마땅한 권리라고도 하겠습니다.

신과 인간 사이의 통로이면서, 영원한 생명(삶)의 관건이기에 —

71. 신이 인간에게 손을 내밀고, 인간의 손을 잡는 이유는?

永遠의 삶을 圖謀하며 ─ 神을 닮으려는 素望으로 ─
人間은 自然과 環境을 지키고 돌보려고 애를 씁니다.
헤아릴 수 없는 어려움의 끝없는 反復이지만,
그래도 堪當하고 解決하려는 것이 人間이기에 ─
그러므로 그것이 ─
神(하느님)께서 ─
人間에게 손을 내밀고 人間의 손을 잡는 理由입니다.
그래서 神은 人間의 가는 길 到處에서 祝福하고 恩寵하며 激勵합
니다.

영원한 삶을 도모하며 ─ 신을 닮으려는 소망으로 ─
인간은 자연과 환경을 지키고 돌보려고 애를 씁니다.
헤아릴 수 없는 어려움의 끝없는 반복이지만,
그래도 감당하고 해결하려는 것이 인간이기에 ─
그러므로 그것이 ─
신 (하느님) 께서 ─
인간에게 손을 내밀고 인간의 손을 잡는 이유입니다.
그래서 신은 인간의 가는 길 도처에서 축복하고 은총하며 격려합니다.

72. 자연과 환경과 생태를 위함이 곧 나를 위함인 것

神의 意圖하는 바 圖謀가 그러하고
神을 爲하여 하는 일이 그러하듯이
自然生態를 爲하여 하는 일들이 結局은 그 속에 包含되어 呼吸하
는 모두를 爲함이겠습니다.
人間이라고 따로 떨어진 例外의 存在일 리 없고 그냥 그대로 自然
과 環境의 한 部分에 不過함을 깨달을 때一
親自然的 親環境的 思考가, 自然的으로 必然的으로 忘却의 늪에서
浮上하여 떠오를 것입니다.
自然環境을 保護하거나 爲하는 것은一 人類를 爲함이며
人類를 爲함이一 곧 나를 爲함인 것은
나도 그 속의 一員이기에 그렇습니다.

신의 의도하는 바 도모가 그러하고
신을 위하여 하는 일이 그러하듯이
자연생태를 위하여 하는 일들이 결국은 그 속에 포함되어 호흡하는 모두
를 위함이겠습니다.
인간이라고 따로 떨어진 예외의 존재일 리 없고 그냥 그대로 자연과 환
경의 한 부분에 불과함을 깨달을 때-
친자연적 친환경적 사고가, 자연적으로 필연적으로 망각의 늪에서 부상
하여 떠오를 것입니다.
자연환경을 보호하거나 위하는 것은- 인류를 위함이며
인류를 위함이- 곧 나를 위함인 것은
나도 그 속의 일원이기에 그렇습니다.

73. 신에 대한 경배

아무리 强調해도 지나침이 없고

아무리 强調해도 無理가 아닌

自然과 環境의 絶對的인 重要함 앞에서 —

그 造化의 奧妙함과 神秘함 앞에서 —

人間은, 人間의 知性과 感性 모두는,

恭遜히 — 謙虛히 — 切實히 —

無限히 偉大하다 할 그 무엇을 생각하게 됩니다. 느끼게 됩니다.

言及하기조차 操心되는 無限의 感動과 感激으로 —

그 손길에 — 그 權能에 — 머리 숙이게 됩니다.

이것이 바로, 自然과 環境의 主管者 卽, 神에 對한 理解이며 敬拜

이겠습니다.

그러고 보니, 於焉間 —

理解에 이르고 敬拜에 이르렀습니다.

그러면 이제, 祝福과 恩寵도 그리 멀지 않은 곳에서 따라오고 있겠

습니다.

아무리 강조해도 지나침이 없고

아무리 강조해도 무리가 아닌

자연과 환경의 절대적인 중요함 앞에서 –

그 조화의 오묘함과 신비함 앞에서 –

인간은, 인간의 지성과 감성 모두는,

공손히 – 겸허히 – 절실히 –

무한히 위대하다 할 그 무엇을 생각하게 됩니다. 느끼게 됩니다.

언급하기조차 조심되는 무한의 감동과 감격으로—

그 손길에— 그 권능에— 머리 숙이게 됩니다.

이것이 바로, 자연과 환경의 주관자 즉, 신에 대한 이해이며 경배이겠습니다.

그러고 보니, 어언간—

이해에 이르고 경배에 이르렀습니다.

그러면 이제, 축복과 은총도 그리 멀지 않은 곳에서 따라오고 있겠습니다.

❻❸~❼❸　　자연과 환경

❖❖❖❖❖

우주의 형성과 법칙은 —

만물의 조화와 이치는 —

자연과 환경은 —

이 모든 것이 다 신(하느님)의 의지에서 비롯된 창조요, 은총이요, 축복이라 여기며 — 특히,

자연과 환경은 신의 사신으로서, 신과 인간 사이의 통로라 하겠습니다.

신(조물주_하느님)은 인간(피조물)에게 — 자연과 환경을 통하여 말을 하고 행사합니다. 자연과 환경을 통하여 예시하고, 암시하며, 교시합니다.

후일 오리라는 저 — 심판의 날의 예언도 — 기실은

자연과 환경에 기인한 —

자연과 환경을 통한 —

자연과 환경에 의한 —

그런 재앙의 예고요 경고라 여겨집니다.

생태계의 자연환경 즉, 환경조건이 흩어지면 생존도 번성도 다 파멸이요, 멸망이며, 종말인 것처럼, 인류에 있어서도 종말은 아마도 환경에 의하여 비롯되리라 여겨집니다.

그리고 그렇게 비롯되는 환경의 몰락은 — 어쩌면 그것을 경시하고 홀대하는 인간의 무관심 이기심에서부터 이미 그 시작이 되어가고 있는지도 모릅니다.

❖❖❖❖❖

인생이 그렇듯, 인류에게는 —

인간의 의지(할애된 의지)에 의한 문명이 있어서 —

문명이 없을 수가 없어서 —

도처에서 자연과 마찰하고 환경과 충돌합니다.

그런 그 문명이 찬란하면 할수록, 발달하면 할수록,

자연과 환경은 더더욱 시달리고 신음하게 됩니다.

그리고

그렇게 시달리다 신음하다 끝내는 깨지고 무너집니다.

문명의 길도 '할애된 의지'의 것으로

인류도 나름대로의 길을 찾아서 가는 것인데 —

그래서 있는 그대로를 지키는 것만으로는, 즉,

무조건 방치하는 것으로 자연과 환경을 지키고 보호하는 것이라고 고집할

수만은 없는 것이어서

적당한 조화의 답을 구하기 위하여 심사숙고하며 심각히 고민하게 됩니다.

다행하게도 —

그러한 생각의 사람들이 많아서 —

인간의 생각과 정신이 여기에 이르러서 —

인류는, 인류의 미래는 — 그래도 희망적이라 하겠습니다.

❖❖❖❖❖

인간은, 인간의 사고는,

생존해야하고 번성해야할 명제 앞에서

기필코, 그 해답을 찾고 해법을 발견해냅니다.

무엇을 생각하고, 무엇을 말하며, 무엇을 행할 것인가? — 를

우선논제가 무엇이며 — 우선논리가 무엇인가? — 를

한계에 봉착하고 착오를 빈발하면서도

'자연과 환경의 보호'가 — 오직 그것임을 절실히 토로합니다.

❖❖❖❖❖

사고의 동물이며

선의 추종자이며

운명의 존재이면서
의지로 영위하는 — 그러한 그것이 인간이며 인생이라 하였습니다.
'삶이란 무엇인가?
 그것은 유한인가, 무한인가?
 만일 유한이라면, 무한으로의 통로는 없는가?
 있다면, 그것은 무엇인가?'
이제,
그러한 삶의 수수께끼를 풀기 위하여 하나의 메시지를 제시해봅니다.
순수 그대로 느끼고, 느끼는 그대로 생각하며, 생각하는 그대로 터득하십
시오!

❖ ❖ ❖ ❖ ❖
〈분꽃을 보면서〉

지리한 장마가 걷히고, 태양이 따갑던 어느 무심하던 여름날
우연히
인적 드문 마당 모퉁이 버려진 화단에서 한 포기 분꽃을 발견합니다.
'어디서 왔을까?'
생각하다. 생각하다.— 작년에도 그곳에 분꽃이 있었음을 상기합니다.
아 — 그러니까
분꽃은 죽은 것이 아니었습니다.
죽지 아니하였고, 그 공간에 살아있었습니다.
나는 잊고 있었는데, 잊혀진 것이 아니었습니다.
나는 돌보지 않았는데, 버려진 것이 아니었습니다.
무심하였는데, 그것은 나만일 뿐 — 세상은 가득히 유심이었습니다.
씨앗 속에서 (공간대의 블랙홀)
설한을 견디며 (시간대의 블랙홀)
무던히 인내하였고 극복하였으며

드디어
소생과 번성의 환경이 도래하였으므로
분꽃은 갱생하였고 피어났습니다.
세대를 넘어서 먼 ―
다음 세대로 가려는 경로로 ― 과정으로 ―!
그러니까
환경이 건재하고 ― 그 반복의 법칙에 무탈한 한
내년에도, 그 다음 해에도 ―
분꽃은 그곳에 그렇게 있으리라!
생명의 영원함은 ― 영원한 생명은 ―
그러한 절차, 그러한 모습으로, 그렇게 이어지는 것이리라!
아마도
그렇게 이어가는 것이리라!

❖❖❖❖❖

영원한 생명(삶)의 관건이 환경에 의한다는 ―
그것이 명백하고 확실한 것이라면
오늘을 살며 내일을 생각하고,
내일을 생각하며 오늘을 사는 우리들은
운명을 감싸 안은 어머니 품속 같은 저 ― 자연환경 앞에서
숙연히 감사하며 또한 숙고해야 하겠습니다.
한 평생 사는 동안 무엇을 어찌해야 하는지를 ―!

❖❖❖❖❖

각개 생명의 비밀과 ― 각개 삶의 조건이
모두다 전체의 환경과 더불어 그 운명을 같이하는 것이기에
무한과 영원을 동경하거든 ―
그것(환경)을 명심하고 그것(환경)에 집착하십시오!

그 집착 속에 길이 있고, 그 집착 속에서 찾은 길이 바른 길입니다.

그 길의 저쪽 언덕너머에 ―

무한의 통로가 있고, 영원의 문이 있습니다.

그래서 ―

명심하라 하고 집착하라 하는 것입니다.

굳이 윤회의 설을 끌고 들어와 들추지 아니하더라도 ―

❖ ❖ ❖ ❖ ❖

자연과 환경을 ― 재난으로부터 보호하는,

그리고

인간의 문명이 그것을 오염, 훼손, 파괴하지 않으며, 방관하지도 않는,

그래서

하느님(신)의 전당을 온전하게 하는 ―

그리함이 진정 신에 대한 인간의

바른 본분이며, 바른 보은, 바른 사명이라 하겠습니다.

당연한 의무이겠지만 또한 마땅한 권리라고도 하겠습니다.

신과 인간 사이의 통로이면서, 영원한 생명(삶)의 관건이기에 ―

❖ ❖ ❖ ❖ ❖

영원의 삶을 도모하며 ― 신을 닮으려는 소망으로 ―

인간은, 자연과 환경을 지키고 돌보려고 애를 씁니다.

헤아릴 수 없는 어려움의 끝없는 반복이지만,

그래도 감당하고 해결하려는 것이 인간이기에 ―

그러므로 그것이 ―

신(하느님)께서 ―

인간에게 손을 내밀고, 인간의 손을 잡는 이유입니다.

그래서 신은 인간의 가는 길 도처에서 축복하고 은총하며 격려합니다.

❖❖❖❖❖❖

신의 의도하는바 도모가 그러하고
신을 위하여 하는 일이 그러하듯이
자연생태를 위하여 하는 일들이 결국은 그 속에 포함되어 호흡하는 모두
를 위함이겠습니다.
인간이라고 따로 떨어진 예외의 존재일 리 없고 그냥 그대로 자연과 환경
의 한 부분에 불과함을 깨달을 때 ─
친자연적 친환경적 사고가, 자연적으로 필연적으로 망각의 늪에서 부상하
여 떠오를 것입니다.
자연환경을 보호하거나 위하는 것은 ─ 인류를 위함이며
인류를 위함이 ─ 곧 나를 위함인 것은
나도 그 속의 일원이기에 그렇습니다.

❖❖❖❖❖❖

아무리 강조해도 지나침이 없고
아무리 강조해도 무리가 아닌
자연과 환경의 절대적인 중요함 앞에서 ─
그 조화의 오묘함과 신비함 앞에서 ─
인간은, 인간의 지성과 감성 모두는,
공손히 ─ 겸허히 ─ 절실히 ─
무한히 위대하다 할 그 무엇을 생각하게 됩니다. 느끼게 됩니다.
언급하기조차 조심되는 무한의 감동과 감격으로 ─
그 손길에 ─ 그 권능에 ─ 머리 숙이게 됩니다.
이것이 바로, 자연과 환경의 주관자 즉, 신에 대한 이해이며 경배이겠습니다.
그러고 보니, 어언간 ─
이해에 이르고 경배에 이르렀습니다.
그러면 이제, 축복과 은총도 그리 멀지 않은 곳에서 따라오고 있겠습니다.

종교와 사원

[74~83]

74. 참 종교의 척도는?

아무리 생각하고 또 해보아도,

하면 할수록 自然과 環境에 關한 理解와 느낌은

知性을 넘어서 覺醒으로—

現象을 넘어서 理想으로—

人性을 넘어서 神性으로— 그리고 宗敎로—

그래서

信仰처럼 切實하고 懇切한 渴望으로 가슴 가득 담겨옵니다.

人間에 依하여 짜 맞추어진 人間本位의 그런 것이 아니라,

自然과 環境 속에서 찾아낸, 있는 그대로의 宇宙의 法則!

그것이 아마도, 人類에 있어서의 참 宗敎의 始作이리라 여겨집니다.

宗敎는 이미 自然과 環境 속에 漫然하며,

神의 意志로 가득한 宇宙全體가 바로 하나의 宗敎입니다.

그러므로 宗敎는— 그 幅과 깊이는, 그 質과 價値는, 그 尺度는—

自然과 環境에 對한 關心과 理解의 程度로써 가늠되겠습니다.

그러므로 人類에게 있어서의 참 宗敎는—

永遠한 生命을 依託하게 되어있는 自然과 環境에 關하여—

그것(自然과 環境)을 생각함이 基本이며 全部이겠습니다.

그것을 말함이 基本이며 全部이겠습니다.

그것을 行함이 基本이며 全部이겠습니다.

그래서 含蓄되고 濃縮된 그것의 蓄積으로 宇宙를 다 간직하는—

그래서 限 없이 넓어지고 깊어진 그런 것이겠습니다.

아무리 생각하고 또 해보아도,
하면 할수록 자연과 환경에 관한 이해와 느낌은
지성을 넘어서 각성으로 –
현상을 넘어서 이상으로 –
인성을 넘어서 신성으로 – 그리고 종교로 –
그래서
신앙처럼 절실하고 간절한 갈망으로 가슴 가득 담겨옵니다.
인간에 의하여 짜 맞추어진 인간본위의 그런 것이 아니라,
자연과 환경 속에서 찾아낸, 있는 그대로의 우주의 법칙!
그것이 아마도, 인류에 있어서의 참 종교의 시작이리라 여겨집니다.
종교는 이미 자연과 환경 속에 만연하며,
신의 의지로 가득한 우주전체가 바로 하나의 종교입니다.
그러므로 종교는 – 그 폭과 깊이는, 그 질과 가치는, 그 척도는 –
자연과 환경에 대한 관심과 이해의 정도로써 가늠되겠습니다.
그러므로 인류에게 있어서의 참 종교는 –
영원한 생명을 의탁하게 되어있는 자연과 환경에 관하여 –
그것 (자연과 환경) 을 생각함이 기본이며 전부이겠습니다.
그것을 말함이 기본이며 전부이겠습니다.
그것을 행함이 기본이며 전부이겠습니다.
그래서 함축되고 농축된 그것의 축적으로 우주를 다 간직하는 –
그래서 한 없이 넓어지고 깊어진 그런 것이겠습니다.

75. 모든 것은 하느님 전당 안에서 하나입니다.

人間에게는 — 人間의 社會에는 —

出現하였다가 사라진 人間의 數爻만큼, 集團의 數만큼, 多樣한 樣相이 있었겠습니다.

그래서 偶然하게도 人間의 文明과 文化의 形成은 多樣함이 必然이며, 그래서 그런 多樣함으로 因하여 多樣한 宗敎들이, 그 神殿이나 寺院들이, 또한 多樣하게 形成되고 保存되었겠습니다.

그러나 — 그런데 — 그 中 어느 것도

神이라고 假說한 하느님!

그 하느님(神)의 全體聖殿 밖에서 따로 存在할 수는 없겠습니다.

世上宇宙는 — 그 어디에도 하느님 聖殿 아닌 곳 없어서 어느 것도 그 안에서의 存在가 當爲이겠습니다.

萬一, 聖殿 밖이 있다고 여긴다면 —

그것까지 아우르지 못한 것은 이미 神이 아니며 따라서 神은 없습니다.

그래도 밖이 있는 것같이 여겨지는 것은 '割愛된 意志'의 部分을 錯覺하는 것이라고 해야겠습니다.

담을 쌓고 울타리를 두른다고 벗어남이 아니며 獨立이 아닙니다.

쌓은 담과 두른 울타리는 — 그것들의 存在 空間까지도 모두가 다 原來부터 하느님의 殿堂이요 그 殿堂의 片鱗들입니다.

그러하기에 —

文明이 다르고 文化가 다르다고 — 宗敎가 다르고 그 神殿과 寺院

이 다르다고 — 存在의 根本까지 다른 것이 아닙니다.

다르다고 하는 것들이 其實은 全體의 한 部分이요 一體의 裏面일 뿐, 하늘 向해 팔 벌린 나무들처럼 같은 地面에 根據하고 같은 大氣를 呼吸합니다. 模樣과 色깔이 조금 다른 것을, 그것으로 根本과 本質까지 전혀 다른 樣 誤認하고 固執하면서 獨立이라 하지 말기를 — 多樣함 속의 나의 것을 자랑하면서 — 多樣함 속의 다른 것도 興味롭게 認定하며 —

오늘날 衝突 直前의 各種 文明과 文化들이 人類의 危機로부터 그 大和合의 名分을, 실마리를, 當爲論을 찾아나가면 좋겠습니다.

인간에게는 — 인간의 사회에는 —
출현하였다가 사라진 인간의 수효만큼, 집단의 수만큼, 다양한 양상이 있었겠습니다.
그래서 우연하게도 인간의 문명과 문화의 형성은 다양함이 필연이며, 그래서 그런 다양함으로 인하여 다양한 종교들이, 그 신전이나 사원들이, 또한 다양하게 형성되고 보존되었겠습니다.
그러나 — 그런데 — 그 중 어느 것도
신이라고 가설한 하느님!
그 하느님(신)의 전체성전 밖에서 따로 존재할 수는 없겠습니다.
세상 우주는 — 그 어디에도 하느님 성전 아닌 곳 없어서 어느 것도 그 안에서의 존재가 당위이겠습니다.
만일, 성전 밖이 있다고 여긴다면 —
그것까지 아우르지 못한 것은 이미 신이 아니며 따라서 신은 없습니다.
그래도 밖이 있는 것같이 여겨지는 것은 '할애된 의지'의 부분을 착각하는 것이라고 해야겠습니다.

담을 쌓고 울타리를 두른다고 벗어남이 아니며 독립이 아닙니다.

쌓은 담과 두른 울타리는- 그것들의 존재 공간까지도 모두가 다 원래부터 하느님의 전당이요 그 전당의 편린들입니다.

그러하기에-

문명이 다르고 문화가 다르다고- 종교가 다르고 그 신전과 사원이 다르다고- 존재의 근본까지 다른 것이 아닙니다.

다르다고 하는 그것들이 기실은 전체의 한 부분이요 일체의 이면일 뿐, 하늘 향해 팔 벌린 나무들처럼 같은 지면에 근거하고 같은 대기를 호흡합니다.

모양과 색깔이 조금 다른 것을, 그것으로 근본과 본질까지 전혀 다른 양 오인하고 고집하면서 독립이라 하지 말기를-

다양함 속의 나의 것을 자랑하면서- 다양함 속의 다른 것도 흥미롭게 인정하며-

오늘날 충돌 직전의 각종 문명과 문화들이 인류의 위기로부터 그 대화합의 명분을, 실마리를, 당위론을 찾아나가면 좋겠습니다.

76. 종파

그럼에도— 宗敎들은 宗派를 짓고서—

我執과 反目에 沒頭하며 摩擦하고 衝突합니다.

歷史 속에서 그리하였더라도,

그리하였으므로 오히려 그것은 바로 가는 길이 아닙니다.

더 큰 全體를 보지 못하고 部分에 執着한 것입니다.

善을 追求하면서 完全한 善을 損傷하는 것입니다.

내가 나의 길을 가듯— 너도 너의 길을 가는 것이면,

네가 너의 길을 가듯— 나도 나의 길을 가는 것이지만,

그렇게만 생각하면 그 길은 아주 좁은 길일 수밖에 없고,

그렇더라도 그 길은, 다른 길이라기보다는 너와 나의(우리의) 길
로서 같은 곳을 向하는 여러 갈래 中의 다른 하나씩의 길이라고 생
각한다면 그 길들은 아주 넓은 길이 되겠습니다.

目前에서는— 近視眼으로는—

追求하는 各各의 理想과 目標가 다르게 보이지만—

그것은 但只, 方法의 差異에서 비추어지는 異質의 感일 뿐,

홀로 沒頭하는 외침이 矛盾과 不合理를 넘어서면, 小我를 넘어서
大我로 들어서면,

地平線 저— 쪽은 모두에게 같은 길입니다.

언젠가 어디선가— 最高理想과 目標에서 —疎脫하게 만나게 되어
있습니다.

이를 모름은 아둔함이며 이를 앎은 슬기입니다.

그리고 그로 因한 作用의 差異는

아둔함은 反目을, 슬기는 和合을 主導할 것입니다.

前者는 惡의 表象이겠고 後者는 善의 表象이겠습니다.

그러고 보면 여기에도 善과 惡의 갈림길이 있습니다.

宗敎들은— 宗派들은— 人類의 文明과 文化의 過程에서 뿐만 아

니라 理想을 追求하여 나아가는 人間의 精神과 靈魂의 過程에서도

分明— 多樣性의 確立에 貢獻한 바 至大하지만, 이는—

必要하고도 充分한 必要充分條件으로서는 아닌, 充分條件이지만

必要條件은 아닌, 다시 말하면 完全한 前提條件으로서의 絶對性은

아닌—

因果의 産物이고 보면,

至高의 價値性을 統合과 一致에 두고— 꾸준히 克服해가야 하는

그것이 課題로 남겠습니다.

그럼에도— 종교들은 종파를 짓고서—

아집과 반목에 몰두하며 마찰하고 충돌합니다.

역사 속에서 그리하였더라도,

그리하였으므로 오히려 그것은 바로 가는 길이 아닙니다.

더 큰 전체를 보지 못하고 부분에 집착한 것입니다.

선을 추구하면서 완전한 선을 손상하는 것입니다.

내가 나의 길을 가듯— 너도 너의 길을 가는 것이면,

네가 너의 길을 가듯— 나도 나의 길을 가는 것이지만,

그렇게만 생각하면 그 길은 아주 좁은 길일 수밖에 없고,

그렇더라도 그 길은, 다른 길이라기보다는 너와 나의 (우리의) 길로서

같은 곳을 향하는 여러 갈래 중의 다른 하나씩의 길이라고 생각한다면

그 길들은 아주 넓은 길이 되겠습니다.

목전에서는- 근시안으로는-

추구하는 각각의 이상과 목표가 다르게 보이지만-

그것은 단지, 방법의 차이에서 비추어지는 이질의 감일 뿐,

홀로 몰두하는 외침이 모순과 불합리를 넘어서면, 소아를 넘어서 대아로 들어서면,

지평선 저- 쪽은 모두에게 같은 길입니다.

언젠가 어디선가- 최고이상과 목표에서- 소탈하게 만나게 되어있습니다.

이를 모름은 아둔함이며 이를 앎은 슬기입니다.

그리고 그로 인한 작용의 차이는

아둔함은 반목을, 슬기는 화합을 주도할 것입니다.

전자는 악의 표상이겠고 후자는 선의 표상이겠습니다.

그러고 보면 여기에도 선과 악의 갈림길이 있습니다.

종교들은- 종파들은- 인류의 문명과 문화의 과정에서 뿐만 아니라 이상을 추구하여 나아가는 인간의 정신과 영혼의 과정에서도 분명- 다양성의 확립에 공헌한 바 지대하지만, 이는-

필요하고도 충분한 필요충분조건으로서는 아닌, 충분조건이지만 필요조건은 아닌, 다시 말하면 완전한 전제조건으로서의 절대성은 아닌- 인과의 산물이고 보면,

지고의 가치성을 통합과 일치에 두고- 꾸준히 극복해가야 하는 그것이 과제로 남겠습니다.

77. 청하고 권하더라도 강요나 주장은 삼가라!

宗派들 속에서 —

나와 너의 只今의 가는 길이 —

서로가 맞지 않는 다른 길 같아서 —

같이 갈 수 없는 틀린 길 같아서 —

그래서

같은 길을 가야하는 동무이거나 同志이고 싶어서 —

念慮되고 안타까워서 —

憐憫으로, 惑은 救援의 使命感 같은 것으로,

同行을 說得하려 합니다.

때로는

急한 마음에서 — 惑은 優越感에서 —

멀리 기다릴 것도 없이 — 異質感의 苦痛을 느낄 理由도 必要도

餘地도 없이 — 當場에 내 要求 내 主張 속으로 들어와 同質化하

자고 —

외곬으로 主張하고 強要하며 我田引水하기도 합니다.

그러나 그러함은, 같은 處地의 다른 立場이거나, 다른 處地의 같은

立場일 수도 있는 것이어서

請하거나 勸하더라도 要求와 主張으로 強要하지는 말아야 하겠습

니다.

同行은 아니 해도, 못 하더라도 —

서로의 길이 尊重되고 參考되는 謙讓과, 그렇게 하려는 깊은 理解

와 配慮 ― 그런 處世가 더 바람직하고 合理的인 높은 修養의 길이 겠습니다.

길이 없어서 ― 길을 몰라서 ― 못가는 것이 아니지요.

새 길이 있더라도 ― 다른 길을 알더라도 ― 그길 또한 이미 完成되고 確保된 길은 아니므로 自身의 努力과 修養이 없이는 到達할 수 없는 境遇의 길이며 荒蕪地처럼 새롭고 덤불처럼 뒤엉긴 아득한 길이지요.

누구든 가던 길로 가는 것이 가장 익숙한 지름길이겠기에 ―

易地思之하거나 忖度하여 봄도 없이

自己의 길만을 主張하는 我執은,

融和와 調和를 모르는 獨善은,

異質을 排斥하는 排他는,

그런 것들이 오히려 摩擦과 衝突을 惹起하는 頑이요 惡이요 毒일 수 있는 危殆로운 것들임을 깊이 銘心해야 하겠습니다.

종파들 속에서 ―
나와 너의 지금의 가는 길이 ―
서로가 맞지 않는 다른 길 같아서 ―
같이 갈 수 없는 틀린 길 같아서 ―
그래서
같은 길을 가야하는 동무이거나 동지이고 싶어서 ―
염려되고 안타까워서 ―
연민으로, 혹은 구원의 사명감 같은 것으로,
동행을 설득하려 합니다.

때로는

급한 마음에서 - 혹은 우월감에서 -

멀리 기다릴 것도 없이 - 이질감의 고통을 느낄 이유도 필요도 여지도 없이 - 당장에 내 요구 내 주장 속으로 들어와 동질화하자고 -

외곬으로 주장하고 강요하며 아전인수하기도 합니다.

그러나 그러함은, 같은 처지의 다른 입장이거나, 다른 처지의 같은 입장일 수도 있는 것이어서

청하거나 권하더라도 요구와 주장으로 강요하지는 말아야 하겠습니다.

동행은 아니 해도, 못 하더라도 -

서로의 길이 존중되고 참고되는 겸양과, 그렇게 하려는 깊은 이해와 배려 - 그런 처세가 더 바람직하고 합리적인 높은 수양의 길이겠습니다.

길이 없어서 - 길을 몰라서 - 못가는 것이 아니지요.

새 길이 있더라도 - 다른 길을 알더라도 - 그길 또한 이미 완성되고 확보된 길은 아니므로 자신의 노력과 수양이 없이는 도달할 수 없는 경우의 길이며 황무지처럼 새롭고 덤불처럼 뒤엉긴 아득한 길이지요.

누구든 가던 길로 가는 것이 가장 익숙한 지름길이겠기에 -

역지사지하거나 촌탁하여 봄도 없이

자기의 길만을 주장하는 아집은,

융화와 조화를 모르는 독선은,

이질을 배척하는 배타는,

그런 것들이 오히려 마찰과 충돌을 야기하는 탈이요 악이요 독일 수 있는 위태로운 것들임을 깊이 명심해야 하겠습니다.

78. 길의 인도자, 삶의 인도자가 — 목자(牧者)십니다.

極樂世界가 있느냐고? — 天國이 있느냐고? —

그것을 그렇게 물으면 — 幸福의 마음이 있고, 樂園의 동산이 있는 것처럼 그 또한 그렇게 있노라고 答할 수 있겠습니다.

그리고,

極樂에 이르고 싶거든 — 天國에 이르고 싶거든 —

丁寧 거기까지 이르고 싶거든 —

그 또한,

어디에 있느냐고 묻지 마시고, 무엇이냐고 먼저 물으십시오!!

幸福을 만들고 樂園을 耕作하던 그 公式(方法)을 適用하십시오!

그 물음의 途中에서, 끝에서,

極樂도 만나고 天國도 만나게 됩니다.

極樂으로 — 天國으로 —

그리로 通하는 길은 외줄기 한 길이 아닙니다.

憧憬하고 그리워하는 者 — 素望하고 渴望하는 者 —

그가 있는 그곳이 바로 그 길의 始作이며 — 거기서부터 더듬어가는 오솔길입니다.

길섶의 들꽃이 속삭이고, 숲속의 山새들이 노래하며, 바람은 산들산들 땀을 식혀주기도 하지만, 길의 앞에는 가시덤불도 絶壁도 있을 수 있습니다.

어떻든 그 길은 到處에 있으며 찾는 者의 數만큼이나 多樣하고 많습니다.

그러니까—

極樂으로 通하고 天國으로 通하는 그 길은

到處에 있으며 또한 언제나 어디서나 활짝 열려있습니다.

그러한 到處에서 그 길을 일깨우고 引導하는 者—

그가 牧者십니다.

牧者는,

마음과 생각과 精神의 길잡이로서 삶의 引導者십니다.

險難한 世上의 조금 높은 곳에서 길을 引導하는 燈臺지기입니다.

극락세계가 있느냐고? — 천국이 있느냐고? —

그것을 그렇게 물으면—, 행복의 마음이 있고, 낙원의 동산이 있는 것처럼 그 또한 그렇게 있노라고 답 할 수 있겠습니다.

그리고,

극락에 이르고 싶거든— 천국에 이르고 싶거든—

정녕 거기까지 이르고 싶거든—

그 또한,

어디에 있느냐고 묻지 마시고, 무엇이냐고 먼저 물으십시오!!

행복을 만들고 낙원을 경작하던 그 공식(방법)을 적용하십시오!

그 물음의 도중에서, 끝에서,

극락도 만나고 천국도 만나게 됩니다.

극락으로— 천국으로—

그리로 통하는 길은 외줄기 한 길이 아닙니다.

동경하고 그리워하는 자— 소망하고 갈구하는 자—

그가 있는 그곳이 바로 그 길의 시작이며— 거기서부터 더듬어가는 오솔길입니다.

길섶의 들꽃이 속삭이고, 숲속의 산새들이 노래하며, 바람은 산들산들 땀을 식혀주기도 하지만, 길의 앞에는 가시덤불도 절벽도 있을 수 있습니다.

어떻든 그 길은 도처에 있으며 찾는 자의 수만큼이나 다양하고 많습니다.

그러니까-

극락으로 통하고 천국으로 통하는 그 길은

도처에 있으며 또한 언제나 어디서나 활짝 열려있습니다.

그러한 도처에서 그 길을 일깨우고 인도하는 자-

그가 목자십니다.

목자는,

마음과 생각과 정신의 길잡이로서 삶의 인도자십니다.

험난한 세상의 조금 높은 곳에서 길을 인도하는 등대지기입니다.

79. 소아(小我)를 버리고 대아(大我)로 ―

개구리가 알을 낳더니, 올챙이가 되었고 또 개구리로 變身하였습니다.

닭이 알을 낳더니, 병아리가 되었고 또 어미닭으로 變하였습니다.

누에가 번데기로 깊은 잠에 들더니, 어느덧 다시 나방이 되어서 날았습니다.

勿論, 그 過程에서 ― 淘汰의 現象은 必需的인 것이며 冷酷한 것이지만,

透視해 보아야할 事實은, 世上은 그냥 그 世上이로되 次元은 다른 次元의 世界로 옮겨진다는 것입니다.

變化를 거듭하는 그 以前의 世界와 그 以後의 世界는 分明 次元의 다른 世界를 立證해 보입니다. 進化와 創造를 言及하고자 함이 아니라 그것과는 조금 다른 內面의 世界의 昇華를 말하고자 함입니다.

人間의 길에도, 人生의 過程에도 아마 그런 것이 있으리라 確信하며 그 過程을 ― '小我'와 '大我'로 區分해 봅니다.

小我를 눈감고 大我를 보십시오!

小我를 버리고 大我를 取하십시오!

小我를 넘어서 大我로 가십시오!

大我로 나아갈 때, 그리 할 수 있을 때, 기어이 그리 하였을 때 ― 그러한 사람들은, 그러한 사람들의 宗敎는, 그러한 그것들의 共同 運命은,

巨大한 統一이 있습니다.
鮮明한 目標가 있습니다.
雄壯한 合唱이 있습니다.
無限한 希望이 있습니다.
따먹어도, 따먹어도 — 아무리 따먹어도
먹을수록 漸漸 더 無頗한 結實이 그 안에서 영글게 됩니다!
나무들의 열매 같은 — 부처님의 舍利 같은 —
이는 —
宇宙를 洞察하고 貫通하는 眞理의 結晶體로서
가슴에 맺히는 — 높은 理想의 열매가 그것이며,
가슴에 느끼는 — 하늘로부터의 뜨거운 熱氣와 환 — 한 빛이 또한
그것이겠습니다.

개구리가 알을 낳더니, 올챙이가 되었고 또 개구리로 변신하였습니다.
닭이 알을 낳더니, 병아리가 되었고 또 어미닭으로 변하였습니다.
누에가 번데기로 깊은 잠에 들더니, 어느덧 다시 나방이 되어서 날았습니다.
물론, 그 과정에서 — 도태의 현상은 필수적인 것이며 냉혹한 것이지만,
투시해 보아야할 사실은, 세상은 그냥 그 세상이로되 차원은 다른 차원의 세계로 옮겨진다는 것입니다.
변화를 거듭하는 그 이전의 세계와 그 이후의 세계는 분명 차원의 다른 세계를 입증해보입니다. 진화와 창조를 언급하고자 함이 아니라 그것과는 조금 다른 내면의 세계의 승화를 말하고자 함입니다.
인간의 길에도, 인생의 과정에도 아마 그런 것이 있으리라 확신하며 그 과정을 — '소아'와 '대아'로 구분해봅니다. —

소아를 눈감고 대아를 보십시오!
소아를 버리고 대아를 취하십시오!
소아를 넘어서 대아로 가십시오!
대아로 나아갈 때, 그리 할 수 있을 때, 기어이 그리 하였을 때, -
그러한 사람들은, 그러한 사람들의 종교는, 그러한 그것들의 공동운
명은,
거대한 통일이 있습니다.
선명한 목표가 있습니다.
웅장한 합창이 있습니다.
무한한 희망이 있습니다.
따먹어도, 따먹어도- 아무리 따먹어도
먹을수록 점점 더 무탈한 결실이 그 안에서 영글게 됩니다.
나무들의 열매 같은- 부처님의 사리 같은-
이는-
우주를 통찰하고 관통하는 진리의 결정체로서
가슴에 맺히는- 높은 이상의 열매가 그것이며,
가슴에 느끼는- 하늘로부터의 뜨거운 열기와 환-한 빛이 또한 그것이
겠습니다.

80. 소아(小我)를 버림은 아픔이지만,
   그것은 위대한 수양

小我를 깨뜨리고 버림은 저미는 아픔이지만,
그것은 偉大한 修養입니다.
小我의 틀을 깨고, 固定의 틀을 허물어서, 固定된 觀念으로부터 벗
어나는 것! —
그것은 아무도 代身할 수 없습니다.
오로지 自身만이 할 수 있으며
오직 自身이 해야 하는 것입니다.
알을 품은 어미 새의 저 — 둥지를 — 그 기다림을 —
엿보고 엿들어보십시오!
眞理의 말은 이러합니다. —
'알을 깨고 나오라!'고 —
'昇華를 爲하여 飛翔을 爲하여 스스로 깨고 나오라!'고 —
'그러지 않으면, 그러지 못하면, 새로운 世界로의 偉大한 誕生은
   없노라!'고 —

소아를 깨뜨리고 버림은 저미는 아픔이지만,
그것은 위대한 수양입니다.
소아의 틀을 깨고, 고정의 틀을 허물어서, 고정된 관념으로부터 벗어나
는 것! –
그것은 아무도 대신할 수 없습니다.

오로지 자신만이 할 수 있으며
오직 자신이 해야 하는 것입니다.
알을 품은 어미 새의 저- 둥지를- 그 기다림을-
엿보고 엿들어보십시오!
진리의 말은 이러합니다. -
'알을 깨고 나오라!'고-
'승화를 위하여 비상을 위하여 스스로 깨고 나오라!'고-
'그러지 않으면, 그러지 못하면, 새로운 세계로의 위대한 탄생은 없노
라!'고-

81. 대아(大我)로 나아감은 망망함이지만,
그것은 수양의 완성

大我로 나아감은 *茫茫*한 두려움이지만,

그것은

멀고도 넓은 世界로의 脫出이며, 修養의 完成으로 가는 길입니다.

修養의 完成이 머지않은 길이며, 無限의 世上으로 通하는 길입니다.

그래서

大我의 通路는,

이미 我執과 反目으로 對立하는 利己의 거울 속이 아니며, 깨어지

고 열려진 새 世界입니다.

燦爛한 아름다움과 無限한 可能性이 ―

希望이라는 모습으로 가득히 準備된 新世界입니다.

대아로 나아감은 망망한 두려움이지만,

그것은

멀고도 넓은 세계로의 탈출이며, 수양의 완성으로 가는 길입니다.

수양의 완성이 머지않은 길이며, 무한의 세상으로 통하는 길입니다.

그래서

대아의 통로는,

이미 아집과 반목으로 대립하는 이기의 거울 속이 아니며, 깨어지고 열

려진 새 세계입니다.

찬란한 아름다움과 무한한 가능성이 ―

희망이라는 모습으로 가득히 준비된 신세계입니다.

82. 참 사원은? — 소아를 버리고 대아를 탄생하게 하는 곳

무릇 寺院들은― 참 寺院들은―

寺院을 찾는 理由의 사람들이―

自我를 想念하는 곳입니다.

自我를 想念하게 하는 곳이며,

自我를 想念해야 하는 곳입니다.

그래서―

小我를 허물고 大我를 세우는 修養의 場이며 修養된 聖徒로 誕生

시키는 産室입니다.

알을 품은 어미 새의 저― 心情처럼, 품속처럼,

사람의 精神과 생각과 마음까지 그렇게 키우고, 그렇게 커가게 하

는 곳입니다.

참 寺院이라면―

그러는 곳입니다.

그러하게 하는 곳이며,

그러하게 해야 하는 곳입니다.

무릇 사원들은― 참 사원들은―

사원을 찾는 이유의 사람들이―

자아를 상념하는 곳입니다.

자아를 상념하게 하는 곳이며,

자아를 상념해야 하는 곳입니다.

그래서 –

소아를 허물고 대아를 세우는 수양의 장이며 수양된 성도로 탄생시키는
산실입니다.

알을 품은 어미 새의 저 – 심정처럼, 품속처럼,

사람의 정신과 생각과 마음까지 그렇게 키우고, 그렇게 커가게 하는 곳
입니다.

참 사원이라면 –

그러는 곳입니다.

그러하게 하는 곳이며,

그러하게 해야 하는 곳입니다

83. 인간의 곳에 종교가 아니라, 종교의 곳에 인간이 —

神(하느님)의 廣野에서, 宗敎의 들판에서, 언제나 그곳을 彷徨하고 서성이는 存在가 人間입니다. 人間의 곳에는 언제나 어디나 宗敎가 있습니다.

그런데, 그것의 바른 뜻은 — 眞言하면(盡言하면), 換言하면 —
'人間의 곳에 宗敎'가 아니라 — '宗敎의 곳에 人間'이라 하여야 맞겠습니다.

왜 그런가하면 — '人間' 그 以前부터 이미 豫備되었고 展開되어있던 '神秘!' 그것의 發見과 느낌이 宗敎이며 그것을 人間이 하는 것이기 때문입니다.

그래서 人間에게 宗敎는 언제나 故鄕같고 鄕愁같은 느낌인 것입니다.

그러므로 萬一, 宗敎旅行을 하거든 — 하게 되거든 —

人間의 곳에, 人間의 것에, 坐定해 머물면 아니 되겠습니다.

人間의 것이 그 全部가 아니며, 그 全部가 다 人間의 것이 아니기에 人間 以前의 것, 人間 以後의 것뿐 아니라 人間 以外의 것까지 縱과 橫으로 延長해 가야하겠습니다.

무릇 宗敎에서 人間들은 그것이 人間 本位의 人間 專有의 것으로 여기지만, 그런 것이 아닙니다. 그것은 錯覺입니다.

宇宙가, 世上이, 神(하느님)의 領域이라면 — 모두가 다 더불어 存在하는 萬物의 것이기에 그렇습니다. 神性은 人間만의 느낌이 아닙니다. 느낌이 아니라, 느낌보다 더 나아가서 — 이미 神性을 펼쳐 벌리고 그것을 實行하는 事物들이 눈앞에 漫然하다면 —
그래도 더 以上의 說明이 必要하겠습니까?!

신(하느님)의 광야에서, 종교의 들판에서, 언제나 그곳을 방황하고 서성이는 존재가 인간입니다. 인간의 곳에는 언제나 어디나 종교가 있습니다.
그런데, 그것의 바른 뜻은- 진언하면(진언하면), 환언하면-
'인간의 곳에 종교'가 아니라- '종교의 곳에 인간'이라 하여야 맞겠습니다.
왜 그런가하면- '인간' 그 이전부터 이미 예비되었고 전개되어 있던 '신비!' 그것의 발견과 느낌이 종교이며 그것을 인간이 하는 것이기 때문입니다.
그래서 인간에게 종교는 언제나 고향 같고 향수 같은 느낌인 것입니다.
그러므로 만일, 종교여행을 하거든- 하게 되거든-
인간의 곳에, 인간의 것에, 좌정해 머물면 아니 되겠습니다.
인간의 것이 그 전부가 아니며, 그 전부가 다 인간의 것이 아니기에
인간 이전의 것, 인간 이후의 것뿐 아니라 인간 이외의 것까지 종과 횡으로 연장해 가야하겠습니다.
무릇 종교에서 인간들은 그것이 인간 본위의 인간 전유의 것으로 여기지만, 그런 것이 아닙니다. 그것은 착각입니다.
우주가, 세상이, 신(하느님)의 영역이라면- 모두가 다 더불어 존재하는 만물의 것이기에 그렇습니다. 신성은 인간만의 느낌이 아닙니다. 느낌이 아니라, 느낌보다 더 나아가서- 이미 신성을 펼쳐 벌리고 그것을 실행하는 사물들이 눈앞에 만연하다면-
그래도 더 이상의 설명이 필요하겠습니까?!

종교와 사원

❖❖❖❖❖

아무리 생각하고 또 해보아도,

하면 할수록 자연과 환경에 관한 이해와 느낌은

지성을 넘어서 각성으로 —

현상을 넘어서 이상으로 —

인성을 넘어서 신성으로 — 그리고 종교로 —

그래서

신앙처럼 절실하고 간절한 갈망으로 가슴 가득 담겨옵니다.

인간에 의하여 짜 맞추어진 인간본위의 그런 것이 아니라,

자연과 환경 속에서 찾아낸, 있는 그대로의 우주의 법칙!

그것이 아마도, 인류에 있어서의 참 종교의 시작이리라 여겨집니다.

종교는 이미 자연과 환경 속에 만연하며,

신의 의지로 가득한 우주전체가 바로 하나의 종교입니다.

그러므로 종교는 — 그 폭과 깊이는 — 그 질과 가치는 — 그 척도는 —

자연과 환경에 대한 관심과 이해의 정도로써 가늠되겠습니다.

그러므로 인류에게 있어서의 참 종교는 —

영원한 생명을 의탁하게 되어있는 자연과 환경에 관하여 —

그것(자연과 환경)을 생각함이 기본이며 전부이겠습니다.

그것을 말함이 기본이며 전부이겠습니다.

그것을 행함이 기본이며 전부이겠습니다.

그래서 함축되고 농축된 그것의 축적으로 우주를 다 간직하는 —

그래서 한 없이 넓어지고 깊어진 그런 것이겠습니다.

❖❖❖❖❖

인간에게는 — 인간의 사회에는 —

출현하였다가 사라진 인간의 수효만큼, 집단의 수만큼, 다양한 양상이 있었겠습니다.

그래서 우연하게도 인간의 문명과 문화의 형성은 다양함이 필연이며,

그래서 그런 다양함으로 인하여 다양한 종교들이, 그 신전이나 사원들이, 또한 다양하게 형성되고 보존되었겠습니다.

그러나 — 그런데 — 그 중 어느 것도

신이라고 가설한 하느님!

그 하느님(신)의 전체성전 밖에서 따로 존재할 수는 없겠습니다.

세상 우주는 — 그 어디에도 하느님 성전 아닌 곳 없어서 어느 것도 그 안에서의 존재가 당위이겠습니다.

만일, 성전 밖이 있다고 여긴다면 —

그것까지 아우르지 못한 것은 신이 아니며 따라서 신은 없습니다.

그래도 밖이 있는 것같이 여겨지는 것은 '할애된 의지'의 부분을 착각하는 것이라고 해야겠습니다.

담을 쌓고 울타리를 두른다고 벗어남이 아니며 독립이 아닙니다.

쌓은 담과 두른 울타리는 그것들의 존재공간까지도 모두가 다 원래부터 하느님의 전당이요 그 전당의 편린들입니다

그러하기에 —

문명이 다르고 문화가 다르다고 — 종교가 다르고 그 신전과 사원이 다르다고 — 존재의 근본까지 다른 것이 아닙니다.

다르다고 하는 그것들이 기실은 전체의 한 부분이요, 일체의 이면일 뿐,

하늘 향해 팔 벌린 나무들처럼 같은 지면에 근거하고 같은 대기를 호흡합니다. 모양과 색깔이 조금 다른 것을, 그것으로 근본과 본질까지 전혀 다른 양 오인하고 고집하면서 독립이라 하지 말기를 —

다양함 속의 나의 것을 자랑하면서 — 다양함 속의 다른 것도 흥미롭게 인정하며 —

오늘날 충돌 직전의 각종 문명과 문화들이 인류의 위기로부터 그 대화합

의 명분을, 실마리를, 당위론을 찾아나가면 좋겠습니다.

❖❖❖❖❖

그럼에도 ― 종교들은 종파를 짓고서 ―

아집과 반목에 몰두하며 마찰하고 충돌합니다.

역사 속에서 그리하였더라도,

그리하였으므로 오히려 그것은 바로 가는 길이 아닙니다.

더 큰 전체를 보지 못하고 부분에 집착한 것입니다.

선을 추구하면서 완전한 선을 손상하는 것입니다

내가 나의 길을 가듯 ― 너도 너의 길을 가는 것이면,

네가 너의 길을 가듯 ― 나도 나의 길을 가는 것이지만,

그렇게만 생각하면 그 길은 아주 좁은 길일 수밖에 없고,

그렇더라도 그 길은, 다른 길이라기보다는 너와 나의 (우리의) 길로서 같은 곳을 향하는 여러 갈래 중의 다른 하나씩의 길이라고 생각한다면 그 길들은 아주 넓은 길이 되겠습니다.

목전에서는 ― 근시안으로는 ―

추구하는 각각의 이상과 목표가 다르게 보이지만 ―

그것은 단지 방법의 차이에서 비추어지는 이질의 감일 뿐,

홀로 몰두하는 외침이 모순과 불합리를 넘어서면, 소아를 넘어서 대아로 들어서면,

지평선 저 ― 쪽은 모두에게 같은 길입니다.

언젠가 어디선가 ― 최고이상과 목표에서 ― 소탈하게 만나게 되어있습니다.

이를 모름은 아둔함이며 이를 앎은 슬기입니다.

그리고 그로 인한 작용의 차이는 ―

아둔함은 반목을, 슬기는 화합을 주도할 것입니다.

전자는 악의 표상이겠고 후자는 선의 표상이겠습니다.

그리고 보면 여기에도 선과 악의 갈림길이 있습니다.

종교들은 ― 종파들은 ― 인류의 문명과 문화의 과정에서 뿐만 아니라 이

상을 추구하여 나아가는 인간의 정신과 영혼의 과정에서도 분명 ― 다양
성의 확립에 공헌한 바 지대하지만, 이는 ―
 필요하고도 충분한 필요충분조건으로서는 아닌, 충분조건이지만 필요조
건은 아닌, 다시 말하면 완전한 전제조건으로서의 절대성은 아닌 ―
인과의 산물이고 보면,
 지고의 가치성을 통합과 일치에 두고 ― 꾸준히 극복해가야 하는 그것이
과제로 남겠습니다.

❖❖❖❖❖

종파들 속에서 ―
나와 너의 지금의 가는 길이 ―
서로가 맞지 않는 다른 길 같아서 ―
같이 갈 수 없는 틀린 길 같아서 ―
그래서
같은 길을 가야하는 동무이거나 동지이고 싶어서 ―
염려되고 안타까워서 ―
연민으로, 혹은 구원의 사명감 같은 것으로,
동행을 설득하려 합니다.
때로는
급한 마음에서 ― 혹은 우월감에서 ―
멀리 기다릴 것도 없이 ― 이질감의 고통을 느낄 이유도 필요도 여지도 없
이 ― 당장에 내 요구 내 주장 속으로 들어와 동질화하자고 ―
외곬으로 주장하고 강요하며 아전인수하기도 합니다.
그러나 그러함은, 같은 처지의 다른 입장이거나, 다른 처지의 같은 입장일
수도 있는 것이어서
청하거나 권하더라도 요구와 주장으로 강요하지는 말아야 하겠습니다.
동행은 아니 해도, 못 하더라도 ―
서로의 길이 존중되고 참고되는 겸양과, 그렇게 하려는 깊은 이해와 배

려 — 그런 처세가 더 바람직하고 합리적인 높은 수양의 길이겠습니다.

길이 없어서 — 길을 몰라서 — 못가는 것이 아니지요.

새 길이 있더라도 — 다른 길을 알더라도 — 그길 또한 이미 완성되고 확보된 길은 아니므로 자신의 노력과 수양이 없이는 도달할 수 없는 경우의 길이며 황무지처럼 새롭고 덤불처럼 뒤엉긴 아득한 길이지요.

누구든 가던 길로 가는 것이 가장 익숙한 지름길이겠기에 —

역지사지하거나 촌탁하여 봄도 없이

자기 길만을 주장하는 아집은,

융화와 조화를 모르는 독선은,

이질을 배척하는 배타는,

그런 것들이 오히려 마찰과 충돌을 야기하는 탈이요 악이요 독일 수 있는 위태로운 것들임을 깊이 명심해야 하겠습니다.

❖❖❖❖❖

극락세계가 있느냐고? — 천국이 있느냐고? —

그것을 그렇게 물으면 — 행복의 마음이 있고, 낙원의 동산이 있는 것처럼 그 또한 그렇게 있노라고 답할 수 있겠습니다.

그리고,

극락에 이르고 싶거든 — 천국에 이르고 싶거든 —

정녕 거기까지 이르고 싶거든 —

그 또한,

어디에 있느냐고 묻지 마시고, 무엇이냐고 먼저 물으십시오!!

행복을 만들고 낙원을 경작하던 그 공식(방법)을 적용하십시오!

그 물음의 도중에서, 끝에서,

극락도 만나고 천국도 만나게 됩니다.

극락으로 — 천국으로 —

그리로 통하는 길은 외줄기 한 길이 아닙니다.

동경하고 그리워하는 자 — 소망하고 갈구하는 자 —

그가 있는 그곳이 바로 그 길의 시작이며 ─ 거기서부터 더듬어가는 오솔 길입니다.

길섶의 들꽃이 속삭이고, 숲속의 산새들이 노래하며, 바람은 산들산들 땀을 식혀주기도 하지만, 길의 앞에는 가시덤불도 절벽도 있을 수 있습니다.

어떻든 그 길은 도처에 있으며 찾는 자의 수만큼이나 다양하고 많습니다.

그러니까 ─

극락으로 통하고 천국으로 통하는 그 길은

도처에 있으며 또한 언제나 어디서나 활짝 열려있습니다.

그러한 도처에서 그 길을 일깨우고 인도하는 자 ─

그가 목자십니다.

목자는,

마음과 생각과 정신의 길잡이로서 삶의 인도자십니다.

험난한 세상의 조금 높은 곳에서 길을 인도하는 등대지기입니다.

❖❖❖❖❖❖

개구리가 알을 낳더니, 올챙이가 되었고 또 개구리로 변신하였습니다.

닭이 알을 낳더니, 병아리가 되었고 또 어미닭으로 변하였습니다.

누에가 번데기로 깊은 잠에 들더니, 어느덧 다시 나방이 되어서 날았습니다.

물론, 그 과정에서 ─ 도태의 현상은 필수적인 것이며 냉혹한 것이지만,

투시해 보아야할 사실은, 세상은 그냥 그 세상이로되 차원은 다른 차원의 세계로 옮겨진다는 것입니다.

변화를 거듭하는 그 이전의 세계와 그 이후의 세계는 분명 차원의 다른 세계를 입증해 보입니다. 진화와 창조를 언급하고자 함이 아니라 그것과는 조금 다른 내면의 세계의 승화를 말하고자함입니다.

인간의 길에도, 인생의 과정에도 아마 그런 것이 있으리라 확신하며 그 과정을 ─ '소아'와 '대아'로 구분해봅니다 ─

소아를 눈감고 대아를 보십시오!

소아를 버리고 대아를 취하십시오!

소아를 넘어서 대아로 가십시오!

대아로 나아갈 때, 그리 할 수 있을 때, 기어이 그리 하였을 때 —

그러한 사람들은, 그러한 사람들의 종교는, 그러한 그것들의 공동 운명은,

거대한 통일이 있습니다.

선명한 목표가 있습니다.

웅장한 합창이 있습니다.

무한한 희망이 있습니다.

따먹어도, 따먹어도 — 아무리 따먹어도

먹을수록 점점 더 무탈한 결실이 그 안에서 영글게 됩니다.

나무들의 열매 같은 — 부처님의 사리 같은 —

이는 —

우주를 통찰하고 관통하는 진리의 결정체로서

가슴에 맺히는 — 높은 이상의 열매가 그것이며,

가슴에 느끼는 — 하늘로부터의 뜨거운 열기와 환 — 한 빛이 또한 그것이

겠습니다.

❖❖❖❖❖

소아를 깨뜨리고 버림은 저미는 아픔이지만,

그것은 위대한 수양입니다.

소아의 틀을 깨고, 고정의 틀을 허물어서, 고정된 관념으로부터 벗어나는 것 —

그것은 아무도 대신할 수 없습니다.

오로지 자신만이 할 수 있으며

오직 자신이 해야 하는 것입니다.

알을 품은 어미 새의 저 — 둥지를 — 그 기다림을 —

엿보고 엿들어보십시오!

진리의 말은 이러합니다. —

'알을 깨고 나오라!'고 —

'승화를 위하여 비상을 위하여 스스로 깨고 나오라!'고 —

'그러지 않으면, 그러지 못하면, 새로운 세계로의 위대한 탄생은 없노라!'고 ―

❖❖❖❖❖

대아로 나아감은 망망한 두려움이지만,
그것은
멀고도 넓은 세계로의 탈출이며, 수양의 완성으로 가는 길입니다.
수양의 완성이 머지않은 길이며, 무한의 세상으로 통하는 길입니다.
그래서
대아의 통로는,
이미 아집과 반목으로 대립하는 이기의 거울 속이 아니며, 깨어지고 열려
진 새 세계입니다.
찬란한 아름다움과 무한한 가능성이 ―
희망이라는 모습으로 가득히 준비된 신세계입니다.

❖❖❖❖❖

무릇 사원들은 ― 참 사원들은 ―
사원을 찾는 이유의 사람들이 ―
자아를 상념하는 곳입니다.
자아를 상념하게 하는 곳이며
자아를 상념해야 하는 곳입니다.
그래서 ―
소아를 허물고 대아를 세우는, 수양의 장이며 수양된 성도로 탄생시키는
산실입니다.
알을 품은 어미 새의 저 ― 심정처럼, 품속처럼,
사람의 정신과 생각과 마음까지 그렇게 키우고, 그렇게 커가게 해야 하는
곳입니다.
참 사원이라면 ―
그러는 곳입니다.

그러하게 하는 곳이며,
그러하게 해야 하는 곳입니다.

❖❖❖❖❖❖

신(하느님)의 광야에서, 종교의 들판에서, 언제나 그곳을 방황하고 서성이는 존재가 인간입니다. 인간의 곳에는 언제나 종교가 있습니다.
그런데, 그것의 바른 뜻은 ─ 진언하면(진언하면) ─ 환언하면 ─
'인간의 곳에 종교'가 아니라 ─ '종교의 곳에 인간'이라 하여야 맞겠습니다.
왜 그런가하면 ─ '인간' 그 이전부터 이미 예비되었고 전개되어 있던 '신비!' 그것의 발견과 느낌이 종교이며 그것을 인간이 하는 것이기 때문입니다.
그래서 인간에게 종교는 언제나 고향 같고 향수 같은 느낌인 것입니다.
그러므로 만일, 종교여행을 하거든 ─ 하게 되거든 ─
인간의 곳에, 인간의 것에, 좌정해 머물면 아니 되겠습니다.
인간의 것이 그 전부가 아니며, 그 전부가 다 인간의 것이 아니기에
인간 이전의 것, 인간 이후의 것뿐 아니라 인간 이외의 것까지 종과 횡으로 연장해 가야하겠습니다.
무릇 종교에서 인간들은 그것이 인간 본위의 인간 전유의 것으로 여기지만, 그런 것이 아닙니다. 그것은 착각입니다.
우주가, 세상이, 신(하느님)의 영역이라면 ─ 모두가 다 더불어 존재하는 만물의 것이기에 그렇습니다. 신성은 인간만의 느낌이 아닙니다. 느낌이 아니라, 느낌보다 더 나아가서 ─ 이미 신성을 펼쳐 벌리고 그것을 실행하는 사물들이 눈앞에 만연하다면 ─
그래도 더 이상의 설명이 필요하겠습니까?!

이상(理想)에 이르는 길

[84~86]

84. 이상으로 가는 길

별빛과 구름과 바람과 —
나무와 새 — 들풀과 풀벌레 —
그러한 모두가 함께하는 — 自然 속에서 —
홀로 어둠에 潛迹하지 아니하고
빛 속에 出演하며 더불어 가는 그 길이 —
大我를 通한 者의 길
引導하고 救援하는 者의 길
牧者의 길
聖者의 길입니다.
現實을 딛고 걸어서 理想으로 가는 길이며
理想의 열매를 담아들고 現實로 돌아오는 길입니다.
理想으로 通하고 眞理로 通하는 가장 素朴하고 正義로운 普遍的
인 길입니다.

별빛과 구름과 바람과-
나무와 새- 들풀과 풀벌레-
그러한 모두가 함께하는- 자연 속에서-
홀로 어둠에 잠적하지 아니하고
빛 속에 출연하며 더불어 가는 그 길이-
대아를 통한 자의 길
인도하고 구원하는 자의 길
목자의 길

성자의 길입니다.
현실을 딛고 걸어서 이상으로 가는 길이며
이상의 열매를 담아들고 현실로 돌아오는 길입니다.
이상으로 통하고 진리로 통하는 가장 소박하고 정의로운 보편적인 길입
니다.

85. 득도의 길(수양의 길)

理想으로 通하고 眞理로 通하는—
그 길을 따르려는, 그 길을 攄得하려는—
得道의 努力과 修行의 수고가—
그 價値만큼이나 어려움을 同伴하기에—
難關이요 苦難이지만—
不可能으로 斷定하는 이른 抛棄는 삼가십시오!
뜻 있는 者— 願하는 길이요
願하는 者에게는— 열리는 길이며
努力하고 수고하는 者에게— 克服되는 길입니다.
順坦 없는 難關이요 苦難이지만—
곧지 아니하고 鋪裝되지 아니하였으므로—
걸어서 가는 그 길이, 걸어서 가야하는 그 길이,
걸어서 가는 길이기에, 걸어서 가야하는 길이기에,
得道의 길이요 修行의 길입니다.

이상으로 통하고 진리로 통하는—
그 길을 따르려는, 그 길을 터득하려는—
득도의 노력과 수행의 수고가—
그 가치만큼이나 어려움을 동반하기에—
난관이요 고난이지만—
불가능으로 단정하는 이른 포기는 삼가십시오!

뜻 있는 자 - 원하는 길이요
원하는 자에게는 - 열리는 길이며
노력하고 수고하는 자에게 - 극복되는 길입니다.
순탄 없는 난관이요 고난이지만 -
곧지 아니하고 포장되지 아니하였으므로 -
걸어서 가는 그 길이, 걸어서 가야하는 그 길이,
걸어서 가는 길이기에, 걸어서 가야하는 길이기에,
득도의 길이요 수행의 길입니다.

86. 낙원에 이르고 이상에 도달하는 길

한 例로서 —

日常的이고 平凡한 한 庭園師의 길이 있습니다.

어느 날 庭園師는 — 좀 더 좋은 庭園을, 가장 훌륭한 庭園을, 꿈의
東山을 — 樂園을 — 꿈꾸어봅니다.

그것을 — 기어이 꾸미고 가꿔내는 庭園師이고 싶어집니다.

그래서 —

懶怠하지 않으며, 誠實하고 能熟하게, 긴 歲月 熟練된 솜씨를 遺憾
없이 發揮해 봅니다.

失手도 失敗도 있으면서, 수고와 煩悶과 忍耐를 거듭하면서, 不斷
한 執念으로 庭園을 꾸며봅니다.

아무리 反復해도 修整해도 滿足이 없더니,

氣力이 衰殘하고 心身이 지친 어느 날, 드디어 — 偶然히 —

꿈의 東山은 — 樂園은 —

손길이 아니라, 마음에 依하여 다듬어진다는 것을 攄得합니다.

그래서

마음의 길을 타고 가슴의 庭園으로 들어갑니다.

平凡을 넘어서 非凡으로

心眼 속에서 — 가슴 속에서 — 마음 속에서 —

그 길을 따라서, 따라서 가노라면 어느새 —

새들 노래 드높고 꽃들 香氣 그윽한 祝祭의 饗宴에 이르게 됩니다.

거기가! 그것이! 樂園이며 理想입니다.

이윽고, 樂園에 이르고 理想에 到達한 것입니다.

다음 봄을 爲하여 이 겨울은 準備를 해야 하는 未完成이긴 하지만—

한 예로서—

일상적이고 평범한 한 정원사의 길이 있습니다.

어느 날 정원사는—좀 더 좋은 정원을, 가장 훌륭한 정원을, 꿈의 동산을— 낙원을— 꿈꾸어봅니다.

그것을— 기어이 꾸미고 가꿔내는 정원사이고 싶어집니다.

그래서—

나태하지 않으며, 성실하고 능숙하게, 긴 세월 숙련된 솜씨를 유감없이 발휘해봅니다.

실수도 실패도 있으면서, 수고와 번민과 인내를 거듭하면서, 부단한 집념으로 정원을 꾸며봅니다.

아무리 반복해도 수정해도 만족이 없더니,

기력이 쇠잔하고 심신이 지친 어느 날, 드디어— 우연히—

꿈의 동산은— 낙원은—

손길이 아니라, 마음에 의하여 다듬어진다는 것을 터득합니다.

그래서

마음의 길을 타고 가슴의 정원으로 들어갑니다.

평범을 넘어서 비범으로

심안 속에서— 가슴 속에서— 마음 속에서—

그 길을 따라서, 따라서 가노라면 어느새—

새들 노래 드높고 꽃들 향기 그윽한 축제의 향연에 이르게 됩니다.

거기가! 그것이! 낙원이며 이상입니다.

이윽고, 낙원에 이르고 이상에 도달한 것입니다.

다음 봄을 위하여 이 겨울은 준비를 해야 하는 미완성이긴 하지만—

⑧④~⑧⑥　　이상에 이르는 길

❖❖❖❖❖

별빛과 구름과 바람과 ―

나무와 새 ― 들풀과 풀벌레 ―

그러한 모두가 함께하는 ― 자연 속에서 ―

홀로 어둠에 잠적하지 아니하고

빛 속에 출연하며 더불어 가는 그 길이 ―

대아를 통한 자의 길

인도하고 구원하는 자의 길

목자의 길

성자의 길입니다.

현실을 딛고 걸어서 이상으로 가는 길이며

이상의 열매를 담아들고 현실로 돌아오는 길입니다.

이상으로 통하고 진리로 통하는 가장 소박하고 정의로운 보편적인 길입니다.

❖❖❖❖❖

이상으로 통하고 진리로 통하는 ―

그 길을 따르려는, 그 길을 터득하려는 ―

득도의 노력과 수행의 수고가 ―

그 가치만큼이나 어려움을 동반하기에 ―

난관이요 고난이지만 ―

불가능으로 단정하는 이른 포기는 삼가십시오!

뜻 있는 자 ― 원하는 길이요

원하는 자에게는 ― 열리는 길이며

노력하고 수고하는 자에게 ― 극복되는 길입니다.
순탄 없는 난관이요 고난이지만 ―
곧지 아니하고 포장되지 아니하였으므로 ―
걸어서 가는 그 길이, 걸어서 가야하는 그 길이,
걸어서 가는 길이기에, 걸어서 가야하는 길이기에,
득도의 길이요 수행의 길입니다.

❖❖❖❖❖

한 예로서 ―
일상적이고 평범한 한 정원사의 길이 있습니다.
어느 날 정원사는 ― 좀 더 좋은 정원을, 가장 훌륭한 정원을, 꿈의 동산
을 ― 낙원을 ― 꿈꾸어 봅니다.
그것을 ― 기어이 꾸미고 가꿔내는 정원사이고 싶어집니다.
그래서 ―
나태하지 않으며, 성실하고 능숙하게, 긴 세월 숙련된 솜씨를 유감없이 발
휘해봅니다.
실수도 실패도 있으면서, 수고와 번민과 인내를 거듭하면서, 부단한 집념
으로 정원을 꾸며봅니다.
아무리 반복해도 수정해도 만족이 없더니,
기력이 쇠잔하고 심신이 지친 어느 날, 드디어 ― 우연히 ―
꿈의 동산은 ― 낙원은 ―
손길이 아니라, 마음에 의하여 다듬어진다는 것을 터득합니다.
그래서
마음의 길을 타고 가슴의 정원으로 들어갑니다.
평범을 넘어서 비범으로
심안 속에서 ― 가슴 속에서 ― 마음 속에서 ―
그 길을 따라서, 따라서 가노라면 어느새
새들 노래 드높고 꽃들 향기 그윽한 축제의 향연에 이르게 됩니다.

거기가! 그것이! 낙원이며 이상입니다.
이윽고, 낙원에 이르고 이상에 도달한 것입니다.
다음 봄을 위하여 이 겨울은 준비를 해야 하는 미완성이긴 하지만 —

천국

[87~89]

87. 영원한 현재

하느님이 지으시고 하느님의 意志가 깃든 ―

그곳이 ― 그것이 ― 하느님(神)의 나라 ― 天國입니다.

天國은 ― 神國은 ― 이世上, 저世上의 境界가 없으며, 時間도 空間도 超越하여 있겠습니다.

冊張의 갈피처럼 앞과 뒤 順序만 있을 뿐,

모든 것과 모든 때가 다 그 안에서 現在로 있겠습니다.

'永遠한 現在!!'로 ― '언제나 現在!!'로 ―

하루살이에게는 하루라는 時間이 무척 길고 險難한 한 平生이겠지만 人間의 立場에서는 고작 하루이듯 ― 人生 六十年이 人間에게는 句句節節 事緣도 많은 긴 歲月이겠지만, 無限과 永遠의 存在에게는 刹那일 뿐일 것을 ―

時間槪念이란 ― 人間의 것이라고 假說하지 않으면 다음 次元을 노크할 수 없어서 ― 그런 槪念으로 다음 次元을 노크하며 接近하다 보면 ― 그것이, 거기가, 바로 ― 人間이 敢히 犯接할 수 없는 聖域인 듯 느껴지는 世界가 ― 人間의 이 世界와 함께 複線으로 깔려있음을 아련히 느끼게 됩니다.

時間의 흐름과 密接한 關係를 維持하는 이 世界가, 時間의 흐름과는 전혀 關係없는 저 世界 속에서 스크린처럼 흘러간다는 ―

아니, 저 世界 속에 이 世界가 담겨 있다는, 저 世界가 이 世界를 包容한다는 ― 卽, 따로따로의 區分이 있는 것이 아니라 四次元은 三次元을 包含하며 三次元은 四次元의 構成要素로 함께 한다는 것을—

空間的 槪念으로 時間 槪念을 說明하더라도—視野에 들어있는 모든 것을 現在라 하고, 視野에서 사라짐을 過去라 하며, 새로 視野에 들어옴을 未來라 하였을 때—人間의 視野와 하느님(神)의 그것이 같지 않지요. 따라서 그것에 適用되는 時間 範圍도 다르겠습니다.

時間的인 現在는 모든 空間을 網羅하고, 空間的인 現在는 모든 時間을 網羅한다는 事實을 理解의 基盤으로 깔아두고—하느님의 視野를 물어봅시다. 存在를 認定하고 理解에 도움을 줄 수 있는 실마리는 於此彼 假說이므로 假說을 引用함이 調和롭겠습니다.

하느님의 視野는 그 能力과 함께—時間的으로 永遠하며 空間的으로 無限합니다. (假說; 全知全能, 完全無缺, 永遠無限)

그러므로 無限하고 永遠한 하느님의 視野 속에서 하늘나라 天國은—

언제나 現在(하느님의 時間)이며, 永遠한 現在(人間의 時間)이겠습니다.

하느님이 지으시고 하느님의 의지가 깃든-
그곳이- 그것이- 하느님 (신)의 나라- 천국입니다.
천국은- 신국은- 이 세상, 저세상의 경계가 없으며, 시간도 공간도 초월하여 있겠습니다.
책장의 갈피처럼 앞과 뒤 순서만 있을 뿐,
모든 것과 모든 때가 다 그 안에서 현재로 있겠습니다. -
'영원한 현재!!'로- '언제나 현재!!'로-

하루살이에게는 하루라는 시간이 무척 길고 험난한 한 평생이겠지만, 인간의 입장에서는 고작 하루이듯- 인생 60년이 인간에게는 구구절절 사연도 많은 긴 세월이겠지만, 무한과 영원의 존재에게는 찰나일 뿐일 것을-

시간개념이란- 인간의 것이라고 가설하지 않으면 다음 차원을 노크할 수 없어서- 그런 개념으로 다음 차원을 노크하며 접근하다보면- 그것이, 거기가, 바로- 인간이 감히 범접할 수 없는 성역인 듯 느껴지는 세계가- 인간의 이 세계와 함께 복선으로 깔려있음을 아련히 느끼게 됩니다.

시간의 흐름과 밀접한 관계를 유지하는 이 세계가, 시간의 흐름과는 전혀 관계없는 저 세계 속에서 스크린처럼 흘러간다는-

아니, 저 세계 속에 이 세계가 담겨있다는, 저 세계가 이 세계를 포용한다는- 즉, 따로따로의 구분이 있는 것이 아니라 4차원은 3차원을 포함하며 3차원은 4차원의 구성요소로 함께한다는 것을-

공간적 개념으로 시간 개념을 설명하더라도- 시야에 들어있는 모든 것을 현재라 하고, 시야에서 사라짐을 과거라 하며, 새로 시야에 들어옴을 미래라 하였을 때- 인간의 시야와 하느님(신)의 그것이 같지 않지요. 따라서 그것에 적용되는 시간 범위도 다르겠습니다.

시간적인 현재는 모든 공간을 망라하고, 공간적인 현재는 모든 시간을 망라한다는 사실을 이해의 기반으로 깔아두고- 하느님의 시야를 물어봅시다. 존재를 인정하고 이해에 도움을 줄 수 있는 실마리는 어차피 가설이므로 가설을 인용함이 조화롭겠습니다.

하느님의 시야는 그 능력과 함께- 시간적으로 영원하며 공간적으로 무한합니다. (가설; 전지전능, 완전무결, 영원무한)

그러므로 무한하고 영원한 하느님의 시야 속에서 하늘나라 천국은-

언제나 현재(하느님의 시간)이며, 영원한 현재(인간의 시간)이겠습니다.

88. 세상은 언제나 그대로의 세상!
천국은 언제나 그대로의 천국!

靈과 肉을 나누고 生과 死를 나눠야하는 運命이
人間으로서는 不可思議한 것이어서 ─
그 理解의 不足으로 ─
그 理解를 돕기 爲한 努力으로 ─
惑은, 神性과 神秘에의 憧憬으로 ─
이 世上 저 世上을 分離하고 나누기도 해보지만
그 動機도, 그 論理의 歸結도, 但只 人間의 立場일 뿐 ─
언제나
世上은 그대로의 世上이며
天國은 그대로의 天國입니다.

영과 육을 나누고 생과 사를 나눠야하는 운명이
인간으로서는 불가사의한 것이어서 ─
그 이해의 부족으로 ─
그 이해를 돕기 위한 노력으로 ─
혹은, 신성과 신비에의 동경으로 ─
이 세상 저 세상을 분리하고 나누기도 해보지만
그 동기도, 그 논리의 귀결도, 단지 인간의 입장일 뿐 ─
언제나
세상은 그대로의 세상이며
천국은 그대로의 천국입니다.

89. 이미 천국에 속한 백성

태어날 때부터 — 그 먼 *以前*부터 — *元來*부터 —

이미 天國에 屬했으면서

이미 天國의 百姓이면서

天國은 — 마치 하늘 높은 곳에 따로 位置한 樣 遙遠해 하십니다.

그런 것이 아닙니다.

그것 또한 하나의 假說이긴 하지만, 그렇게 假定하는 것은 바람직

하지 않겠습니다.

흔히 말하는 높이는

程度의 높이, 質의 높이를 意味하는 것이지 位置의 높이를 말하는

것이 아니기에 이 世上이 그냥 天國이며 그 延長線인 저 世上도 또

한 天國입니다.

그러니까 天國과 地獄은 따로 있는 것이 아니라 온통 뒤섞여 있습

니다.

이 世上에서

絶望의 늪에 빠져 絶望으로 갇힌 暗黑의 處地가 — 地獄이겠고,

絶望을 넘어서 希望으로 — 暗黑을 넘어서 光明으로 — 그렇게 이

어져가는 順調로움의 處地가 天國이겠습니다.

그래서

天國이 어디에 있느냐고 물으면 — 나는 只今 天國이 아닌 곳에 있

게 됩니다.

天國이 무어냐고 물으면 — 나는 只今 天國의 마당에서 地獄의 먼

지를 털면서 서있는 것이 됩니다.

하느님께서 생각할 줄 아는 被造物에게 주신 膳物 "意志"라는 것을 — "割愛된 意志"라고 表現했었습니다.

이 割愛된 意志로써 이미 다 벌려놓은 마당에서 耕作하고 收穫하는 것이 당신의 몫입니다.

이미 天國의 百姓이기에 받은 膳物이 있겠고, 그래서 그것으로 무엇을 어떻게 耕作하고 收穫할 것인지는 당신의 意志에 맡겨졌습니다.

아마도, 天國을 耕作하고 天國을 收穫하라 하였음이 割愛의 趣旨려니 —

그래서 그것은 — 義務이기도 하면서 또한 權利이기도 하겠습니다.

天國은, 낯선 他鄕이 아니라 情든 本鄕이기에 그렇습니다.

태어날 때부터 — 그 먼 이전부터 — 원래부터 —
이미 천국에 속했으면서
이미 천국의 백성이면서
천국은 — 마치 하늘 높은 곳에 따로 위치한 양 요원해 하십니다.
그런 것이 아닙니다.
그것 또한 하나의 가설이긴 하지만, 그렇게 가정하는 것은 바람직하지 않겠습니다.
흔히 말하는 높이는
정도의 높이, 질의 높이를 의미하는 것이지 위치의 높이를 말하는 것이 아니기에 이 세상이 그냥 천국이며 그 연장선인 저 세상도 또한 천국입니다.
그러니까 천국과 지옥은 따로 있는 것이 아니라 온통 뒤섞여 있습니다.

이 세상에서

절망의 늪에 빠져 절망으로 갇힌 암흑의 처지가 지옥이겠고,

절망을 넘어서 희망으로 - 암흑을 넘어서 광명으로 - 그렇게 이어져가는 순조로움의 처지가 천국이겠습니다.

그래서

천국이 어디에 있느냐고 물으면 - 나는 지금 천국이 아닌 곳에 있게 됩니다.

천국이 무어냐고 물으면 - 나는 지금 천국의 마당에서 지옥의 먼지를 털면서 서있는 것이 됩니다.

하느님께서 생각할 줄 아는 피조물에게 주신 선물 "의지"라는 것을 - "할애된 의지"라고 표현했었습니다.

이 할애된 의지로써 이미 다 벌려놓은 마당에서 경작하고 수확하는 것이 당신의 몫입니다.

이미 천국의 백성이기에 받은 선물이 있겠고, 그래서 그것으로 무엇을 어떻게 경작하고 수확할 것인 지는 당신의 의지에 맡겨졌습니다.

아마도, 천국을 경작하고 천국을 수확하라 하였음이 할애의 취지려니 - 그래서 그것은 - 의무이기도 하면서 또한 권리이기도 하겠습니다.

천국은, 낯선 타향이 아니라 정든 본향이기에 그렇습니다.

천국

❖ ❖ ❖ ❖ ❖

하느님이 지으시고 하느님의 의지가 깃든 —

그곳이 — 그것이 —, 하느님(신)의 나라 — 천국입니다.

천국은 — 신국은 — 이 세상, 저 세상의 경계가 없으며, 시간도 공간도 초월하여 있겠습니다.

책장의 갈피처럼 앞과 뒤 순서만 있을 뿐,

모든 것과 모든 때가 다 그 안에서 현재로 있겠습니다.

'영원한 현재!!'로 — '언제나 현재!!'로 —

하루살이에게는 하루라는 시간이 무척 길고 험난한 한 평생이겠지만, 인간의 입장에서는 고작 하루이듯 — 인생 60년이 인간에게는 구구절절 사연도 많은 긴 세월이겠지만, 무한과 영원의 존재에게는 찰나일 뿐일 것을 —

시간개념이란 — 인간의 것이라고 가설하지 않으면 다음 차원을 노크 할 수 없어서 — 그런 개념으로 다음 차원을 노크 하며 접근하다보면 — 그것이, 거기가, 바로 — 인간이 감히 범접할 수 없는 성역인 듯 느껴지는 세계가 — 인간의 이 세계와 함께 복선으로 깔려있음을 아련히 느끼게 됩니다.

시간의 흐름과 밀접한 관계를 유지하는 이 세계가, 시간의 흐름과는 전혀 관계없는 저 세계 속에서 스크린처럼 흘러간다는 —

아니, 저 세계 속에 이 세계가 담겨있다는, 저 세계가 이 세계를 포용한다는 — 즉, 따로따로의 구분이 있는 것이 아니라 — 4차원은 3차원을 포함하며, 3차원은 4차원의 구성요소로 함께한다는 것을 —

공간적 개념으로 시간 개념을 설명하더라도 — 시야에 들어있는 모든 것을 현재라 하고, 시야에서 사라짐을 과거라 하며, 새로 시야에 들어옴을 미래라 하였을 때 — 인간의 시야와 하느님(신)의 그것이 같지 않지요. 따라서 그것에 적용되는 시간 범위도 다르겠습니다.

시간적인 현재는 모든 공간을 망라하고, 공간적인 현재는 모든 시간을 망라한다는 사실을 이해의 기반으로 깔아두고 하느님의 시야를 물어봅시다.

존재를 인정하고 이해에 도움을 줄 수 있는 실마리는 어차피 가설임으로 가설을 인용함이 조화롭겠습니다.

하느님의 시야는 그 능력과 함께 ― 시간적으로 영원하며 공간적으로 무한합니다. (가설; 전지전능, 완전무결, 영원무한)

그러므로 무한하고 영원한 하느님의 시야 속에서 하늘나라 천국은 ―

언제나 현재(하느님의 시간)이며, 영원한 현재(인간의 시간)이겠습니다.

❖ ❖ ❖ ❖ ❖

영과 육을 나누고 생과 사를 나눠야하는 운명이

인간으로서는 불가사의한 것이어서 ―

그 이해의 부족으로 ―

그 이해를 돕기 위한 노력으로 ―

혹은, 신성과 신비에의 동경으로 ―

이 세상 저 세상을 분리하고 나누기도 해보지만

그 동기도, 그 논리의 귀결도, 단지 인간의 입장일 뿐 ―

언제나

세상은 그대로의 세상이며

천국은 그대로의 천국입니다.

❖ ❖ ❖ ❖ ❖

태어날 때부터 ― 그 먼 이전부터 ― 원래부터 ―

이미 천국에 속했으면서

이미 천국의 백성이면서

천국은 ― 마치 하늘 높은 곳에 따로 위치한 양 요원해 하십니다.

그런 것이 아닙니다.

그것 또한 하나의 가설이긴 하지만, 그렇게 가정하는 것은 바람직하지 않겠습니다.

흔히 말하는 높이는

정도의 높이, 질의 높이를 의미하는 것이지 위치의 높이를 말하는 것이 아니기에 이 세상이 그냥 천국이며 그 연장선인 저 세상도 또한 천국입니다.

그러니까 천국과 지옥은 따로 있는 것이 아니라 온통 뒤섞여 있습니다.

이 세상에서

절망의 늪에 빠져 절망으로 갇힌 암흑의 처지가 지옥이겠고,

절망을 넘어서 희망으로 — 암흑을 넘어서 광명으로 — 그렇게 이어져가는 순조로움의 처지가 천국이겠습니다.

그래서

천국이 어디에 있느냐고 물으면 — 나는 지금 천국이 아닌 곳에 있게 됩니다.

천국이 무어냐고 물으면 — 나는 지금 천국의 마당에서 지옥의 먼지를 털면서 서있는 것이 됩니다.

하느님께서 생각할 줄 아는 피조물에게 주신 선물 "의지"라는 것을 — "할애된 의지"라고 표현했었습니다.

이 할애된 의지로써 이미 다 벌려놓은 마당에서 경작하고 수확하는 것이 당신의 몫입니다.

이미 천국의 백성이기에 받은 선물이 있겠고, 그래서 그것으로 무엇을 어떻게 경작하고 수확할 것인지는 당신의 의지에 맡겨졌습니다.

아마도, 천국을 경작하고 천국을 수확하라 하였음이 할애의 취지려니 —

그래서 그것은 — 의무이기도 하면서 또한 권리이기도 하겠습니다.

천국은, 낯선 타향이 아니라 정든 본향이기에 그렇습니다.

천당

[90~93]

90. 천당이란?__극락이란?

天堂이라고 함은 — 天國 中에서도 가장 中心部를 意味하는 것이라고 말하겠지만, 그 中心部가 도대체 어디쯤인지 알 길이 없어서 — 그래서, 거기에 到達하도록 引導해줄 公式을 또 한 번 適用해봅니다.

幸福이 어디냐고 묻지 아니하고 幸福이 무어냐고 물었듯이
樂園이 어디냐고 묻지 아니하고 樂園이 무어냐고 물었듯이
天國이 어디냐고 묻지 아니하고 天國이 무어냐고 물었듯이
天堂이 어디냐고 묻지 아니하고 天堂이 무어냐고 물어봅니다.

묻고 또 물으며, 答을 求하고 또 求하면서, 스스로 점점 더 가까이 天堂에 接近해감을 느끼게 됩니다. 槪念의 輪廓과 鮮明의 度가 점점 더 밝아져온다는 것입니다.

天堂은 — 人間의 天堂이 아니라 하느님의 天堂인 것이지요.

하느님(神)의 意志가 充滿하고 하느님의 意志로 充滿된 —

그래서 하느님의 意志로 完璧히 穩全한 그 가장 神聖함을 稱함이지요.

人間의 榮光 — 樂園인 것처럼, 하느님(神)의 榮光 — 天堂이겠습니다.

'割愛된 意志'로써 成就하는 極致가 樂園이요 極樂이라면, '割愛한 意志'가 完全히 排除된, 三次元의 人間이 그 位置에서는 自力으로 到達할 수 없는, 人間이 三次元의 過程을 마치고(이승의 삶을 다하고) 다음 次元의 터널(四次元의 블랙홀)에서 머물러 주저

앞지 아니하고 選擇받은 靈魂으로서 次元의 限界를 넘어서 다음
次元으로 들어설 때(저승에서의 復活)— 그 저승의 搖籃이 곧 天
堂의 門이라고 한다면 — 理解가 될 것도 같습니다.
그 다음은 想像에 맡깁니다. '割愛된 意志'를 받은 人間에게 想像은
特權이며 自由입니다. 無限한 想像을 낳기 爲한 假說은 定說보다
더한 定說입니다. 모든 者가 다 自己水準에서 燦爛히 理解하게 하
도록 한 名手요 妙手이기에 그렇습니다.
다만, 바르게 理解하려는 淳朴한 수고가 식지 않는다면 —

천당이라고 함은— 천국 중에서도 가장 중심부를 의미하는 것이라고 말
하겠지만, 그 중심부가 도대체 어디쯤인지 알 길이 없어서—
그래서, 거기에 도달하도록 인도해줄 공식을 또 한 번 적용해 봅니다.
행복이 어디냐고 묻지 아니하고 행복이 무어냐고 물었듯이
낙원이 어디냐고 묻지 아니하고 낙원이 무어냐고 물었듯이
천국이 어디냐고 묻지 아니하고 천국이 무어냐고 물었듯이
천당이 어디냐고 묻지 아니하고 천당이 무어냐고 물어봅니다.
묻고 또 물으며, 답을 구하고 또 구하면서, 스스로 점점 더 가까이 천당
에 접근해감을 느끼게 됩니다. 개념의 윤곽과 선명의 도가 점점 더 밝아
져온다는 것입니다.
천당은— 인간의 천당이 아니라 하느님의 천당인 것이지요.
하느님(신)의 의지가 충만하고 하느님의 의지로 충만된—
그래서 하느님의 의지로 완벽히 온전한 그 가장 신성함을 칭함이죠.
인간의 영광— 낙원인 것처럼, 하느님(신)의 영광— 천당이겠습니다.
'할애된 의지'로써 성취하는 극치가 낙원이요 극락이라면, '할애한 의
지'가 완전히 배제된, 3차원의 인간이 그 위치에서는 자력으로 도달할

수 없는, 인간이 3차원의 과정을 마치고 (이승의 삶을 다하고) 다음 차
원의 터널 (4차원의 블랙홀) 에서 머물러 주저앉지 아니하고 선택받은
영혼으로서 차원의 한계를 넘어서 다음 차원으로 들어설 때 (저승에서
의 부활) – 그 저승의 요람이 곧 천당의 문이라고 한다면 – 이해가 될
것도 같습니다.

그 다음은 상상에 맡깁니다. '할애된 의지'를 받은 인간에게 상상은 특권
이며 자유입니다. 무한한 상상을 낳기 위한 가설은 정설보다 더한 정설
입니다. 모든 자가 다 자기수준에서 찬란히 이해하게 하도록 한 명수요
묘수이기에 그렇습니다.

다만, 바르게 이해하려는 순박한 수고가 식지 않는다면 –

91. 낙원과 천당

樂園과 天堂! —

이는, 가장 높은 理想이며 어느덧 거기까지 이르렀습니다.

모든 數많은 人間들의 엇갈려진 길들이 — 모두 다 바로 이 理想의 봉우리를 向한 나름으로의 더듬이질임도 알았겠습니다.

山 밑에서는 도저히 方向을 가늠할 수가 없었는데, 그리고 그곳의 그것들이 世上의 全部인 줄 알았는데, 중턱쯤에서부터는 크고 작은 많은 다른 봉우리(聖賢들의 봉우리)들이 여기저기 우뚝우뚝 솟아있음도 보았겠습니다. 어떤 봉우리는 나의 가슴 높이보다 낮은 것도 있구나! 하는 發見이 肉眼에서 心眼으로 찌르르하게 傳導되어 들어옴도 느꼈겠습니다.

밝은 눈으로, 望遠鏡으로, 저 — 봉우리들을 훑어보았다면 거기에는 거기들대로의 深奧한 溪谷과 奔走한 登山客들의 어울림이 調和로움을 보았겠습니다.

나는 새들은 이 봉우리 저 봉우리 拘礙 없이 날아다니고, 그 위로는 뭉게뭉게 흰 구름 떠가는데, 그런 水彩畵의 바탕에는, 背景에는, 언제나 저 먼 — 푸른 하늘이 받쳐져 있음을 보았겠습니다.

누가 그리는 水彩畵일까요? 무엇을 그리는 水彩畵일까요? 왜 그리는 水彩畵일까요?

樂園은, 極樂은 — 人間의 것이로되, 天堂은 — 하느님(神)의 것!

비슷함이 있더라도 그것은 비슷함일 뿐 같은 것이 아닙니다.

그 사이는, 그 差異는 —

三次元과 四次元의 差異만큼, 人間과 神의 사이만큼 遙遠함이 있
겠습니다.

낙원과 천당! −
이는, 가장 높은 이상이며 어느덧 거기까지 이르렀습니다.
모든 수많은 인간들의 엇갈려진 길들이 − 모두 다 바로 이 이상의 봉우
리를 향한 나름으로의 더듬이질임도 알았겠습니다.
산 밑에서는 도저히 방향을 가늠할 수가 없었는데, 그리고 그곳의 그
것들이 세상의 전부인 줄 알았는데, 중턱쯤에서부터는 크고 작은 많은
다른 봉우리(현인들의 봉우리)들이 여기저기 우뚝우뚝 솟아있음도 알
았겠습니다. 어떤 봉우리는 나의 가슴 높이보다 낮은 것도 있구나! 하
는 발견이 육안에서 심안으로 찌르르하게 전도되어 들어옴도 느꼈겠
습니다.
밝은 눈으로, 망원경으로, 저 − 봉우리들을 훑어보았다면 거기에는 거
기들대로의 심오한 계곡과 분주한 등산객들의 어울림이 조화로움을 보
았겠습니다.
나는 새들은 이 봉우리 저 봉우리 구애 없이 날아다니고, 그 위로는 뭉게
뭉게 흰 구름 떠가는데, 그런 수채화의 바탕에는, 배경에는, 언제나 저
먼 − 푸른 하늘이 받쳐져 있음을 보았겠습니다.
누가 그리는 수채화일까요? 무엇을 그리는 수채화일까요? 왜 그리는 수
채화일까요?
낙원은, 극락은 − 인간의 것이로되, 천당은 − 하느님(신)의 것!
비슷함이 있더라도 그것은 비슷함일 뿐 같은 것이 아닙니다.
그 사이는, 그 차이는 −
3차원과 4차원의 차이만큼, 인간과 신의 사이만큼 요원함이 있겠습니다.

92. 인간과 천당

人間에게 있어서의 天堂은—

人間의 것과 人間的인 것을 다 버리지 않고는 卽, 入神의 境地가 아

니고는 到達할 수 없는 神의 界입니다. —

生과 死를 가르고

肉과 靈을 가르며

이승과 저승을 가르고

人性과 神性을 갈라서

人間으로서는 건너지도, 건널 수도, 건너서도 아니 되는—

이승에서는 볼 수 없고, 살아서는 갈 수 없는—

禁斷의 江 저—쪽 언덕이며, 銀河의 저— 便 기슭이라 하겠습

니다.

그래도 어떻게든, 限界를 克服하고 超越해보고자 한다면,

方法은 오직 하나 修養에 있겠습니다.

'修養을 通하여 깨달음을! —'

修養을 通하여 얻고자하는 그 修養은— 그것이 바로 人間의 것

과 人間的인 것에서 漸漸 멀어지는, 멀어져 가야하는 訓練이겠

습니다.

共存同生하면서도—

人間의 것과 人間的인 것의 限界의 끝에서 비로소 우리는 神을 認

識하겠기에 그렇습니다.

天堂의 饗宴에의 招待는 아직 모르더라도 神과의 接觸이 自覺되는

可能한 距離까지 接近해가야하기에 그렇습니다.
이 세상 天國의 길을 걸으면서, 하느님의 意志를 물어서 물어서 담
는다면, 내 가슴의 庭園에도 天堂 하나가 아담하게 담기겠습니다.
꾸며지겠습니다.
謙虛로 비운 가슴, 비울수록 가득해지는, 그 高尙한 空虛속에서 卓
子 하나를 사이에 두고 하느님과 마주해봅니다.
模造이기는 하지만 거기서부터 —
아 —! 限界는 克服되고, 나는 天堂의 客이 아니라 主人이 되는 것
입니다.
조촐히 — 가든의 벤치에서 하느님을 迎接하는 主人인 것입니다.
天堂의 饗宴을 始作하는 것입니다.

인간에게 있어서의 천당은 —
인간의 것과 인간적인 것을 다 버리지 않고는 즉, 입신의 경지가 아니고
는 도달할 수 없는 신의 계입니다. —
생과 사를 가르고
육과 영을 가르며
이승과 저승을 가르고
인성과 신성을 갈라서
인간으로서는 건너지도, 건널 수도, 건너서도 아니 되는 —
이승에서는 볼 수 없고, 살아서는 갈 수 없는 —
금단의 강 저 —쪽 언덕이며, 은하의 저 —편 기슭이라 하겠습니다.
그래도 어떻게든, 한계를 극복하고 초월해보고자 한다면,
방법은 오직 하나 수양에 있겠습니다.
'수양을 통하여 깨달음을! —'

수양을 통하여 얻고자하는 그 수양은-그것이 바로 인간의 것과 인간적
인 것에서 점점 멀어지는, 멀어져 가야하는 훈련이겠습니다.

공존동생하면서도-

인간의 것과 인간적인 것의 한계의 끝에서 비로소 우리는 신을 인식하겠기
에 그렇습니다.

천당의 향연에의 초대는 아직 모르더라도 신과의 접촉이 자각되는 가능한
거리까지 접근해 가야하기에 그렇습니다.

이 세상 천국의 길을 걸으면서, 하느님의 의지를 물어서 물어서 담는다
면, 내 가슴의 정원에도 천당 하나가 아담하게 담기겠습니다. 꾸며지겠
습니다.

겸허로 비운 가슴, 비울수록 가득해지는, 그 고상한 공허 속에서 탁자
하나를 사이에 두고 하느님과 마주해봅니다.

모조이기는 하지만 거기서부터-

아-! 한계는 극복되고, 나는 천당의 객이 아니라 주인이 되는 것입니다.

조촐히- 가든의 벤치에서 하느님을 영접하는 주인인 것입니다.

천당의 향연을 시작하는 것입니다.

93. 영원한 안식 — 영원한 삶을 찾아서 —

무릇 人間들은—
想像과 幻想이면서도, 疑問 속에서도,
저— 彼岸을 憧憬하며 渴望합니다.
漠然하지만 憧憬과 渴望 中에는
地獄을 忌避하고 天國을 仰望하는,
그리고 天堂을 期待하는
그리움이, 바램이,
磁力線처럼 磁場을 形成하며 뻗어가게 됩니다.
그런 理由는, 指向하는 方向은—
試鍊을 넘어서 — 試鍊 없는 永遠한 安息을 찾아서 —
不幸을 넘어서 — 不幸 없는 永遠한 幸福을 찾아서 —
絶望을 넘어서 — 絶望 없는 永遠한 希望을 찾아서 —
不可能을 넘어서 — 不可能 없는 永遠한 可能性을 찾아서 —
그리고
죽음도 넘어서 — 죽음 없는 永遠한 삶을 찾아서 —
가려는 것입니다.

무릇 인간들은—
상상과 환상이면서도, 의문 속에서도,
저- 피안을 동경하며 갈망합니다.
막연하지만 동경과 갈망 중에는

지옥을 기피하고 천국을 앙망하는,
그리고 천당을 기대하는
그리움이, 바램이,
자력선처럼 자장을 형성하며 뻗어가게 됩니다.
그런 이유는, 지향하는 방향은―
시련을 넘어서― 시련 없는 영원한 안식을 찾아서―
불행을 넘어서― 불행 없는 영원한 행복을 찾아서―
절망을 넘어서― 절망 없는 영원한 희망을 찾아서―
불가능을 넘어서― 불가능 없는 영원한 가능성을 찾아서―
그리고
죽음도 넘어서― 죽음 없는 영원한 삶을 찾아서―
가려는 것입니다.

 # 천당

❖❖❖❖❖

천당이라고 함은 — 천국 중에서도 가장 중심부를 의미하는 것이라고 말하겠지만, 그 중심부가 도대체 어디쯤인지 알 길이 없어서 —

그래서, 거기에 도달하도록 인도해줄 공식을 또 한 번 적용해봅니다.

행복이 어디냐고 묻지 아니하고 행복이 무어냐고 물었듯이

낙원이 어디냐고 묻지 아니하고 낙원이 무어냐고 물었듯이

천국이 어디냐고 묻지 아니하고 천국이 무어냐고 물었듯이

천당이 어디냐고 묻지 아니하고 천당이 무어냐고 물어봅니다.

묻고 또 물으며, 답을 구하고 또 구하면서, 스스로 점점 더 가까이 천당에 접근해감을 느끼게 됩니다. 개념의 윤곽과 선명의 도가 점점 더 밝아져온다는 것입니다.

천당은 — 인간의 천당이 아니라 하느님의 천당인 것이지요.

하느님(신)의 의지가 충만하고 하느님의 의지로 충만된 —

그래서 하느님의 의지로 완벽히 온전한 그 가장 신성함을 칭함이죠.

인간의 영광 — 낙원인 것처럼, 하느님(신)의 영광 — 천당이겠습니다.

'할애된 의지'로써 성취하는 극치가 낙원이요 극락이라면, '할애한 의지'가 완전히 배제된, 3차원의 인간이 그 위치에서는 자력으로 도달할 수 없는, 인간이 3차원의 과정을 마치고(이승의 삶을 다하고) 다음 차원의 터널(4차원의 블랙홀)에서 머물러 주저앉지 아니하고 선택받은 영혼으로서 차원의 한계를 넘어서 다음 차원으로 들어설 때(저승에서의 부활) — 그 저승의 요람이 곧 천당의 문이라고 한다면 — 이해가 될 것도 같습니다.

그 다음은 상상에 맡깁니다. '할애된 의지'를 받은 인간에게 상상은 특권이며 자유입니다. 무한한 상상을 낳기 위한 가설은 정설보다 더한 정설입니다. 모든 자가 다 자기수준에서 찬란히 이해하게 하도록 한 명수요 묘수이

기에 그렇습니다.

다만, 바르게 이해하려는 순박한 수고가 식지 않는다면 —.

❖❖❖❖❖

낙원과 천당 —

이는, 가장 높은 이상이며 어느덧 거기까지 이르렀습니다.

모든 수많은 인간들의 엇갈려진 길들이 — 모두 다 바로 이 이상의 봉우리를 향한 나름으로의 더듬이질임도 알았겠습니다.

산 밑에서는 도저히 방향을 가늠할 수가 없었는데, 그리고 그곳의 그것들이 세상의 전부인 줄 알았는데, 중턱쯤에서부터는 크고 작은 많은 다른 봉우리(성현들의 봉우리)들이 여기저기 우뚝우뚝 솟아있음도 보았겠습니다.

어떤 봉우리는 나의 가슴 높이보다 낮은 것도 있구나! 하는 발견이 육안에서 심안으로 찌르르하게 전도되어 들어옴도 느꼈겠습니다.

밝은 눈으로, 망원경으로, 저 — 봉우리들을 훑어보았다면 거기에는 거기들대로의 심오한 계곡과 분주한 등산객들의 어울림이 조화로움을 보았겠습니다.

나는 새들은 이 봉우리 저 봉우리 구애 없이 날아다니고, 그 위로는 뭉게뭉게 흰 구름 떠가는데, 그런 수채화의 바탕에는, 배경에는, 언제나 저 먼 — 푸른 하늘이 받쳐져 있음을 보았겠습니다.

누가 그리는 수채화일까요? 무엇을 그리는 수채화일까요? 왜 그리는 수채화일까요?

낙원은, 극락은 — 인간의 것이로되, 천당은 — 하느님(신)의 것!

비슷함이 있더라도 그것은 비슷함일 뿐 같은 것이 아닙니다.

그 사이는, 그 차이는 —

3차원과 4차원의 차이만큼, 인간과 신의 사이만큼 요원함이 있겠습니다.

❖❖❖❖❖

인간에게 있어서의 천당은 —

인간의 것과 인간적인 것을 다 버리지 않고는 즉, 입신의 경지가 아니고는
도달할 수 없는 신의 계입니다. ―
생과 사를 가르고
육과 영을 가르며
이승과 저승을 가르고
인성과 신성을 갈라서
인간으로서는 건너지도, 건널 수도, 건너서도 아니 되는 ―
이승에서는 볼 수 없고, 살아서는 갈 수 없는 ―
금단의 강 저―쪽 언덕이며, 은하의 저―편 기슭이라 하겠습니다.
그래도 어떻게든, 한계를 극복하고 초월해보고자 한다면,
방법은 오직 하나 수양에 있겠습니다.
'수양을 통하여 깨달음을! ―'
수양을 통하여 얻고자하는 그 수양은 ― 그것이 바로 인간의 것과 인간적
인 것에서 점점 멀어지는, 멀어져 가야하는 훈련이겠습니다.
공존동생하면서도 ―
인간의 것과 인간적인 것의 한계의 끝에서 비로소 우리는 신을 인식하겠
기에 그렇습니다.
천당의 향연에의 초대는 아직 모르더라도 신과의 접촉이 자각되는 가능한
거리까지 접근해 가야하기에 그렇습니다.
이 세상 천국의 길을 걸으면서, 하느님의 의지를 물어서 물어서 담는다면,
내 가슴의 정원에도 천당 하나가 아담하게 담기겠습니다. 꾸며지겠습니다.
겸허로 비운 가슴, 비울수록 가득해지는, 그 고상한 공허 속에서 탁자 하나
를 사이에 두고 하느님과 마주해봅니다.
모조이기는 하지만 거기서부터 ―
아 ―! 한계는 극복되고, 나는 천당의 객이 아니라 주인이 되는 것입니다.
조촐히 ― 가든의 벤치에서 하느님을 영접하는 주인인 것입니다.
천당의 향연을 시작하는 것입니다.

❖❖❖❖❖

무릇 인간들은 —
상상과 환상이면서도, 의문 속에서도,
저 — 피안을 동경하며 갈망합니다.
막연하지만 동경과 갈망 중에는
지옥을 기피하고 천국을 앙망하는,
그리고 천당을 기대하는
그리움이, 바램이,
자력선처럼 자장을 형성하며 뻗어가게 됩니다.
그런 이유는, 지향하는 방향은 —
시련을 넘어서 — 시련 없는 영원한 안식을 찾아서 —
불행을 넘어서 — 불행 없는 영원한 행복을 찾아서 —
절망을 넘어서 — 절망 없는 영원한 희망을 찾아서 —
불가능을 넘어서 — 불가능 없는 영원한 가능성을 찾아서 —
그리고
죽음도 넘어서 — 죽음 없는 영원한 삶을 찾아서 —
가려는 것입니다.

기도

[94~102]

94. 기도란?

그러므로 人間은—

地上에서 樂園으로— 樂園에서 天國으로— 天國에서 天堂으로—

끊임없이 指向하고 끝없이 止揚하면서

神의 同行을— 神과의 同行을— 念願하고 祈求합니다.

뜻을 물으면서— 뜻을 求하면서— 謙虛히— 懇切히—

하늘 向해 팔 벌린 나무들처럼 그렇게 우러르며 希望합니다. 素望합니다.

그러한 念願을, 祈求를—

그러한 謙虛를, 懇求를—

그러한 希望을, 素望을—

祈禱라고 하였느니 —!

그러므로 인간은—

지상에서 낙원으로— 낙원에서 천국으로— 천국에서 천당으로—

끊임없이 지향하고 끝없이 지양하면서

신의 동행을— 신과의 동행을— 염원하고 기구합니다.

뜻을 물으면서— 뜻을 구하면서— 겸허히— 간절히—

하늘 향해 팔 벌린 나무들처럼 그렇게 우러르며 희망합니다. 소망합니다.

그러한 염원을, 기구를—

그러한 겸허를, 간구를—

그러한 희망을, 소망을—

기도라고 하였느니 —!

95. 기도는?

(1)

祈禱는 믿음입니다.

祈禱는 믿음이며 — 바램입니다.

祈禱는 믿음이요 바램이며 — 그리움입니다.

絶望의 뒤안길에서도 — 希望의 窓 앞에서도 —

祈禱는 언제나 — 믿음이요 바램이며 그리움입니다.

기도는 믿음입니다.

기도는 믿음이며 - 바램입니다.

기도는 믿음이요 바램이며 - 그리움입니다.

절망의 뒤안길에서도 - 희망의 창 앞에서도 -

기도는 언제나 - 믿음이요 바램이며 그리움입니다.

(2)

그래서 祈禱는 — !

믿음과 바램과 그리움이 — 依支하는,

믿음과 바램과 그리움으로 — 依支하는,

믿음과 바램과 그리움을 — 依支하는,

依支의 언덕입니다.

그래서 기도는 - !

믿음과 바램과 그리움이 - 의지하는,

믿음과 바램과 그리움으로- 의지하는,
믿음과 바램과 그리움을- 의지하는,
의지의 언덕입니다.

(3)
肉身도— 靈魂도—
기대고 싶고, 기대도 좋은, 기댈 언덕입니다.
기대도 되는 언덕이며, 기대야 하는 언덕입니다.

육신도- 영혼도-
기대고 싶고, 기대도 좋은, 기댈 언덕입니다.
기대도 되는 언덕이며, 기대야 하는 언덕입니다.

(4)
그리고 祈禱는—
素望하는 것들의 信念의 숨蓄이며,
信念하는 것들의 素望의 숨蓄입니다.
그리고 , 이 숨蓄된 信念과 素望들의
그리움의 숨蓄이며, 숨蓄된 그리움입니다.

그리고 기도는-
소망하는 것들의 신념의 함축이며
신념하는 것들의 소망의 함축입니다.
그리고 , 이 함축된 신념과 소망들의

그리움의 함축이며, 함축된 그리움입니다.

(5)

祈禱는 獨白입니다.

祈禱는 獨白이며 또한 對話입니다.

祈禱는 要求입니다.

祈禱는 要求이며 또한 付託입니다.

祈禱는 要請입니다.

祈禱는 要請이며 또한 反問입니다.

기도는 독백입니다.

기도는 독백이며 또한 대화입니다.

기도는 요구입니다.

기도는 요구이며 또한 부탁입니다.

기도는 요청입니다.

기도는 요청이며 또한 반문입니다.

(6)

또한 祈禱는—

想念이요 瞑想이며 覺醒이요 省察입니다.

끝없는 反省이요 목 타는 修養입니다.

또한 기도는—

상념이요 명상이며 각성이요 성찰입니다.

끝없는 반성이요 목 타는 수양입니다.

(7)

그러므로 祈禱는—

利己를 求하지 아니하고, 서두르지 아니하며,

無理하지 아니하고, 無禮하지 아니합니다.

理想을 부르는 노래이며, 가없는 憐憫의 情緒입니다.

그러므로 기도는—

이기를 구하지 아니하고, 서두르지 아니하며,

무리하지 아니하고, 무례하지 아니합니다.

이상을 부르는 노래이며, 가없는 연민의 정서입니다.

(8)

祈禱하는 마음은

謙讓의 美德이며, 謙虛요 感謝입니다.

祈禱하는 모습은

高邁한 아름다움, 虔肅한 感動입니다.

기도하는 마음은

겸양의 미덕이며, 겸허요 감사입니다.

기도하는 모습은

고매한 아름다움, 건숙한 감동입니다.

(9)

祈禱는—

이미, 그것으로 目的이면서

또한, 目的으로 가는 길입니다.

그러므로 祈禱는— 참 祈禱는—

그것이 곧

참된 삶이요 보람이면서, 또한 그것을 찾아가는 길입니다.

幸福이요 榮光이면서, 또한 그것을 求하는 길입니다.

眞이요 善이요 美이면서, 또한 그것을 기리는 길입니다.

仁이요 慈悲요 사랑이면서, 또한 그것을 求하고 行하는 길입니다.

기도는—

이미, 그것으로 목적이면서

또한, 목적으로 가는 길입니다.

그러므로 기도는— 참 기도는—

그것이 곧

참된 삶이요 보람이면서 또한, 그것을 찾아가는 길입니다.

행복이요 영광이면서, 또한 그것을 구하는 길입니다.

진이요 선이요 미이면서, 또한 그것을 기리는 길입니다.

인이요 자비요 사랑이면서, 또한 그것을 구하고 행하는 길입니다.

(10)

祈禱는—

修行의 精誠이며 熱情입니다.

바라는 希望이며 기다리는 忍耐입니다.

不屈의 鬪魂이요 견디는 忍苦이며 求하는 智慧요 그리는 安息입
니다.
그래서 祈禱는—
길이요 빛이요 生命이며, 또한 그것을 求하는 길입니다.
그러므로 祈禱는
祈禱로써 求하며, 求함으로써 이루는
마음의 힘, 精神의 힘, 靈魂의 힘입니다.

기도는—
수행의 정성이며 열정입니다.
바라는 희망이며 기다리는 인내입니다.
불굴의 투혼이요 견디는 인고이며, 구하는 지혜요 그리는 안식입니다.
그래서 기도는—
길이요 빛이요 생명이며, 또한 그것을 구하는 길입니다.
그러므로 기도는,
기도로써 구하며, 구함으로써 이루는
마음의 힘, 정신의 힘, 영혼의 힘입니다.

96. 기도하는 모습__(기도의 향기)

사람의 모습 中에 —
祈禱하는 모습보다 더 敬虔하고 嚴肅한 아름다움은 없느니 —!
그 高邁한 아름다움을 지니기 爲하여
그리고
그 高邁함에서 솟아나오는 超邁한 香氣를 간직하기 爲하여
祈禱하십시오!
人生에서 —
그 以上 더 높고 더 깊은 삶의 모습은 없습니다.
그 모습이 牧者의 모습이요 天使의 모습이며
그 香氣가 牧者의 香氣요 天使의 香氣입니다.
바로
'祈禱하는 少女'의 그 모습이 그것이며
부처님의 그윽한 微笑가 또한 그것이겠습니다.

사람의 모습 중에 —
기도하는 모습보다 더 경건하고 엄숙한 아름다움은 없느니 —!
그 고매한 아름다움을 지니기 위하여
그리고
그 고매함에서 솟아나오는 초매한 향기를 간직하기 위하여
기도하십시오!
인생에서 —
그 이상 더 높고 더 깊은 삶의 모습은 없습니다.

그 모습이 목자의 모습이요 천사의 모습이며
그 향기가 목자의 향기요 천사의 향기입니다.
바로
'기도하는 소녀'의 그 모습이 그것이며
부처님의 그윽한 미소가 또한 그것이겠습니다.

97. 항상, 기도하면서 ─ 기도하는 마음으로 ─

人生은─
보잘 것 없는 것이 아니며
엄청난 榮譽의 것도 아닙니다.
먹이사슬의 最高頂點이며 文明과 文化의 主導者이긴 하지만,
사슬의 下部構造가 든든하지 못하거나,
自然環境의 諸般條件이 無難치 않으며,
人間社會의 諸般事가 如意치 못하면 ─
따라서
滔滔한 人間의 삶도 여지없이 부서지고 허물어지겠거니 ─
그러므로 언제나 ─ 祈禱하는 마음으로 ─ 眞正 祈禱하면서 ─
그렇게 살아야 하는 것이겠습니다.
호들갑 아니면서 ─ 망설임 없이 ─
설레발 아니면서 ─ 게으름 없이 ─
濫發 아니면서 ─ 吝嗇 없이 ─

인생은─
보잘 것 없는 것이 아니며
엄청난 영예의 것도 아닙니다.
먹이사슬의 최고정점이며 문명과 문화의 주도자이긴 하지만
사슬의 하부구조가 든든하지 못하거나,
자연환경의 제반조건이 무난치 않으며,
인간사회의 제반사가 여의치 못하면,

따라서 –

도도한 인간의 삶도 여지없이 부서지고 허물어지겠거니 –

그러므로 언제나 – 기도하는 마음으로 – 진정 기도하면서 –

그렇게 살아야 하는 것이겠습니다.

호들갑 아니면서 – 망설임 없이 –

설레발 아니면서 – 게으름 없이 –

남발 아니면서 – 인색 없이 – !

98. "어떻게 살 것인가?"＿(번민하던 명제의 마지막 답)

"어떻게 살 것인가?"

그렇게 苦悶하고 煩悶하던 그 命題의 마지막 解答이 모아졌습니다.

運命의 뒤안길에서 —

運命과 意志의 갈피에서 —

意志의 決斷 앞에서 —

無數히 망설이고 서성이던 그 길고 길었던 물음의 回答이 간추려졌습니다.

'卑怯하지 아니하고, 卑屈하지 아니하게 —

하늘에 고개 들어 부끄럼 없고, 땅에 고개 숙여 羞恥 없게 —

謙虛로이 비운 가슴, 그 高尚한 空虛 속에서 —

祈禱하면서 — 祈禱하는 마음으로 언제나 —'

아—! 그렇게 사는 것이 基本이겠습니다.

그렇게 사는 것이 答이겠습니다.

"어떻게 살 것인가?"

그렇게 고민하고 번민하던 그 명제의 마지막 해답이 모아졌습니다.

운명의 뒤안길에서 –

운명과 의지의 갈피에서 –

의지의 결단 앞에서 –

무수히 망설이고 서성이던 그 길고 길었던 물음의 회답이 간추려졌습니다.

'비겁하지 아니하고, 비굴하지 아니하게 –
하늘에 고개 들어 부끄럼 없고, 땅에 고개 숙여 수치 없게 –
겸허로이 비운 가슴, 그 고상한 공허 속에서 –
기도하면서 – 기도하는 마음으로 언제나 –'
아 –! 그렇게 사는 것이 기본이겠습니다.
그렇게 사는 것이 답이겠습니다.

99. 기도는 — 공허가 아니며, 허무가 아닙니다.

祈禱의 마음으로 가득히 —
祈禱의 모습으로 高邁하게 —
그래서 그렇게 쌓이는 時間과 —
그래서 그렇게 다듬는 修養과 —
그래서 그렇게 엮어지는 情緒가 —
나를 支配하고 引導하게 되나니 —
祈禱는 이미
空虛가 아니며 虛無가 아닙니다.
空虛한 바람이 아니며 虛無한 메아리가 아닙니다.

기도의 마음으로 가득히 —
기도의 모습으로 고매하게 —
그래서 그렇게 쌓이는 시간과 —
그래서 그렇게 다듬는 수양과 —
그래서 그렇게 엮어지는 정서가 —
나를 지배하고 인도하게 되나니 —
기도는 이미
공허가 아니며 허무가 아닙니다.
공허한 바람이 아니며 허무한 메아리가 아닙니다.

100. 갈잎의 노래__(기도는, 인간만의 것이 아니며 인간의 것만도 아닙니다)

無心한 갈잎의 노래 갈대숲의 合唱도
有心히 듣는 이의 마음에서는
草原의 속삭임이요 저미는 感動이어라!
草原을 달리는 素望이요 草原을 맴도는 事緣이어라!

그런 한 모퉁이에 더불면서
저린 가슴으로 부르는 내 노래, 내 祈禱도
갈잎을 스치고 갈대숲을 흔드는 바람이어라!
草原을 달리는 素望이요 草原에서 맴도는 事緣이어라!

언젠가 어디선가, 草原을 서성이는 有心 있거든
그 가슴의 속삭임 그 마음의 感動으로 孕胎되고 胎動할―
輪廻의 씨앗으로― 내 노래, 내 祈禱, 草原에 묻으리라!
永劫을 이어온, 그대로의 소리로― 그대로의 모습으로―.

무심한 갈잎의 노래 갈대숲의 합창도
유심히 듣는 이의 마음에서는
초원의 속삭임이요 저미는 감동이어라!
초원을 달리는 소망이요 초원을 맴도는 사연이어라!

그런 한 모퉁이에 더불면서
저린 가슴으로 부르는 내 노래, 내 기도도
갈잎을 스치고 갈대숲을 흔드는 바람이어라!
초원을 달리는 소망이요 초원에서 맴도는 사연이어라!

언젠가 어디선가, 초원을 서성이는 유심 있거든
그 가슴의 속삭임 그 마음의 감동으로 잉태되고 태동할-
윤회의 씨앗으로- 내 노래, 내 기도, 초원에 묻으리라!
영겁을 이어온, 그대로의 소리로- 그대로의 모습으로-.

101. 기도를 위한 기도문 __(기도를 위하여 —!)
그래서, 그러므로, 그리하여, 언제나 이렇게 기도합니다.
어떤 기도 전에도 — 어떤 기도 후에도 —

(1)

하느님! 오— 하느님!!

無限이요 永遠이요 完全이며 그러한 調和요 秩序이신 하느님!

그러하신 당신과 또한 그러할 당신의 나라를

敢히 우러러 憧憬하오며

그 榮光에 다가가 함께하기를 渴望하나이다.

하느님! 오— 하느님!

무한이요 영원이요 완전이며 그러한 조화요 질서이신 하느님!

그러하신 당신과 또한 그러할 당신의 나라를

감히 우러러 동경하오며

그 영광에 다가가 함께하기를 갈망하나이다.

(2)

萬事亨通하고 萬方和平함이 宇宙의 道요 善이라 여기며

世上이 다 그러하기를—

人生이 丁寧 그러하기를—

懇切히 바라나이다.

만사형통하고 만방 화평함이 우주의 도요 선이라 여기며

세상이 다 그러하기를—

인생이 정녕 그러하기를-
간절히 바라나이다.

(3)

하오니 하느님! — 引導하소서 —!
하느님의 造化와 權能으로 길을 여시고
躊躇없이 거침없이 그 길을 가게하소서! — 하시더라도 —
멀고 險한 길에서 긴 試驗에 들게 마시고
가까운, 곧은길에서 어서 쉬 成就하게 하소서!

하오니 하느님! - 인도 하소서 -!
하느님의 조화와 권능으로 길을 여시고
주저 없이 거침없이 그 길을 가게하소서! - 하시더라도 -
멀고 험한 길에서 긴 시험에 들게 마시고
가까운, 곧은길에서 어서 쉬 성취하게 하소서!

(4)

하나의 成就와 한 番의 榮光이 그것으로 끝이 아니며
그것을 넘어서 —
苦悶하고 煩悶하던 또 다음 役割로 이어갈 契機요 발판이려니
그러한 進展을 爲하여, 發展을 爲하여,
成就를 주시고 榮光을 주소서! — 주시더라도 또한 —
漠然히 두시지 마시고
偶然을 넘어서 必然으로, 意志를 넘어서 運命으로 — 必히 얻게

다하지 못하는 - 다할 수 없는 -
그것은 아마도 당신의 뜻이요 당신의 몫이려니 -
끝 모를 미완성의 반복만이 나의 일이며
당신의 의지에 다가가려는 시도입니다.
어제 그리했듯이, 오늘 또한 그렇게 -
헐어지고 때 묻은 캔버스에 운필하고 채색하며 -
그것을 반복하는 것으로 인생을 가나이다. 완성은 모르는 채 -

(20)
하오니 하느님!
試圖하고 圖謀하는 모든 것에서 — 모든 것들이 —
穩當하고 合當하며 調和하고 一致하여서
어느덧 —
不完全은 完全으로 — 未完成은 完成으로 —
그리고 마침내는
完全보다 더한 完全 — 完成보다 더한 完成으로 —
다가가게 하소서!
되게 하소서!!
되게 하소서!!!

그래서, 그러므로, 그리하여 — 祈禱하옵나이다! 祈禱하옵나
이다!!

하오니 하느님!
시도하고 도모하는 모든 것에서 - 모든 것들이 -

온당하고 합당하며 조화하고 일치하여서
어느덧 –
불완전은 완전으로 – 미완성은 완성으로 –
그리고 마침내는
완전보다 더한 완전 – 완성보다 더한 완성으로 –
다가가게 하소서!
되게 하소서!!
되게 하소서!!!

그래서, 그러므로, 그리하여 – 기도하옵나이다! 기도하옵나이다!!

102. 기도는 — 기도의 마음은?__(석수의 손길 같은 것)

祈禱는 — 祈禱의 마음은 —

가슴의 노래되어 가슴을 向하여

世上의 노래되어 世上을 向하여

精誠을 다하면서 — 熱情을 다하면서 —

믿음을, 바램을, 그리움을,

彫刻하고 彫琢하는 石手의 손길처럼 그렇게

쪼고 갈고 다듬는 道具 같은 것.

하는 만큼 되고 — 된 만큼 남으리라 —!

自身 속에서 — 世上 속에서 —

完成은 없는 채 — 모르는 채 —

기도는- 기도의 마음은-

가슴의 노래되어 가슴을 향하여

세상의 노래되어 세상을 향하여

정성을 다하면서 - 열정을 다하면서 -

믿음을, 바램을, 그리움을,

조각하고 조탁하는 석수의 손길처럼 그렇게

쪼고 갈고 다듬는 도구 같은 것.

하는 만큼 되고- 된 만큼 남으리라-!

자신 속에서 - 세상 속에서 -

완성은 없는 채 - 모르는 채 -

기도

❖ ❖ ❖ ❖ ❖

그러므로 인간은 ―

지상에서 낙원으로 ― 낙원에서 천국으로 ― 천국에서 천당으로 ―

끊임없이 지향하고 끝없이 지양하면서

신의 동행을 ― 신과의 동행을 ― 염원하고 기구합니다.

뜻을 물으면서 ― 뜻을 구하면서 ― 겸허히 ― 간절히 ―

하늘 향해 팔 벌린 나무들처럼 그렇게 우러르며 희망합니다. 소망합니다.

그러한 염원을, 기구를 ―

그러한 겸허를, 간구를 ―

그러한 희망을, 소망을 ―

기도라고 하였느니 ―!

❖ ❖ ❖ ❖ ❖

기도는 믿음입니다.

기도는 믿음이며 ― 바램입니다.

기도는 믿음이요 바램이며 ― 그리움입니다.

절망의 뒤안길에서도 ― 희망의 창 앞에서도.

기도는 언제나 ― 믿음이요 바램이며 그리움입니다.

그래서 기도는 ―!

믿음과 바램과 그리움이 ― 의지하는,

믿음과 바램과 그리움으로 ― 의지하는,

믿음과 바램과 그리움을 ― 의지하는,

의지의 언덕입니다.

육신도 — 영혼도 —
기대고 싶고, 기대도 좋은, 기댈 언덕입니다.
기대도 되는 언덕이며, 기대야 하는 언덕입니다.

그리고 기도는 —
소망하는 것들의 신념의 함축이며
신념 하는 것들의 소망의 함축입니다.
그리고 — 이 함축된 신념과 소망들의
그리움의 함축이며, 함축된 그리움입니다.

기도는 독백입니다.
기도는 독백이며 또한 대화입니다.
기도는 요구입니다.
기도는 요구이며 또한 부탁입니다.
기도는 요청입니다.
기도는 요청이며 또한 반문입니다.

또한 기도는 —
상념이요 명상이며 각성이요 성찰입니다.
끝없는 반성이요 목 타는 수양입니다.

그러므로 기도는 —
이기를 구하지 아니하고, 서두르지 아니하며,
무리하지 아니하고, 무례하지 아니합니다.
이상을 부르는 노래이며, 가없는 연민의 정서입니다.

기도하는 마음은 —
겸양의 미덕이며, 겸허요, 감사입니다.

기도하는 모습은 ―
고매한 아름다움, 건숙한 감동입니다.

기도는 ―
이미, 그것으로 목적이면서
또한, 목적으로 가는 길(道 _ 도)입니다.
그러므로 기도는 ― 참 기도는 ―
그것이 곧
참된 삶이요 보람이면서, 또한 그것을 찾아가는 길입니다.
행복이요 영광이면서, 또한 그것을 구하는 길입니다.
진이요 선이요 미이면서, 또한 그것을 기리는 길입니다.
인이요 자비요 사랑이면서, 도한 그것을 구하고 행하는 길입니다.

기도는 ―
수행의 정성이며 열정입니다.
바라는 희망이며 기다리는 인내입니다.
불굴의 투혼이요 견디는 인고이며, 구하는 지혜요 그리는 안식입니다.
그래서 기도는 ―
길이요 빛이요 생명이며, 또한 그것을 구하는 길입니다.
그러므로 기도는,
기도로써 구하며, 구함으로써 이루는
마음의 힘, 정신의 힘, 영혼의 힘입니다.

❖❖❖❖❖
사람의 모습 중에 ―
기도하는 모습보다 더 경건하고 엄숙한 아름다움은 없느니 ―!
그 고매한 아름다움을 지니기 위하여
그리고

그 고매함에서 솟아나오는 초매한 향기를 간직하기 위하여
기도하십시오!
인생에서 —
그 이상 더 높고 더 깊은 삶의 모습은 없습니다.
그 모습이 목자의 모습이요 천사의 모습이며
그 향기가 목자의 향기요 천사의 향기입니다.
바로
'기도하는 소녀'의 그 모습이 그것이며
부처님의 그윽한 미소가 또한 그것이겠습니다.

❖❖❖❖❖

인생은 —
보잘 것 없는 것이 아니며
엄청난 영예의 것도 아닙니다.
먹이사슬의 최고정점이며 문명과 문화의 주도자이긴 하지만,
사슬의 하부구조가 든든하지 못하거나,
자연환경의 제반조건이 무난치 않으며,
인간사회의 제반사가 여의치 못하면 —
따라서
도도한 인간의 삶도 여지없이 부서지고 허물어지겠거니 —
그러므로 언제나 — 기도하는 마음으로, 진정 기도하면서 —
그렇게 살아야 하는 것이겠습니다.
호들갑 아니면서 — 망설임 없이 —
설레발 아니면서 — 게으름 없이 —
남발 아니면서 — 인색 없이 —

❖❖❖❖❖

"어떻게 살 것인가?"

그렇게 고민하고 번민하던 그 명제의 마지막 해답이 모아졌습니다.
운명의 뒤안길에서 ―
운명과 의지의 갈피에서 ―
의지의 결단 앞에서 ―
무수히 망설이고 서성이던 그 길고 길었던 물음의 회답이 간추려졌습니다.
'비겁하지 아니하고, 비굴하지 아니하게 ―
하늘에 고개 들어 부끄럼 없고, 땅에 고개 숙여 수치 없게 ―
겸허로이 비운 가슴, 그 고상한 공허 속에서 ―
기도하면서 ―, 기도하는 마음으로 언제나 ―'
아 ―! 그렇게 사는 것이 기본이겠습니다.
그렇게 사는 것이 답이겠습니다.

❖❖❖❖❖

기도의 마음으로 가득히 ―
기도의 모습으로 고매하게 ―
그래서 그렇게 쌓이는 시간과 ―
그래서 그렇게 다듬는 수양과 ―
그래서 그렇게 엮어지는 정서가 ―
나를 지배하고 인도하게 되나니 ―
기도는 이미
공허가 아니며 허무가 아닙니다.
공허한 바람이 아니며 허무한 메아리가 아닙니다.

❖❖❖❖❖❖

〈갈잎의 노래〉__(기도는, 인간만의 것이 아니며 인간의 것만도 아닙니다)

무심한 갈잎의 노래 갈대숲의 합창도
유심히 듣는 이의 마음에서는

초원의 속삭임이요 저미는 감동이어라!
초원을 달리는 소망이요 초원을 맴도는 사연이어라!

그런 한 모퉁이에 더불면서
저린 가슴으로 부르는 내 노래, 내 기도도
갈잎을 스치고 갈대숲을 흔드는 바람이어라!
초원을 달리는 소망이요 초원에서 맴도는 사연이어라!

언젠가 어디선가, 초원을 서성이는 유심 있거든
그 가슴의 속삭임 그 마음의 감동으로 잉태되고 태동할 ―
윤회의 씨앗으로 ― 내 노래, 내 기도, 초원에 묻으리라!
영겁을 이어온, 그대로의 소리로 ― 그대로의 모습으로 ―

❖❖❖❖❖
〈기도를 위한 기도문〉__(기도를 위하여 ―!)

하느님! 오 ― 하느님!
무한이요 영원이요 완전이며 그러한 조화요 질서이신 하느님!
그러하신 당신과 또한 그러할 당신의 나라를
감히 우러러 동경하오며
그 영광에 다가가 함께하기를 갈망하나이다.

만사형통하고 만방 화평함이 우주의 도요 선이라 여기며
세상이 다 그러하기를 ―
인생이 정녕 그러하기를 ―
간절히 바라나이다.

하오니 하느님! ― 인도 하소서 ―!

하느님의 조화와 권능으로 길을 여시고
주저 없이 거침없이 그 길을 가게하소서! — 하시더라도 —
멀고 험한 길에서 긴 시험에 들게 마시고
가까운, 곧은길에서 어서 쉬 성취하게 하소서!

하나의 성취와 한 번의 영광이 그것으로 끝이 아니며
그것을 넘어서 —
고민하고 번민하던 또 다음 역할로 이어갈 계기요 발판이러니
그러한 진전을 위하여, 발전을 위하여
성취를 주시고 영광을 주소서! — 주시더라도 또한 —
막연하게 두시지 마시고
우연을 넘어서 필연으로, 의지를 넘어서 운명으로 — 필히 얻게 하소서!

그리하여 — 얻음이 계기로서 —
얻음을 넘어서 나눔으로 — 가슴을 넘어서 세상으로 —
더 많이 더 크게 기여할 기회이게 하소서!
베풀고 나누며 봉사하고 헌신함으로써
주신 이유와 의미를 거기서 찾게 하시고
고운 아름다운 거룩한 감동으로 세상 가득 물결지게 하소서!

그러함을 위하여 —
얻음과 나눔의 — 나눔과 얻음의 —
지혜와 깨달음을 조명하시고,
그것을 실천할 능력과 열정을 주선하시어
의지가 곧 운명으로 — 운명이 곧 의지로 —
성취되고 영광됨을 허락하소서!

순수와, 진실과, 성실이 —

성취와 영광을 구하여 가는 자의 — 그 노정의 —
기본이요 우선이며 조건이리라 여기며
일상의 삶이, 삶의 평상이, 그러하도록 명심, 유념, 진력하나니 —
세파 속에서 — 인고의 과정에서 —
지치거나 실망으로 — 빛바래지 않으며,
포기나 좌절로 — 어긋남이 없도록 —
지키소서!

저 — 동경과 갈망에의 그 겸허와 선량이
저 — 순수와 진솔함의 그 정결과 정직이
혹여 — 그것의 타성으로, 지나침으로 —
나태나 나약에, 오만이나 오류에 —
분별없이 젖어들지나 않을지?
또한 그것을 우려하고 염려하나니 —
완전함이 없음은, 완성이 없음은 — 그것이 인간사요 인생사라 하더라도
그러기에 그것 또한 엄격히 하시고 보살피소서!

그리하셔서 —
세상의 등불로 삼으시어 빛과 볕으로 쓰시되 —
꺼지지 않게 하시고
만상을 생명하고 정화하는 샘물로 삼으시되 —
마르지 않게 하소서!

당신의 의지와 우리의 의지가 —
당신의 영광과 우리의 영광이 —
조화하고 일치하여서
지상에서는 가득히 낙원을 담게 하시고
천상에서는 가히 그 문의 열쇠가 되게 하소서!

안으로는 가슴낙원의 정원사로서 ―
밖으로는 자연과 환경의 파수로서 ―
당신의 뜻을 기리며 실현하려는
그 열정과 노고를 온건하다 가상하다 여기시며
그 발길 순탄케 하시고
그 사명 다하게 하소서!

그리하여 ― 구원을 얻으며 ―
구원을 얻는 것처럼 ― 구원으로 인도하게 하시고
애착하는 자들과 수고하는 자들 또한 동반하게 하소서!

하느님의 의지가 ―
세상을 지배하며 ― 부재가 없으시며 ―
그래서 만사가 ― 필연이요 운명임을 아나이다.
그러함에도 ―
생각과 말과 행보가 ― 더러는 아둔하며, 때로는 마찰하고 충돌하더라도
오! ― 하느님!
격랑으로 휘몰지 마시고, 부드러운 파문으로 일깨우고 인도하소서!

내딛는 발길마다 무지요 미지여서
서툴고 막연함이 전부일지라도
발걸음 걸음마다 온당하게 하시어
언제나 어디서나 ― 온당한 자격으로 가치로 존재하게 하소서!

스치는 바람에도 떨리움을 금치 못하는
여린 꽃잎의 조바심처럼 ― 마른 잎새의 초조처럼 ―
애타는 목마름, 끈질긴 매달림으로 아우성하나니 ―
오! ― 하느님!

축복과 은총으로 답을 쓰소서!
가득한 축복과 은총으로 답이 되게 하소서!

인자하신 눈길로, 따사로운 손길로, 오묘하신 조화로, 무한한 권능으로
언제나 어디서나 — 인도하시고 가호하시는 그 주관을
믿으며 — 느끼며 — 깨달으며 —
감사로 벅찬 나의 기도는 — 내 미미하고 작은 부족한 기도는
그쳐지지 않나이다. — 그칠 수 없나이다.

안으로 태우고 또 타면서 —
숫한 기도를 지키고, 기도의 혼을 지키는 촛불처럼
나 또한 그렇게 타면서 또 태우면서 —
끝없이 기도하는 — 끝없는 기도로 타오르는 —
한 대의 촛불이겠나이다.
침묵으로 타면서 — 태우면서 — 가냘피 흔들리는 불꽃의 애원은 —
다만, 외롭지 않았으면 좋겠나이다. — 영원히 —
그럼에도 만약 외롭거든, 외로워야하거든 —
그때는 필히 함께하시어 — 홀로 태우는, 홀로 타야하는 이유로부터
지키소서!

빛으로 별으로 면면할 기도의 혼들이
감동으로 흐르고 감동으로 넘치게 하소서!
그리고 —
흐르는 곳에서 — 넘치는 곳에서 — 곳마다 그곳에서 —
또 다른 감동의 새로운 시작이 일어나게 하소서!
그리하여 —
치솟는 아침햇살의 붉은 기운처럼 —
붉다 못해 하얗게 바래진 주광처럼 —

잔잔한 노을저녁의 황홀한 고요처럼 ―
적막한 어둠에서 더 영롱한 밤하늘 별빛처럼 ―
온통, 감동의 색조로 내 수채화를 완성하게 하소서!

완성은 아니라면 ― 완성은 없노라면 ―
진행이라도 그렇게 되어가게 하소서!
다하지 못하는 ― 다할 수 없는 ―
그것은 아마도 당신의 뜻이요 당신의 몫이려니 ―
끝 모를 미완성의 반복만이 나의 일이며
당신의 의지에 다가가려는 시도입니다.
어제 그리했듯이, 오늘 또한 그렇게 ―
헐어지고 때 묻은 캔버스에 운필하고 채색하며 ―
그것을 반복하는 것으로 인생을 가나이다. 완성은 모르는 채 ―

하오니 하느님!
시도하고 도모하는 모든 것에서 ― 모든 것들이 ―
온당하고 합당하며 조화하고 일치하여서
어느덧 ―
불완전은 완전으로 ― 미완성은 완성으로 ―
그리고 마침내는
완전보다 더한 완전 ― 완성보다 더한 완성으로 ―
다가가게 하소서!
되게 하소서!!
되게 하소서!!!

그래서, 그러므로, 그리하여 ― 기도하옵나이다! 기도하옵나이다!!

❖❖❖❖❖❖

기도는 ― 기도의 마음은 ―
가슴의 노래되어 가슴을 향하여
세상의 노래되어 세상을 향하여
정성을 다하면서 ― 열정을 다하면서 ―
믿음을, 바램을, 그리움을,
조각하고 조탁하는 석수의 손길처럼 그렇게
쪼고 갈고 다듬는 도구 같은 것.
하는 만큼 되고 ― 된 만큼 남으리라 ―!
자신 속에서 ― 세상 속에서 ―
완성은 없는 채 ― 모르는 채 ―

세상은, 인간은_(완성과 미완성)
[103~111]

103. 완성보다 더한 완성

世上은— 그침 없는 連續이요, 停止 없는 進行이며,
그렇게 連續하고 進行하면서 끝없이 變化하는 것.
그것을 拒否할 수 없어서, 沮止할 수 없어서,
完全은 없으며— 完成은 없는 것.
그래서 世上은 未完이며— 未完의 連續인 것.
終止符를 찍지 않는, 終止符를 찍지 못하는— 그런 쉼標가—
다음을 爲하여 남기는, 다음을 爲하여 남겨지는— 그런 餘白이—
完成하지 않는, 完成하지 못하는— 未完成이기에—
어떤 完成 前에도— 어떤 完成 後에도— 未完成은 남는 것.
그래서 未完成은— 完成은 아니지만
完成은 아니면서— '完成보다 더한 完成' 그것이겠습니다.

세상은— 그침 없는 연속이요 정지 없는 진행이며
그렇게 연속하고 진행하면서 끝없이 변화하는 것.
그것을 거부할 수 없어서, 저지할 수 없어서,
완전은 없으며— 완성은 없는 것.
그래서 세상은 미완이며— 미완의 연속인 것.
종지부를 찍지 않는, 종지부를 찍지 못하는— 그런 쉼표가—
다음을 위하여 남기는, 다음을 위하여 남겨지는— 그런 여백이—
완성하지 않는, 완성하지 못하는— 미완성이기에—
어떤 완성 전에도— 어떤 완성 후에도— 미완성은 남는 것!
그래서 미완성은— 완성은 아니지만
완성은 아니면서— '완성보다 더한 완성' 그것이겠습니다.

104. 완성에의 길목에 펼친 미완성의 뜰

神(하느님)은—

모든 完成에의 길목에서(수고와 進化의 過程에서)

저—眩亂한 未完成의 뜰을 펼치시고—

適當한 빛과, 볕과, 물과, 空氣와, 土壤과, 有形 無形의 無數한 種子 모두를 豫備하셨습니다.

그리고

저— 뜰을 洞察하고 耕作하는 者들을 爲한 祝福과 恩寵은,

그들의 求하는 것과 그들의 目的하는 目標들은,

未完成이라는 階段을 通하여 段階的으로 얻게 하셨습니다.

신(하느님)은—

모든 완성에의 길목에서(수고와 진화의 과정에서)

저— 현란한 미완성의 뜰을 펼치시고—

적당한 빛과, 볕과, 물과, 공기와, 토양과, 유형 무형의 무수한 종자 모두를 예비하셨습니다.

그리고

저— 뜰을 통찰하고 경작하는 자들을 위한 축복과 은총은,

그들의 구하는 것과 그들의 목적하는 목표들은,

미완성이라는 계단을 통하여 단계적으로 얻게 하셨습니다.

105. 준비의 수고가 다 된, 완수의 조건이 다 갖추어진 ―

그런 ― 그러함을 爲하여서 ―
또한 人間에게 神은
意志와 能力을 주셨고 ― 資格과 價値를 주셨으며
人生의 路程에는 ― 기쁨도 보람도 있게 하셨습니다.
準備가 다 되고, 條件이 다 갖추어진 ― 그런 世上임을 깨닫고 보니
아 ―! 恩惠에 對한 感謝의 祈禱는 ―
끝이 없어도 좋겠습니다.
끝이 있을 수 없겠습니다.

그런 ― 그러함을 위하여서 ―
또한 인간에게 신은
의지와 능력을 주셨고 ― 자격과 가치를 주셨으며
인생의 노정에는 ― 기쁨도 보람도 있게 하셨습니다.
준비가 다 되고, 조건이 다 갖추어진 ― 그런 세상임을 깨닫고 보니
아 ―! 은혜에 대한 감사의 기도는 ―
끝이 없어도 좋겠습니다.
끝이 있을 수 없겠습니다.

106. 자기 몫의 수고는 자기가 하는 것이
　　　 자기 몫의 축복이요 은총입니다.

祈禱로써 求하는 感謝로운 恩惠라 하더라도

耕作하고 收穫하는 수고마저

卽, 自己 몫의 수고까지 依託하지 마십시오!

自己 몫의 수고는 自己가 하는 것이 自己 몫의 祝福이며 恩寵입니다.

그러므로— 每事에 많이 수고하십시오!

수고로 흐르는, 수고로 흘리는 땀에 愛着하고 반기십시오!

수고에 목마른 者 되시고, 수고로 感動을 일으키십시오!

'自己 몫의 수고는 自己가 하는 것!'

이 하모니, 이 코러스가 神과 人間 사이의 黙契이며 不文律입니다.

神(하느님)이 — 人間과 關係하고 人間을 사랑하는 理由가 이것입
니다.

기도로써 구하는 감사로운 은혜라 하더라도

경작하고 수확하는 수고마저

즉, 자기 몫의 수고까지 의탁하지 마십시오!

자기 몫의 수고는 자기가 하는 것이 자기 몫의 축복이며 은총입니다.

그러므로- 매사에 많이 수고하십시오!

수고로 흐르는, 수고로 흘리는 땀에 애착하고 반기십시오!

수고에 목마른 자 되시고, 수고로 감동을 일으키십시오!

'자기 몫의 수고는 자기가 하는 것!'

이 하모니, 이 코러스가 신과 인간 사이의 묵계이며 불문율입니다.

신(하느님)이 - 인간과 관계하고 인간을 사랑하는 이유가 이것입니다.

107. 신을 닮으려는 인간의 모습

模倣하고 應用하고 創作하면서 —
人間은, 神에 接近하려 합니다. 닮으려 합니다.
自然을 包容하려는 雅量과, 宇宙를 超越하려는 理想이
神을 닮으려는 人間의 모습입니다.
펼칠수록 廣闊하고, 펼칠수록 豊饒로운 —
그것이
神을 닮은 人間의 — 참 希望이며 情緖이기에
그래서 神을 닮는 것은 닮을수록 좋겠습니다.

모방하고 응용하고 창작하면서 -
인간은, 신에 접근하려 합니다. 닮으려 합니다.
자연을 포용하려는 아량과, 우주를 초월하려는 이상이
신을 닮으려는 인간의 모습입니다.
펼칠수록 광활하고, 펼칠수록 풍요로운 -
그것이
신을 닮은 인간의 - 참 희망이며 정서이기에
그래서 신을 닮는 것은 닮을수록 좋겠습니다.

108. 인간의 신에 대한 대비는?

人間은 人間이며 神이 아닙니다.

神에 對한 人間의 對比는 以下가 아니라 未滿입니다.

그러므로

對等視하거나 凌駕하려 하여서는 아니 될 것입니다.

決코 對等하거나 凌駕할 수 없으며 —

或如, 있다하더라도 하여서는 아니 됩니다.

그것이 假說이며 또한 神과 人間사이의 黙契이며 不文律입니다.

萬一, 假說임을 빌미로 그것을 凌蔑하거나 壞滅하려 한다면 —

아마도 그것은 災殃을 自招하게 될 것입니다.

人類는 — 歷史와 文明文化뿐만 아니라 生存과 繁榮의 環境에 이르

기까지 破壞요 破滅이며 滅亡의 激浪에 힘쓸릴 것입니다.

그러하기에, 蠢動이 憂慮되는 人間의 傲慢을 露天에 放牧치 마시

고 警戒의 울타리 안에서 飼育되게 하십시오!

神의 希望 人間이면, 失望 또한 人間임을 銘心해야 할 것입니다.

인간은 인간이며 신이 아닙니다.

신에 대한 인간의 대비는 이하가 아니라 미만입니다.

그러므로

대등시하거나 능가하려 하여서는 아니 될 것입니다.

결코 대등하거나 능가할 수 없으며 -

혹여, 있다하더라도 하여서는 아니 됩니다.

그것이 가설이며 또한 신과 인간 사이의 묵계이며 불문율입니다.
만일, 가설임을 빌미로 그것을 능멸하거나 괴멸하려한다면 -
아마도 그것은 재앙을 자초하게 될 것입니다.
인류는 - 역사와 문명문화뿐만 아니라 생존과 번영의 환경에 이르기까
지 파괴요 파멸이며 멸망의 격랑에 휩쓸릴 것입니다.
그러하기에, 준동이 우려되는 인간의 오만을 노천에 방목치 마시고 경
계의 울타리 안에서 사육되게 하십시오!
신의 희망 인간이면, 실망 또한 인간임을 명심해야 할 것입니다.

109. 언제나, 희망이 존재하고 희망이 관계하며
　　희망이 작용하는 신세계를 —

存在하고 — 關係하며 — 作用하는 —

무릇 名稱과 命題들의 그 意義와 理由와 方法을 — 찾으며, 좇으며 —

人生의 참 길을 — 찾아서, 좇아서 왔느니 —.

"어떻게 살 것인가!?" — 煩悶과 想念을 反復하며 —

비 오는 하늘과 눈 덮인 땅을 지나서 —

들을 지나고 江을 건너고 山을 넘어서 —

해 돋는 아침과 해 지는 저녁의

그 黎明과 그 노을을

그 마을과 그 거리를

그 水平線과 그 地平線을

數없이 보고, 느끼고, 그리고, 지우며 —

그리고 또 다시 보고 느끼면서 —

年輪을 쌓고 歲月을 다져온 人生의 무게 — 그 뒷자락에서 —

비로소

憧憬하고 渴望하던, 渴望하고 懇求하던, 참 길을 찾았느니 —!

생각하였으므로 생각 속에서 —

節制하였으므로 生活 속에서 —

硏磨하였으므로 情緖 속에서 —

憧憬하고 渴望하였으므로 希望과 理想 속에서 —

기어이

希望이 存在하고 希望이 關係하며 希望이 作用하는,

理想이 存在하고 理想이 關係하며 理想이 作用하는,
新世界를 찾았느니 ―!

존재하고 ― 관계하며 ― 작용하는 ―
무릇 명칭과 명제들의 그 의의와 이유와 방법을 ― 찾으며, 좇으며 ―
인생의 참 길을 ― 찾아서, 좇아서 왔느니 ―.
"어떻게 살 것인가!?" ― 번민과 상념을 반복하며 ―
비 오는 하늘과 눈 덮인 땅을 지나서 ―
들을 지나고 강을 건너고 산을 넘어서 ―
해 돋는 아침과 해 지는 저녁의
그 여명과 그 노을을
그 마을과 그 거리를
그 수평선과 그 지평선을
수없이 보고, 느끼고, 그리고, 지우며 ―
그리고 또 다시 보고 느끼면서 ―
연륜을 쌓고 세월을 다져온 인생의 무게 ― 그 뒷자락에서 ―
비로소
동경하고 갈망하던, 갈망하고 간구하던, 참 길을 찾았느니 ―!
생각하였으므로 생각 속에서 ―
절제하였으므로 생활 속에서 ―
연마하였으므로 정서 속에서 ―
동경하고 갈망하였으므로 희망과 이상 속에서 ―
기어이
희망이 존재하고 희망이 관계하며 희망이 작용하는,
이상이 존재하고 이상이 관계하며 이상이 작용하는,
신세계를 찾았느니 ―!

110. 행복으로! 낙원으로!! 천국으로!!!

(이것이 인간의 최고 이상이라면 — 이제부터는 그것이 허상이 아니며
추상이 아닙니다. 그 이상에 도달할 수 있으며, 그 과정에 무르익는
세계가 — 신세계입니다.)

(1)

① 人生은 抽象을 耕作하지만 人間은 實質을, 實像을, 收穫한다 하
였지요.

"뜻이 있는 곳에 길이 있다"고 하였습니다.

그리고

"始作이 半이다"라고 하였습니다.

인생은 추상을 경작하지만 인간은 실질을, 실상을, 수확한다 하였
지요.

"뜻이 있는 곳에 길이 있다"고 하였습니다.

그리고

"시작이 반이다"라고 하였습니다.

② 그러함으로 —

무릇 命題들은,

뜻을 세움으로써 자기 길을 찾는 것이며

그 세운 뜻을 爲하여 생각함으로써 이미 그 길을 가는 것이 되
겠습니다.

여기까지만 하여도 提示한 命題는 이미 折半을 이룬 것이나 같
다는 것입니다.

그러함으로—

무릇 명제들은,

뜻을 세움으로써 자기 길을 찾는 것이며

그 세운 뜻을 위하여 생각함으로써 이미 그 길을 가는 것이 되겠습
니다.

여기까지만 하여도 제시한 명제는 이미 절반을 이룬 것이나 같다는
것입니다.

③ 그러하다면 —

부푼 가슴(마음)으로 하나의 命題를 세워봅시다.

"幸福"— 幸福이라는—

그리고 생각합시다. — 幸福하고 싶다고—!

　　　　　　　　幸福해야겠다고—!!

　　　　　　　　幸福하리라고—!!!

그리고 물어봅시다. — 그것이 어디에 있느냐고—

　　　　　　　　어디에서 그것을 찾겠느냐고—

그렇게 묻고 또 물으며, 찾고 또 찾아봅시다.

要求가 깊을수록 더욱 질게 찾고 또 찾을 것입니다.

그러하다면—

부푼 가슴(마음)으로 하나의 명제를 세워봅시다.

"행복"— 행복이라는—

그리고 생각합시다. - 행복하고 싶다고-!
행복해야겠다고-!!
행복하리라고-!!!
그리고 물어봅시다. - 그것이 어디에 있느냐고-
어디에서 그것을 찾겠느냐고-
그렇게 묻고 또 물으며, 찾고 또 찾아봅시다.
요구가 깊을수록 더욱 짙게 찾고 또 찾을 것입니다.

④ 그런데 그것이 -

到處에 있는 것 같고, 있을 것 같으면서, 좀처럼 찾아지지가 않습니다.

왜? ― 왜인가요?

생각해 보면 ―

幸福이라는 것은 ― 이미 있는 것(旣存)이 아니며

따라서

찾으면 찾아지는, 찾기만 하면 發見되는, 그런 完製品이 아니지요.

그러한 고로 ―

찾아지지 않은 理由가 分明 거기에 있었겠습니다.

그런데 그것이 -

도처에 있는 것 같고, 있을 것 같으면서, 좀처럼 찾아지지가 않습니다.

왜? - 왜인가요?

생각해보면 -

행복이라는 것은 - 이미 있는 것 (기존)이 아니며

따라서
찾으면 찾아지는, 찾기만 하면 발견되는, 그런 완제품이 아니지요.
그러한 고로-
찾아지지 않은 이유가 분명 거기에 있었겠습니다.

⑤ 그렇다면 - 길을 바꾸어봅시다.
길을 바꾼다는 것은 - 물음을 바꾸는 것!
그래서 - 물음을 바꾸어봅시다.
"幸福이 어디에 있느냐?"고 묻지 마시고
"幸福이 무엇이냐?"고 물어봅시다.
묻고 또 물으며, 생각하고 또 생각합니다.
끈질기고 執拗한 - 물음 뒤에, 생각 뒤에,
이윽고 - 解答의 한 실마리에 到達하게 되겠습니다.

그렇다면- 길을 바꾸어봅시다.
길을 바꾼다는 것은- 물음을 바꾸는 것!
그래서- 물음을 바꾸어봅시다.
"행복이 어디에 있느냐?"고 묻지 마시고
"행복이 무엇이냐?"고 물어봅시다.
묻고 또 물으며, 생각하고 또 생각합니다.
끈질기고 집요한- 물음 뒤에, 생각 뒤에,
이윽고- 해답의 한 실마리에 도달하게 되겠습니다.

⑥ 꼭 그렇게 執拗히 묻고 또 생각해야만 하느냐고요?
그렇습니다.
或是, 不勞所得을 바라는 것은 아니겠지요?

"耕作하고 收穫하라!" 하였습니다.
苦悶의 水深이 깊으면 깊을수록 얻는 고기는 더 크겠습니다.

꼭 그렇게 집요히 묻고 또 생각해야만 하느냐고요?
그렇습니다.
혹시, 불로소득을 바라는 것은 아니겠지요?
"경작하고 수확하라!" 하였습니다.
고민의 수심이 깊으면 깊을수록 얻는 고기는 더 크겠습니다.

⑦ 자 그러면, 이윽고 到達한 解答의 실마리를 풀어가 봅시다.
幸福이란?
旣成品이 아니며 — 저마다 만드는 것!
만들어가는 것이며 가꾸어가는 것!
彫刻하고 彫琢하는 石手의 마음처럼, 손길처럼,
그렇게 쪼고 갈고 다듬으며 만들어 가꾸는 것!
그래서
만든 만큼 되고, 된 만큼 누리는 것!—이라는—

자 그러면, 이윽고 도달한 해답의 실마리를 풀어가 봅시다.
행복이란?
기성품이 아니며 – 저마다 만드는 것!
만들어가는 것이며 가꾸어가는 것!
조각하고 조탁하는 석수의 마음처럼, 손길처럼,
그렇게 쪼고 갈고 다듬으며 만들어 가꾸는 것!
그래서
만든 만큼 되고, 된 만큼 누리는 것! –이라는–

⑧ 그러니까—
누구든—
幸福을 바라거든—
"幸福이 어디에 있느냐?"고 묻지 마시고—
"幸福이 무엇이냐?"고 먼저 물으십시오!
바른 물음이 바른 答을 引導하리니—

그러니까-
누구든-
행복을 바라거든-
"행복이 어디에 있느냐?"고 묻지 마시고-
"행복이 무엇이냐?"고 먼저 물으십시오!
바른 물음이 바른 답을 인도하리니-

⑨ 길은 묻더라도
물어서 가는 길의 수고는 自身이 하십시오!
自己 몫의 수고는 自己가 하는 것이
自己 몫의 祝福이며 恩寵입니다.

길은 묻더라도
물어서 가는 길의 수고는 자신이 하십시오!
자기 몫의 수고는 자기가 하는 것이
자기 몫의 축복이며 은총입니다.

⑩ 생각하고 수고하는 路程 속에서—
幸福은—

느끼고 깨닫고 이해하는 나름으로 — 빚어지고 커가는 것!

생각하고 수고하는 노정 속에서 —
행복은 —
느끼고 깨닫고 이해하는 나름으로 — 빚어지고 커가는 것!

⑪ 찾으면 있지 않은 것 같고,
생각하면 없지 않은 것 같은 —
그래서 —
"어디에 있느냐?"고 물으면 — 있지 않으며
"무엇이냐?"고 물으면 — 없지 않은
신기루 같고 무지개 같은 —
모르면 散亂하고, 알면 形象하는 —
그런 그것이 幸福의 모습이겠습니다.
삶의 路程에서 — 希望하는 길동무로 —
慰安하고 安息하는 感動이 — 그것이며
그래서 滿足하고 喜悅하는 보람이 — 幸福의 本末이겠습니다.

찾으면 있지 않은 것 같고,
생각하면 없지 않은 것 같은 —
그래서 —
"어디에 있느냐?"고 물으면 — 있지 않으며
"무엇이냐?"고 물으면 — 없지 않은
신기루 같고 무지개 같은 —
모르면 산란하고, 알면 형상하는 —
그런 그것이 행복의 모습이겠습니다.

삶의 노정에서 - 희망하는 길동무로-
위안하고 안식하는 감동이 - 그것이며
그래서 만족하고 희열하는 보람이 - 행복의 본말이겠습니다.

⑫ 자꾸만, 자꾸만, 아지랑이 너머로 散亂하려 하거든
　끝없이, 끝없이, 가슴(마음)에 끌어와 形象하십시오!
　그래도 좀처럼 다가오지 않거든
　그때는 외려 — 내가 다가가 包容하십시오!
　받으려는 理解보다 내가 먼저 理解하는 그것이 —
　客과 主人의 差異이며 知慧입니다.

　자꾸만, 자꾸만, 아지랑이 너머로 산란하려하거든
　끝없이, 끝없이, 가슴(마음)에 끌어와 형상하십시오!
　그래도 좀처럼 다가오지 않거든
　그때는 외려- 내가 다가가 포용하십시오!
　받으려는 이해보다 내가 먼저 이해하는 그것이-
　객과 주인의 차이이며 지혜입니다.

⑬ 人生은 營爲하는 것이기에
　幸福 또한 營爲하는 것!
　그러므로 幸福은
　知慧라는 道具의 網으로 捕獲하고 所有하는 것!

　인생은 영위하는 것이기에
　행복 또한 영위하는 것!
　그러므로 행복은

지혜라는 도구의 망으로 포획하고 소유하는 것!

⑭ 맺음하건대 —
以上과 같은 方法으로 길을 選擇하고, 그렇게 실마리를 풀어간
다면 —
秘密같던 不毛의 命題들은 이윽고 알몸을 드러내듯 征服되고
그것을 좇던 人生의 追跡者는 드디어 그 命題의 全貌를 모두 품
게 되리라!
아—! 그러니까
幸福이 그렇듯 — 樂園이 그러하며 — 天國 또한 그러하겠습
니다.

맺음하건대 –
이상과 같은 방법으로 길을 선택하고, 그렇게 실마리를 풀어간다
면 –
비밀 같던 불모의 명제들은 이윽고 알몸을 드러내듯 정복되고
그것을 좇던 인생의 추적자는 드디어 그 명제의 전모를 모두 품게 되
리라!
아–! 그러니까
행복이 그렇듯– 낙원이 그러하며– 천국 또한 그러하겠습니다.

(2)
① 그런 그것이 —
그렇게 適用하라 하는 者
나(作家)에게 있어서는 이러합니다.

그런 그것이 –
그렇게 적용하라 하는 자
나(작가)에게 있어서는 이러합니다.

② 보잘것없지만, 초라하지만, 살얼음을 밟는 듯이 아슬아슬하
지만,
어제보다는 오늘이 — 오늘보다는 來日이 —
더 좋고, 더 많은, 幸福이기를 祈願하며
모양새를 만들어갑니다.

보잘것없지만, 초라하지만, 살얼음을 밟는 듯이 아슬아슬하지만,
어제보다는 오늘이 – 오늘보다는 내일이 –
더 좋고, 더 많은, 행복이기를 기원하며
모양새를 만들어갑니다.

③ 때로는 過感히 —
때로는 操心히 —
때로는 가슴 저미며 —
조바심 않는 기다림으로 —
지칠 줄 모르는 忍耐로 —
끈질긴 안간힘으로 — 執念하고 信念 합니다.

때로는 과감히 –
때로는 조심히 –
때로는 가슴 저미며 –
조바심 않는 기다림으로 –

지칠 줄 모르는 인내로—
끈질긴 안간힘으로— 집념하고 신념합니다.

④ 살아온 歷程 속에서 —
아픔을 겪었기에 — 忍苦를 쌓았기에 —
暴風前夜의 陰散함이나, 暴風現場의 殘酷함 같은,
그런 激浪은 가슴에서 잠재우고
雷雨도 雷聲도 안으로 삼키며
暴風 後의 靜寂 같은 虛無와 虛脫을 배웁니다.
그래서 —
오히려 홀가분하고 超脫한 — 大地의 心情에 이릅니다.

살아온 역정 속에서—
아픔을 겪었기에— 인고를 쌓았기에—
폭풍전야의 음산함이나, 폭풍현장의 잔혹함 같은,
그런 격랑은 가슴에서 잠재우고
뇌우도 뇌성도 안으로 삼키며
폭풍 후의 정적 같은 허무와 허탈을 배웁니다.
그래서—
오히려 홀가분하고 초탈한— 대지의 심정에 이릅니다.

⑤ 謙虛로 비워진 가슴— 그 高尚한 空虛가
짜증을 버리면— 喜悅이,
슬픔을 버리면— 기쁨이,
我執을 버리면— 讓步와 妥協이,
傲慢과 憎惡와 貪慾을 버리면—謙遜과 사랑과 人情과 慈悲가—

텅 비운다고 廢墟가 아니며 — 비웠으므로 다른 것으로 더욱 가
득한
그런 가슴(마음)을 얻습니다.
아一! 樂園의 터전이 여기며, 이것이 樂園임을 깨닫습니다.
여기가 樂園이며 — 이것이 樂園인 것을 —
여기가 安息이며 — 이것이 安息인 것을 —
여기가 幸福이며 — 이것이 幸福인 것을 —
하늘에 通하는 길이 이것이며, 天國의 열쇠 또한 이것인 것을 —
아一! 그러니까
모든 길은, 밖에 있는 것이 아니라 안에 있습니다.

겸허로 비워진 가슴 — 그 고상한 공허가
짜증을 버리면 — 희열이,
슬픔을 버리면 — 기쁨이,
아집을 버리면 — 양보와 타협이,
오만과 증오와 탐욕을 버리면 — 겸손과 사랑과 인정과 자비가 —
텅 비운다고 폐허가 아니며 — 비웠으므로 다른 것으로 더욱 가득한
그런 가슴(마음)을 얻습니다.
아 —! 낙원의 터전이 여기며, 이것이 낙원임을 깨닫습니다.
여기가 낙원이며 — 이것이 낙원인 것을
여기가 안식이며 — 이것이 안식인 것을
여기가 행복이며 — 이것이 행복인 것을
하늘에 통하는 길이 이것이며 — 천국의 열쇠 또한 이것인 것을 —
아 —! 그러니까
모든 길은 밖에 있는 것이 아니라 안에 있습니다.

⑥ “幸福이 무엇이냐?” 고 물으면 —

가슴이 空虛로운 것이며

謙虛로이 비워진 高尚한 空虛가 그것입니다.

텅 비웠으므로 가득히 채워진,

無限히 가득한 無爲의 飽滿感이 그것입니다.

그리고

“그러한 幸福이 어디에 있느냐?” 고 물으면 —

謙虛히 비워진 가슴, 그 高尚한 空虛에 있노라고 비로소 答하겠
습니다.

“행복이 무엇이냐?”고 물으면 -

가슴이 공허로운 것이며

겸허로이 비워진 고상한 공허가 그것입니다.

텅 비웠으므로 가득히 채워진,

무한히 가득한 무위의 포만감이 그것입니다.

그리고

“그러한 행복이 어디에 있느냐?” 고 물으면 -

겸허히 비워진 가슴, 그 고상한 공허에 있노라고 비로소 답하겠습
니다.

⑦ 그런 그것들을 確信하면서 —

그러한 가슴(마음)에 — 그러한 텃밭에 —

자그만 庭園 하나를 所重히 담으며 — 信仰합니다.

그러니까,

내 信仰의 出發點은 여기라고 하겠습니다.

그런 그것들을 확신하면서 –

그러한 가슴에 (마음에) – 그러한 텃밭에 –

자그만 정원 하나를 소중히 담으며 – 신앙합니다.

그러니까,

내 신앙의 출발점은 여기라고 하겠습니다.

⑧ 樂園을 담으며 — 아니, 이미 담겨진 樂園 속에서 —

幸福을 담으며 — 아니, 이미 담겨진 幸福 속에서 —

그것을 가꾸는 庭園師로서 — 그것을 지키는 지기로서 —

招待합니다 — 敢히 招待합니다.

빛이 보이거든, 빛을 느끼거든 — 따라오십시오!

언제나 —

希望이 솟고 希望이 여무는 —

幸福이 솟고 幸福이 여무는 —

祝福과 恩寵으로 가득한 樂園에 — 樂園의 饗宴에 —

오시겠거든 — 오시거든 — 오시더라도 —

어정쩡한 客으로 오지 마시고 — 堂堂한 主人으로 오십시오!

樂園의 主人으로 —

世上의 主人으로 —

人生의 주인으로 —

幸福으로 祝杯하며 — 滿足할 —

그리고

滿足하고 感動할 —

無限보다 넓고, 永遠보다 긴, 내 樂園의 饗宴에!!

낙원을 담으며 - 아니, 이미 담겨진 낙원 속에서 -
행복을 담으며 - 아니, 이미 담겨진 행복 속에서 -
그것을 가꾸는 정원사로서 - 그것을 지키는 지기로서 -
초대합니다. - 감히 초대합니다.
빛이 보이거든, 빛을 느끼거든 - 따라오십시오!
언제나 -
희망이 솟고 희망이 여무는 -
행복이 솟고 행복이 여무는 -
축복과 은총으로 가득한 낙원에 - 낙원의 향연에 -
오시겠거든 - 오시거든 - 오시더라도 -
어정쩡한 객으로 오지 마시고 - 당당한 주인으로 오십시오!
낙원의 주인으로 -
세상의 주인으로 -
인생의 주인으로 -
행복으로 축배하며 - 만족할 -
그리고
만족하고 감동할 -
무한보다 넓고, 영원보다 긴, 내 낙원의 향연에!!

111. 드디어 도달하였습니다. 마침내 완성하였습니다.
그러나 그것은 끝이 아니고 또 새로운 시작입니다.

아—! 예까지 — 두런두런 같이 걸어오신 분이시라면

어쩌면, 아마도, 이미 —

人生이란 무엇이며, 어떻게 살아가야 하는지를 共感하실 것입니다.

그리고

無限이요 永遠이며 完全이신 하느님의 存在를

알게 모르게 迎接하게 되셨을 것입니다.

그리고 또한, 그러한 하느님의 나라에 到達하기도 하셨겠습니다.

希望이 가득하고 理想이 빛나는 新世界를 맞으며

幸福으로 — 樂園으로 — 天國으로 —

설지 않은 나들이에다 餘裕로운 散策까지 즐기시기도 하시겠습니다.

나보다 더 빨리 더 잘 가시는 분도 계실 터 —!

"여보십시오! —

혼자서만 너무 빨리 가시지 마시고, 나 좀 데리고 같이 가십시다."

라고

人生의 흘러가는 隊列 속에서 심심찮게 외쳐 나오는 아우성도 들을 것 같습니다.

~ 願컨대 온 人類의 喊聲으로 더욱 크게 울렸으면 좋겠습니다.~

아-! 예까지- 두런두런 같이 걸어오신 분이시라면
어쩌면, 아마도 이미-
인생이란 무엇이며, 어떻게 살아가야 하는지를 공감하실 것입니다.
그리고
무한이요 영원이며 완전이신 하느님의 존재를
알게 모르게 영접하게 되셨을 것입니다.
그리고 또한, 그러한 하느님의 나라에 도달하기도 하셨겠습니다.
희망이 가득하고 이상이 빛나는 신세계를 맞으며
행복으로- 낙원으로- 천국으로-
설지 않은 나들이에다 여유로운 산책까지 즐기시기도 하시겠습니다.
나보다 더 빨리 더 잘 가시는 분도 계실 터-!
"여보십시오!-
혼자서만 너무 빨리 가시지 마시고, 나 좀 데리고 같이 가십시다." 라고
인생의 흘러가는 대열 속에서 심심찮게 외쳐 나오는 아우성도 들을 것
같습니다.

~ 원컨대 온 인류의 함성으로 더욱 크게 울렸으면 좋겠습니다. ~

⑩③~⑪ 세상은, 인간은__(완성과 미완성)

❖❖❖❖❖

세상은 ― 그침 없는 연속이요, 정지 없는 진행이며,
그렇게 연속하고 진행하면서 끝없이 변화하는 것.
그것을 거부할 수 없어서, 저지할 수 없어서,
완전은 없으며 ― 완성은 없는 것.
그래서 세상은 미완이며 ― 미완의 연속인 것.
종지부를 찍지 않는, 종지부를 찍지 못하는 ― 그런 쉼표가 ―
다음을 위하여 남기는, 다음을 위하여 남겨지는 ― 그런 여백이 ―
완성하지 않는, 완성하지 못하는 ― 미완성이기에 ―
어떤 완성 전에도 ― 어떤 완성 후에도 ― 미완성은 남는 것!
그래서 미완성은 ― 완성은 아니지만
완성은 아니면서 ― '완성보다 더한 완성' ― 그것이겠습니다.

❖❖❖❖❖

신(하느님)은 ―
모든 완성에의 길목에서(수고와 진화의 과정에서)
저 ― 현란한 미완성의 뜰을 펼치시고 ―
적당한 빛과, 볕과, 물과, 공기와, 토양과, 유형무형의 무수한 종자 모두를
예비하셨습니다.
그리고
저 ― 뜰을 통찰하고 경작하는 자들을 위한 축복과 은총은,
그들의 구하는 것과 그들의 목적하는 목표들은,
미완성이라는 계단을 통하여 단계적으로 얻게 하셨습니다.

✿✿✿✿✿

그런 — 그러함을 위하여서 —
또한 인간에게 신은
의지와 능력을 주셨고 — 자격과 가치를 주셨으며
인생의 노정에는 — 기쁨도 보람도 있게 하셨습니다.
준비가 다 되고, 조건이 다 갖추어진 — 그런 세상임을 깨닫고 보니
아 —! 은혜에 대한 감사의 기도는 —
끝이 없어도 좋겠습니다.
끝이 있을 수 없겠습니다.

✿✿✿✿✿

기도로써 구하는 감사로운 은혜라 하더라도
경작하고 수확하는 수고마저,
즉, 자기 몫의 수고까지 — 의탁하지 마십시오!
자기 몫의 수고는 자기가 하는 것이 자기 몫의 축복이며 은총입니다.
그러므로 — 매사에 많이 수고하십시오!
수고로 흐르는, 수고로 흘리는, 땀에 애착하고 반기십시오!
수고에 목마른 자 되시고, 수고로 감동을 일으키십시오!
'자기 몫의 수고는 자기가 하는 것!'
이 하모니, 이 코러스가 신과 인간 사이의 묵계이며 불문율입니다.
신(하느님)이 — 인간과 관계하고 인간을 사랑하는 이유가 이것입니다.

✿✿✿✿✿

모방하고, 응용하고, 창작하면서 —
인간은, 신에 접근하려 합니다. 닮으려 합니다.
자연을 포용하려는 아량과, 우주를 초월하려는 이상이
신을 닮으려는 인간의 모습입니다.
펼칠수록 광활하고, 펼칠수록 풍요로운 —

그것이
신을 닮은 인간의 ― 참 희망이며 정서이기에
그래서 신을 닮는 것은 닮을수록 좋겠습니다.

✛✛✛✛✛

인간은 인간이며 신이 아닙니다.
신에 대한 인간의 대비는 이하가 아니라 미만입니다.
그러므로
대등시하거나 능가하려 하여서는 아니 될 것입니다.
결코 대등하거나 능가할 수 없으며 ―
혹여, 있다하더라도 ― 하여서는 아니 됩니다.
그것이 가설이며 또한 신과 인간 사이의 묵계이며 불문율입니다.
만일, 가설임을 빌미로 그것을 능멸하거나 괴멸하려한다면 ―
아마도 그것은 재앙을 자초하게 될 것입니다.
인류는 ― 역사와 문명문화뿐만 아니라 생존과 번영의 환경에 이르기까지
파괴요 파멸이며 멸망의 격랑에 휩쓸릴 것입니다.
그러하기에, 준동이 우려되는 인간의 오만을 노천에 방목치 마시고 경계
의 울타리 안에서 사육되게 하십시오!
신의 희망 인간이면, 실망 또한 인간임을 명심해야 할 것입니다.

✛✛✛✛✛

존재하고 ― 관계하며 ― 작용하는 ―
무릇 명칭과 명제들의 그 의의와 이유와 방법을 ― 찾으며, 좇으며 ―
인생의 참 길을 ― 찾아서, 좇아서 왔느니 ―.
"어떻게 살 것인가!?" ― 번민과 상념을 반복하며 ―
비 오는 하늘과 눈 덮인 땅을 지나서 ―
들을 지나고 강을 건너고 산을 넘어서 ―
해 돋는 아침과 해 지는 저녁의

그 여명과 그 노을을
그 마을과 그 거리를
그 수평선과 그 지평선을
수없이 보고, 느끼고, 그리고, 지우며 ―
그리고 또 다시 보고, 느끼면서 ―
연륜을 쌓고 세월을 다져온 인생의 무게 ― 그 뒷자락에서 ―
비로소
동경하고 갈망하던, 갈망하고 간구하던, 참 길을 찾았느니 ―!
생각하였으므로 생각 속에서 ―
절제하였으므로 생활 속에서 ―
연마하였으므로 정서 속에서 ―
동경하고 갈망하였으므로 희망과 이상 속에서 ―
기어이
희망이 존재하고 희망이 관계하며 희망이 작용하는,
이상이 존재하고 이상이 관계하며 이상이 작용하는,
신세계를 찾았느니 ―!

❖❖❖❖❖

〈행복으로! 낙원으로!! 천국으로!!!〉

(1)
인생은 추상을 경작하지만 인간은 실질을, 실상을, 수확한다 하였지요.
"뜻이 있는 곳에 길이 있다"고 하였습니다.
그리고
"시작이 반이다"라고 하였습니다.

그러함으로 ―
무릇 명제들은,

뜻을 세움으로써 자기 길을 찾는 것이며
그 세운 뜻을 위하여 생각함으로써 이미 그 길을 가는 것이 되겠습니다.
여기까지만 하여도 제시한 명제는 이미 절반을 이룬 것이나 같다는 것입
니다.

그러하다면 —
부푼 가슴(마음)으로 하나의 명제를 세워봅시다.

"행복" — 행복이라는 —

그리고 생각합시다. — 행복하고 싶다고 —!
　　　　　　　　　　행복해야겠다고 —!!
　　　　　　　　　　행복 하리라고 —!!!
그리고 물어봅시다. — 그것이 어디에 있느냐고 —
　　　　　　　　　　어디에서 그것을 찾겠느냐고 —
그렇게 묻고 또 물으며, 찾고 또 찾아봅시다.
요구가 깊을수록 더욱 짙게 찾고 또 찾을 것입니다.

그런데 그것이 —
도처에 있는 것 같고, 있을 것 같으면서, 좀처럼 찾아지지가 않습니다.
왜? — 왜인가요?
생각해보면 —
행복이라는 것은 — 이미 있는 것(기존)이 아니며
따라서
찾으면 찾아지는, 찾기만 하면 발견되는, 그런 완제품이 아니지요.
그러한 고로 —
찾아지지 않는 이유가 분명 거기에 있었겠습니다.

그렇다면 — 길을 바꾸어봅시다.
길을 바꾼다는 것은 — 물음을 바꾸는 것!
그래서 — 물음을 바꾸어봅시다.
"행복이 어디에 있느냐?"고 묻지 마시고
"행복이 무엇이냐?"고 물어봅시다.
묻고 또 물으며, 생각하고 또 생각합시다.
끈질기고 집요한 — 물음 뒤에, 생각 뒤에,
이윽고 — 해답의 한 실마리에 도달하게 되겠습니다.

꼭 그렇게 집요히 묻고 또 생각해야만 하느냐고요?
그렇습니다.
혹시, 불로소득을 바라는 것은 아니겠지요?
"경작하고 수확하라!" 하였습니다.
고민의 수심이 깊으면 깊을수록 얻는 고기는 더 크겠습니다.

자 그러면, 이윽고 도달한 해답의 실마리를 풀어가 봅시다.
행복이란?
기성품이 아니며 — 저마다 만드는 것!
만들어가는 것이며 가꾸어가는 것!
조각하고 조탁하는 석수의 마음처럼, 손길처럼,
그렇게 쪼고 갈고 다듬으며 만들어 가꾸는 것!
그래서
만든 만큼 되고, 된 만큼 누리는 것! — 이라는 —

그러니까 —
누구든 —
행복을 바라거든 —
"행복이 어디에 있느냐?"고 묻지 마시고 —

"행복이 무엇이냐?"고 먼저 물으십시오!
바른 물음이 바른 답을 인도하리니 ─

길은 묻더라도
물어서 가는 길의 수고는 자신이 하십시오!
자기 몫의 수고는 자기가 하는 것이
자기 몫의 축복이며 은총입니다.

생각하고 수고하는 노정 속에서 ─
행복은 ─
느끼고 깨닫고 이해하는 나름으로 ─ 빚어지고 커가는 것!

찾으면 있지 않은 것 같고,
생각하면 없지 않은 것 같은 ─
그래서 ─
"어디에 있느냐?"고 물으면 ─ 있지 않으며
"무엇이냐?"고 물으면 ─ 없지 않은
신기루 같고 무지개 같은 ─
모르면 산란하고, 알면 형상하는 ─
그런 그것이 행복의 모습이겠습니다.
삶의 노정에서 ─ 희망하는 길동무로 ─
위안하고 안식하는 감동이 ─ 그것이며
그래서 만족하고 희열하는 보람이 ─ 행복의 본말이겠습니다.

자꾸만, 자꾸만, 아지랑이 너머로 산란하려하거든
끝없이, 끝없이, 가슴(마음)에 끌어와 형상하십시오!
그래도 좀처럼 다가오지 않거든
그때는 외려 ─ 내가 다가가 포용하십시오!

받으려는 이해보다 내가 먼저 이해하는 그것이 ―
객과 주인의 차이이며 지혜입니다.

인생은 영위하는 것이기에
행복 또한 영위하는 것!
그러므로 행복은
지혜라는 도구의 망으로 포획하고 소유하는 것!

맺음하건대 ―
이상과 같은 방법으로 길을 선택하고, 그렇게 실마리를 풀어간다면 ―
비밀 같던 불모의 명제들은 이윽고 알몸을 드러내듯 정복되고
그것을 좇던 인생의 추적자는 드디어 그 명제의 전모를 모두 품게 되리라!
아 ―! 그러니까
행복이 그렇듯 ― 낙원이 그러하며 ― 천국 또한 그러하겠습니다.

(2)
그런 그것이 ―
그렇게 적용하라 하는 자
나(작가)에게 있어서는 이러합니다.

보잘 것 없지만, 초라하지만, 살얼음을 밟는 듯이 아슬아슬하지만,
어제보다는 오늘이 ― 오늘보다는 내일이 ―
더 좋고, 더 많은, 행복이기를 기원하며
모양새를 만들어갑니다.

때로는 과감히 ―
때로는 조심히 ―
때로는 가슴 저미며 ―

조바심 않는 기다림으로 ―
지칠 줄 모르는 인내로 ―
끈질긴 안간힘으로 ― 집념하고 신념합니다.

살아온 역정 속에서 ―
아픔을 겪었기에 ―인고를 쌓았기에 ―
폭풍전야의 음산함이나, 폭풍현장의 잔혹함 같은,
그런 격랑은 가슴에서 잠재우고
뇌우도 뇌성도 안으로 삼키며
폭풍 후의 정적 같은 허무와 허탈을 배웁니다.
그래서 ―
오히려 홀가분하고 초탈한 ― 대지의 심정에 이릅니다.

겸허로 비워진 가슴 ― 그 고상한 공허가
짜증을 버리면 ― 희열이,
슬픔을 버리면 ― 기쁨이,
아집을 버리면 ― 양보와 타협이,
오만과 증오와 탐욕을 버리면 ― 겸손과 사랑과 인정과 자비가 ―
텅 비운다고 폐허가 아니며 ― 비웠으므로 다른 것으로 더욱 가득한
그런 가슴(마음)을 얻습니다.
아 ―! 낙원의 터전이 여기며, 이것이 낙원임을 깨닫습니다.
여기가 낙원이며 ― 이것이 낙원인 것을 ―
여기가 안식이며 ― 이것이 안식인 것을 ―
여기가 행복이며 ― 이것이 행복인 것을 ―
하늘에 통하는 길이 이것이며, 천국의 열쇠 또한 이것인 것을 ―
아 ―! 그러니까
모든 길은, 밖에 있는 것이 아니라 안에 있습니다.

"행복이 무엇이냐?"고 물으면 ―
가슴이 공허로운 것이며
겸허로이 비워진 고상한 공허가 그것입니다.
텅 비웠으므로 가득히 채워진,
무한히 가득한 무위의 포만감이 그것입니다.
그리고
"그러한 행복이 어디에 있느냐?"고 물으면 ―
겸허히 비워진 가슴, 그 고상한 공허에 있노라고 비로소 답하겠습니다.

그런 그것들을 확신하면서 ―
그러한 가슴(마음)에 ― 그러한 텃밭에 ―
자그만 정원 하나를 소중히 담으며 ― 신앙합니다.
그러니까,
내 신앙의 출발점은 여기라고 하겠습니다.

낙원을 담으며 ― 아니, 이미 담겨진 낙원 속에서 ―
행복을 담으며 ― 아니, 이미 담겨진 행복 속에서 ―
그것을 가꾸는 정원사로서 ― 그것을 지키는 지기로서 ―
초대합니다. ― 감히 초대합니다.
빛이 보이거든, 빛을 느끼거든 ― 따라 오십시오!
언제나 ―
희망이 솟고 희망이 여무는 ―
행복이 솟고 행복이 여무는 ―
축복과 은총으로 가득한 낙원에 ―
낙원의 향연에 ―
오시겠거든 ― 오시거든 ― 오시더라도 ―
어정쩡한 객으로 오지 마시고 ― 당당한 주인으로 오십시오!
낙원의 주인으로 ―

세상의 주인으로 —

인생의 주인으로 —

행복으로 축배하며 — 만족할 —

그리고

만족하고 감동할 —

무한보다 넓고, 영원보다 긴, 내 낙원의 향연에!!

❖ ❖ ❖ ❖ ❖

아 —! 예까지 — 두런두런 같이 걸어오신 분이시라면

어쩌면, 아마도, 이미 —

인생이란 무엇이며, 어떻게 살아가야 하는지를 공감하실 것입니다.

그리고

무한이요 영원이며 완전이신 하느님의 존재를

알게 모르게 영접하게도 되셨을 것입니다.

그리고 또한, 그러한 하느님의 나라에 도달하기도 하셨겠습니다.

희망이 가득하고 이상이 빛나는 신세계를 맞으며

행복으로 — 낙원으로 — 천국으로 —

설지 않은 나들이에다 여유로운 산책까지 즐기시기도 하시겠습니다.

나보다 더 빨리 더 잘 가시는 분도 계실 터 —!

"여보십시오! —

혼자서만 너무 빨리 가시지 마시고,

나 좀 데리고 같이 가십시다." 라고

인생의 흘러가는 대열 속에서 심심찮게 외쳐 나오는 아우성도 들을 것 같

습니다.

~ 원컨대 온 인류의 함성으로 더욱 크게 울렸으면 좋겠습니다.~

(끝)

더하여 쓴 글

이 글을 쓰기까지 — 이 글을 쓰면서 — 이 글을 쓴 후의 —
완성되어가는 작가의 모습을 엿볼 수도 있겠거니와
그것은 또한
이 글을 읽고 그것을 인용하며, 응용하며,
완성되어가는 나의 모습을 비추어 볼 반사경이기도 하겠습니다.

이 글을 쓰기까지

〈少年〉

산 돌아 돌아 기차는 간다.
강 건너 들을 지나 기차는 간다.
지평선 저쪽에 바램이 있기에
少年은 千萬里 몸을 싣는다.

섬 돌아 돌아 배는 달린다.
물 따라 바람 따라 배는 달린다.
수평선 저쪽에 부품이 있기에
少年은 千萬里 꿈을 펼친다.

— 꿈을 간직했던 작가의 少年시절 —

✻ 세상을 돌고 돌아서 예까지 왔습니다.
세월을 넘고 넘어서 지금에 왔습니다.
때로는 절망의 벼랑에서 아슬아슬하기도 했지만,
지치고 가쁜 호흡으로 들풀처럼 들꽃처럼 그렇게 견뎠습니다.
때로는 텃새처럼, 때로는 철새처럼 —
때로는 산새처럼, 때로는 물새처럼 —

강가를, 들판을, 산자락을, 하염없이 서성이다 맴돌다가

기적소리처럼 메아리 되어 지평선너머로 멀어져간 바램도 있었고

때로는 물결처럼 —

때로는 바람처럼 —

가슴을 설레이며 휘돌다가

연기구름처럼 수평선너머로 아스라이 사라진 부품도 있었습니다.

더러는 부서지고 더러는 잃어버린, 그래서 잊어지고 버려진,

그렇게 흩어진 사념들을, 상념들을, 모아보려 했습니다.

어떻게 그것들을 모을 수가 있을까요?

어디서부터 얘기를 시작해야 할까요?

돌아보면 어느 것 하나라도 아쉬움 아닌 것 없지만, 아마도 내 인생 전반에서 가장 큰 영향을 미친 — '가난' — 무척 가난했던 한 농부의 아들이었다는 것에서부터 얘기를 시작해야 하겠습니다.

❈ 내 아버지는 농부셨고, 그리고 우리는 몹시 가난했습니다.

그래서 어린 시절부터 내가 본 것, 겪은 것, 기억하는 것은, 모두 가난이었습니다. 여러 이유가 있었겠지만 전쟁이 쓸고 지나간 것도 큰 이유 중의 하나였으리라 미루어 주장하면서 변명 아닌 변명도 하여봅니다.

그래도 다행이었던 것은 부모님께서는 한 치의 흐트러짐 없이 부모님의 자리를 굳건히 지키고 계셨기에 가족은 흩어지지 않았고 쓰러지지 않았습니다. 뿐만 아니라, 강한 자존심에서랄까 독한 오기에서랄까 아버님 어머님께서는 비겁을 참지 못하셨고 비굴을 용서치 않으셨기에 가족 또한 모두 한 결 같이 그런 마음가짐으로 근근이 희망의 끈을 이어갔습니다. 마치 절망이 농축된 주변의 달무리 같은 희망이긴 하지만 —

전쟁이 쓸고 간 황폐한 자리 위에서 그 때는 누구를 막론하고 다 그랬겠지만,

고개고개 보릿고개! 넘어도, 넘어도, 보릿고개! 그 숨 가쁜 가난은 가난이라기보다 차라리 절망이었고, 절망이 농축된 그 다음은 더 이상의 절망은 없어서 오히려 희망이었던!

그래서 질긴 생명력을, 살아남는 방법론을, 삶의 진지함을,

알게 모르게 역으로 터득하며 배워야했고 그 절박함은 그저 단순하고 심심한 배움의 단계를 지나서 깊고도 진한 깨달음의 문에까지 도달하도록 이끌어갔습니다. 그래서인지는 모르겠지만, 아마도 그래서, 그런 어린 시절을 살았기에 일찍이 삶은 고뇌요 생활은 번민임을 느끼고 깨달았습니다.

그리고 그런 그것이 내 정서의 바탕에 깔려져서 후일 어느 때는 ㅡ

"웃지 말자!

말하지 말자!

그리고 그것을 쉬지 말자!

그래서,

조용한 강물이 깊게 흐르듯,

그렇게 ㅡ

깊게 흐르는 조용한 강물이 되자!!" 라는

수심곡(修心曲)을 만들어 그것을 좌우명으로 하고 내공을 쌓았던 연마의 시간도 보냈습니다. 그래서 ㅡ

말을 많이 하지 않았고 감정을 노출시키지 않았으며 꽤 오랜 기간 그것의 수련에 충실했었기에 주변에서 관계있거나 관심 있는 사람들 중에는 "뭘 그리 고민하느냐?"고 "뭘 그리 생각하고 번민하느냐?"고 물어들 왔

습니다.

흔히 그렇듯이, 그런 사람들 중에는 동정어린 사람도 있었지만 비웃는 사람도 있었으며 냉소하는 사람도 있었습니다. 그러나 어떤 의미의 물음도 나는 개의치 않았습니다. 나에게는 나만의 내면이 있었고 또 그 어느 것이라도 나에게는 과정에 불과하다 여겼기에 그냥 무시하고 넘었습니다. 그렇지만 그런 반면에는 흘러가는 세월만큼이나 외롭고 쓸쓸했으며 마음속 골은 어둠이 깊어만 갔습니다.

✼ 가난으로 찌든 결핍으로부터의 — 풍요를 도출하려는 처절한 공식은 — '자기완성에의 길' — 그것이었습니다.

아 —! 그것은 끈질긴 욕망의 화신이었으며 어쩔 수 없는 발버둥이었고 또 다른 절망과 좌절의 늪이었습니다.

갈망하면 할수록 가슴은 점점 더 공허와 허탈로 고파왔습니다.

세상은 내 작은 가슴하나 채워주지 않는 야속이었고

나는 내 가슴하나도 채우지 못하는 무능이었습니다.

아무리 채워도 채워지지 않는, 아무리 채워도 채울 수 없는,

그래도 채우겠다는 아우성어린 집념의 끈질긴 반복이

흘러간 세월만큼이나 상념을 쌓게 했습니다.

지금 내가 쓰고 싶고, 그래서 쓰고자하는 글이

사실은 이 상념의 꼬리를 붙잡고 따라가려는 것입니다.

✼ 그때는 몰랐습니다.

물질의 빈곤은 정신과 생각의 풍요를 전개하는 동기라는 것을 —

그리고 , 쓰리고 아픈 과정의 발버둥질이 없었다면

의 진액(津液)이 되어서 밑바닥에서부터 차올라왔습니다. 마의 샘물을 토하는 샘터처럼 —

그러니까, 그 오래고 많았던 기억의 가슴 쓰림은 — 이 샘터가 생겨나기까지의 과정의 아픔이었던가?!

하 많은 가슴앓이로 잡다하게 만들어진 어수선한 이론과 논리들이 고뇌하고 번민하는 용광로 속에서 나름으로 정화되고 조화되어서 이제는 자진(自進)으로 정의를, 진리를, 선을 찾아나서는 — 이상을 향해 내닫는 — 신앙을 추구하는 — 내면으로부터의 물줄기로 샘솟아 올랐습니다.

한 숟갈 떠먹어보았습니다. — 달았습니다. 달콤하였습니다.

또 한 숟갈 떠먹어보았습니다. — 짜릿하였습니다.

또 떠먹어보았습니다. — 몽롱하였습니다.

세상 바람은 미풍으로 노래하고 세상 물결은 잔잔히 출렁이며 가슴속으로 녹아들었습니다. 자연은 저항과 도전만이 아니었고 따라서 인생은 고뇌와 번민만이 아니었습니다. 그러니까 세상은 조화(造化)와 이치를 깨닫기까지는 고통과 불만과 — 그런 것의 연속이지만, 그것을 깨달은 후의 조화(調和)는 달콤하고 짜릿하며 몽롱한 정서였습니다.

그 정서 속에서 비로소 — 행복도, 낙원도, 천국도, 교감하게 되는 것이었습니다. 행복의 비밀이 거기에 있고, 낙원의 방법이 거기에 있으며, 천국의 문이 거기에 있었습니다.

그래서 인생은 깨달아야하고, 깨닫기 위하여서 번민해야하는 것!

만약에 —

번민이 싫거나 어렵거든, 상념이라 하면서 하십시오.

번민이라면 고통 같아서 피하고 싶지만, 상념이라면 즐거움과 달가움이 같이 하는 것 같아서 즐겨 해 보고 싶기도 하기에 그렇습니다.

그런데,

세인들의 경우는 다 그렇지만은 않았습니다.

전혀 번지수가 다른 엉뚱한 곳에서 그것들을 구하려하기도 하였습니다.

만들어서 갖아야 하는 것을 ― 찾아서 얻으려고 하였습니다.

근로 소득이어야 하는 것을 ― 불로 소득하려 하였습니다.

나름으로 뜻 있고 보람이었던 삶의 가치를 ― 고작, 고통하고 억울한 삶
의 보상심리정도로 덮으며 불평하고 불만합니다.

그래서 ― 안타까움에서 ― 주제넘게도 ―

많이 굴러 왔으며, 각진 모를 다 잃고 연마된, 한 조약돌은 ―

일깨우고 싶어 합니다.

내면으로부터의 그 진액(샘물)을 맛보이려 합니다.

그리하여 ―

커피 잔을 마주하면서 ― 커피 향기 속에, 그 맛을 섞어보았습니다.

나에게 있어서는 ― 더없이 향기롭고, 더없이 달콤하며, 더없이 짜릿하
고 몽롱한 ― 취함인데,

세상 사람들에게는 그런 것만은 아니었습니다.

지루하고 답답하며 현실감 없는 이야기로 흘리기도 하였습니다. 도움 되
지 않는 애기라며 짜증도 하였습니다.

❀ 그렇겠지요.

누구든, 나름의 가치기준이 있고 나름의 취향과 인생관이 있겠으므로 그
것이 모두 다 같을 수는 없겠지요. 그럴 것으로 동의하며 그것이 어떤 역
설(逆說)이더라도 이해가됩니다. 영(靈)이 본질이든, 육(肉)이 본질이든,
영과 육의 고리가 맞물려 돌아가고 있는 한 어느 것도 완전히 맞는 것은

없으며 완전히 틀린 것도 없기 때문입니다.

❀ 어떻든, 나에게 있어서는 ―

온갖 궂은 세파 속에서 심히 시달릴 때 ― 혼탁해지려는 마음을, 정신을, 영혼을, 가슴으로부터의 샘물이 그 밀려드는 파문들을 적당히 밀어내 잠재우며 정결히 씻어 내렸습니다. 뿐만 아니라, 극복하는 투지와 여유로운 초연까지 일깨웠습니다. 거울 속에 들어가 담기듯, 물속에 들어가 잠기듯, 가슴 속으로 가득히 우주가 들어와 잠겼습니다.

우주가 반영되는 샘물이기에 ― 진리는 굴절 없이 녹아들고 굴절 없이 솟아나왔습니다. 정의가 세워지고 진리가 통하는 통로였습니다. 세상으로 통하는 모든 도(道)가 가슴에서 비롯되며 또한 가슴으로 귀래하였습니다.

아 ―! 물질의 가난으로 인하여서 ―

얼마나 오랫동안 얼마나 많은 중량에 압도되었던가!

그 중압감을, 그 암울함을, 벗어나지 못했던 번민은 또 얼마나 절정이었고 질식이었던가!

그래도, 한 줄기의 빛(희망)을 찾으며 헤매며 걸었기에 ― 절망의 직전에서도, 수없이 좌충우돌하면서도, 비틀거리면서도, 끈질기게 걸었기에 ― 생각은, 정신은, 마음은, 영혼은, 기어이 질곡의 터널을 빠져나왔습니다.

❀ 질식의 계곡을, 그 터널을, 빠져 나온 것은 참으로 다행이지만 ― 되돌아보면, 그 질곡의 터널이야말로 자기완성에로의 통하는 길(이론과 논리의 길, 진리의 길, 극복의 길, 안식과 승화의 길 ―)에 접근하고 그 길을 통과할 수 있도록 인도한 유일무이한 길잡이였습니다. 칠흑의 동굴에서 방

황하였기에 빛을 갈구하였고, 빛을 갈구하였으므로 빛을 찾아가는 감각과, 빛이 없어도 볼 수 있는 마음의 눈(심안)이 뜨인 것입니다.

심안(心眼)은 — 빛의 반사작용에 의하여 사물을 판단하는 육안(肉眼)이 아니지요. 얼굴 중앙에 두 개의 육안을 소중히 위치해두고 — 육안이 미치지 못하는 모든 범위를 망라하여 미루어 보는, 꿰뚫어 보는, 가슴의 눈, 마음의 눈, 정신의 눈, 영혼의 눈이라 하겠습니다.

눈(육안)을 감아도, 빛이 없어도, 더 잘 볼 수 있는 —

시야의 뒤를 보고, 시야의 밖을 보며, 사물의 속을 보는 —

그리하여 실체와 본질의 진실에 접근하고 진리에 도달하려는 또 하나의 눈 원대한 눈이 그것이겠습니다.

많은 지식과 경험과 훈련에 의해서 밝아지기는 하지만 — 많이 부족하더라도 그런 눈을 뜰 수 있고, 그런 눈으로 세상을 볼 수 있으며, 그런 눈으로 만사를 볼 줄 안다는 것은, 잔잔한 흥분이 아닐 수 없겠습니다.

내가, 나만이 그렇다는 것이 아닙니다. 우리 모두가 다 그럴 것이며 그랬으면 좋겠다는 바람으로 하는 말입니다.

❋ 회한이라고나 할까

눈을 감고 조심스럽게 지나온 날들을 돌아보았습니다. 주변을 둘러보았습니다. 앞날을 내다보았습니다.

내 인생에서 가장 영향한 것이 '가난'이었다고 하였는데, 그 다음 두 번째로 영향한 것은 아마도 '인생'이라는 말이었겠습니다.

석가모니께서 중생이라는 말씀을 가슴에 안으시고 번민하셨고, 예수께서 사랑이라는 기치를 드시고 천국을 증명해보이시려 하신 것같이 나는 인생이라는 의미를 해석하려고 무척 쓸쓸하였습니다.

태초에 그 누가, 그 무엇이, 혼돈과 무질서로부터 하늘과 땅을 정리하고 그 사이의 공간에 대원칙의 질서를 세웠는지는 알지 못하더라도 그 법칙은 그대로 정돈되었고 그 질서는 그대로 정연한데,

인간계의 그것은 단순치 않으며 간단치 않았습니다. 인간인 내가 보기에는, 인간인 내가 봐서 그런지, 혼돈스럽고 혼탁하였습니다.

인용해보면—나뭇잎으로 자신의 치부를 가리려했던, 스스로 치부를 가릴 줄 알았던, 이브의 후예이기에 인간의 세계는 여전히 혼돈이며 혼탁이었습니다. 인간에게 있어서 거짓과 위선과 변명과 — 그러한 것들의 원조는 아마도 이브의 나뭇잎에서부터 시작이었을 것입니다.

육안에 보이는 이브의 나뭇잎은 단순히 몸의 치부를 가리려는 한갓 초라한 옷자락, 나약하고 가련한 방패막이로 보이지만,

심안에 비추이는 그것은 그런 것만이 아닙니다. 수치와 속임과 후회와 반성과 — 그러한 것들을 내포한 부끄러움의 표현이기도하지만, 배신과 향락과 탐욕과 — 그러한 것들을 가리려는 거짓과 위선의 나래 짓이기도 합니다.

그뿐만이 아닙니다. 지성의 길 다른 쪽 평행선이 감성의 길이라면, 이브의 그 나래 짓에서부터 인간의 감성은 시작되었겠습니다. 그리고 그 감성의 길옆에는 조화롭게 따라오는 정서가 있으므로 인류는 인류의 동산을 저 — 예술과 문화의 꽃으로 장식할 수 있었겠습니다.

그리고 보면 아담과 이브에 대한 금기는 금기 그 자체가 목적이 아니라, 의지가 서게 하고 감성을 일깨우고 일으키려는 창조사업의 일환이었다 할 수 있겠습니다. 그러니까 금기를 어기고 깬 것이 아니라 그렇게 깨어지게 했던 것! 그래서 금기를 깨뜨린 후 아담과 이브에게 주어진 것은 죄에 대한 벌이 아니라 일면의 창조사업을 계속 진행시킨 것! 직접적인 방법도 있겠

지만 그보다는 그러한 역방법이 더 효과적이라 여겼기에 금기를 걸었고,
그것을 깨게 하고, 그로 인하여 만감을 생성시켜, 그 빌미로 짐 지워진 것
(죄에 대한 벌)들을 거부 없이, 운명으로 받게 했던 것! 즉—

뜻과 주관의 부재에 의지를—

무기력에 활력을—

행동에 책임을—

생존을 위한 생명력과 노력에 노고를—

낙원에 대한 향수와 사명과 도리를—

예절을—

이러한 일련의 것들을 단지 죄와 벌로만 설명하기엔 너무도 부족하여서

하느님의 위대한 창조의 진행과정으로 이해하게 되었고

아마도 그러함이 타당하리라 여겨지는 것입니다.

진리를 찾아가는 감각의 방향이 나에게 있어서는 그렇게 제시된다는 것
입니다.

한 가지 예를 더 들어보겠습니다.

"우리에게 일용할 양식을 주시고 —" 하고 기도하라합니다.

양식을 달라고 합니다. 무엇이 양식입니까?

그것은 두 말 할 것 없이 빵이겠지요. 그러나 그것은 너무도 좁은 의미의
양식입니다. 감성과 정서를 살찌우는 마음의 양식도 양식이며, 이러한 양
식들을 생성하게 하는 소재와 조건들 — 그것 또한 양식이겠습니다.

육안의 그것과 심안의 그것을 총 망라하여 — 빛과 볕과 물과 공기와 갖
은 종자와 토양과 — 그런 것들을 준비하고, 그런 것들의 조화 즉 환경을
만들어서 건재케 함으로써 일용할 양식을 얻게 하는 그 과정 모두가 큰
뜻의 양식이며 그런 것들을 이미 태초에 다 준비하셨겠습니다.

그런데 경작하고 수고하는 자가 그 열매를 수확하는 것이 당연하기에 기도문 속의 양식은 수확까지 해 달라는 그런 뜻이 아닌 줄 압니다. 중단 없이 계속 경작하고 수확할 수 있도록 모든 자연과 환경을 끝없이 지켜주고 보존해 달라는 그런 의미일 것입니다.

그냥 알기 쉽게 일용할 양식(즉 빵)이라고 하셨지만 그 속에는 우주의 운행까지 내포하고 있음을 심안은 미루어 보게 됩니다.

그러니까 진리의 수레는 육안과 심안의 양쪽 등불이 조화로울 때 투명하고 무탈하게 굴러가겠습니다.

아담과 이브를 얘기했고, 이브의 나뭇잎을 얘기했으며, 일용할 양식을 나름으로 얘기해보았습니다.

✻ 일방적이고 일편적인 한 종교의 얘기에 치우친 것 같아서 오해를 불식(拂拭)할 겸 잠시 내 주변의 종교이야기로 들어가 보겠습니다.

내 어머니의 종교는 불교였습니다. 조실부모하고 스님이셨던 오라버니에 이끌려 유년과 소녀시절을 산사에서 살아온, 그렇게 살아야했던 한 여인의 삶의 모습은 평생토록 불교적이었습니다. 그러면서도 한 번도 주장하신 적이 없으셨기에, 어머님의 불교는 당신이 주장하시는 그런 불교가 아닌, 내가 오래도록 옆에서 보아온 살아가는 모습 그대로의 향수어린 생활불교였습니다.

지극히 따뜻하며 조용하고 포근한 것이 — 평화와 안식이었고

주장하고 요구함이 없는 것이 — 거부하고 반발할 것 없는 순리였습니다.

아무것도 아니하신 것은 아니었습니다.

아버님을 포함한 가족 모두를 절의 명부에 올리시고, 일 년에 한두 번 찾아가 공양하시고 불공하시는 것 — 그것이 감사요 믿음이며 축원이요 신

앙이었습니다.

그리고 수시로 정한수를 장독대에 올리시고, 그 무엇을 소원하시는 것! — 그것이 소망을 담은 어머니의 기도였습니다.

내가 알기로는 한 번도 시주승을 그냥 거르시는 적이 없으셨고, 오히려 시주승에게서 아련한 향수를 느끼시는 듯하셨던 어머니 — 그 모습이 바로 진실과 사랑과 자비를 실천하는 품성 곧 부처님의 얼굴이었습니다. 뜻은 몰라도, 스님의 독경소리를 들으면 마음에 무한한 평정이 온다시던 어머님의 그런 모습들에서 나는 나도 모르는 사이 어느새 불교적인 것으로 익숙해져갔습니다.

그것은 나의 입장에서 내가 생각할 때 불교적이라고 하는 것이지 어머님의 입장에서는 지극히 당연한 것이었습니다. 너무나도 당연한 것이기에 역설하고 주장하고 할 무엇도 없는 것이었습니다. 할 줄도 모르고 해야 할 이유도 없으며 그런 것의 존재조차 무의미한 것. 그냥 생활의 태도이며 그냥 삶의 모습이었습니다. 조금도 어색함이 없고 부자연함이 없으며 조금도 거부감이 없는 풍토요 토착 그대로의 삶의 모습이었습니다.

아버님께는 절실한 종교가 없으셨습니다. 그냥 어머님의 방식에 묻혀가셨고 그저 천지신명께 소원을 비는 막연교(막연한 종교)였습니다. 그래도 그것으로 인하여 어머님과 마찰하거나 충돌하시는 적은 없으셨습니다. 아마 아버님의 가슴에도 저 깊은 곳에는 민족의 역사와 함께 두텁게 흘러온 민족혼 내지는 불교문화가 면면히 흐르고 있었으리라! 그리고 나는 그것을 벅차게 느끼면서 자랐으리라! 어쩌면 나는 불자가 될 수도 있었겠고, 되었을 지도 모르겠지만, 그렇게 되지는 않았습니다. 운명이 그렇게 되어 지게 이끌어지지 않았습니다. 이래도 저래도 그만인, 필연이 아니었기에 그렇기도 하겠지만, 가장 큰 이유는 절(사원)이 생활주변에 가까이 있지 않아서 쉽게 접하고 발전해갈 기회가 많지 않았다는 것.

그러나 명칭지어 불자는 아니지만 이미 생활 속의 불자가 되어 있었음은 기정사실이었습니다. 어머니의 몸에서 태어나, 어머니의 불교적인 축원으로 살았고, 아버지의 막연하지만 다분히 불교적인 소원으로 성장하였습니다. 몸도 — 마음도 — 생각도 — 정신도 — 영혼도 —.

[illegible] 여기서 소중히 강조하지 않을 수 없는 것은 —

어머님의 다분한 불교적인 삶의 습관과 아버님의 무심하고도 막연한 토속신앙의 조화이겠습니다.

서로 요구하지 아니하고 요구받지 아니한, 즉 삶의 모습에 있어서 서로 이유 없이 조건 없이 이해하고 인정하며 존중하고 예의로운 —

이러함은 —

포근한 평화요 따뜻한 화목이며 조건도 이유도 없는 사랑이었습니다.

열을 다하는 수고요 정을 다하는 협력이며 고통을 공유하는 헌신이었습니다.

끈질긴 인내이며 그침 없는 안정이요 그런 삶의 지속이었습니다.

그러하였기에 —

'조화하는 종교'를 즉 '종교의 조화'를 —

'조화하는 신앙'을 즉 '신앙의 조화'를 —

나는 그렇게 보면서 배우면서 자랐습니다.

✤ 세상을 가득히 할 수 있고 온전히 할 수 있는 것은 나만이 아니요 너만도 아니며 나와 너를 같이하는 우리입니다. 그래서 우리는 나보다 위대하며 너보다 위대합니다. 우리 안에서 나일 수 있고 우리 안에서 너일 수

있을 때 비로소 나와 너는 서로 감동하고 감응합니다.

그러므로 나는 나를 떠나고 너는 너를 떠나서 우리라는 여울에서 함께하면 좋겠습니다.

그래서 새로운 나로서의 우리가 되고 그 내가 또 다른 너와 만나서 더 큰 우리로 성장할 수 있다면 점점 더 커지는 우리는 커질수록 더욱 더 원대하고 위대하겠습니다. 그래서 닿는 곳 마침내 우주의 끝이며 우주를 포용한 하느님 품이겠습니다. 그러므로 우주를 알고 신(하느님)을 알며 우주를 말하고 신을 말하더라도 — 알더라도 바로 알고 말하더라도 바로 말하게 되겠습니다. 이러함이 곧 진리요 진리의 바른 터득이며 바른 전달이겠습니다.

끝없이 진리를 잉태하고 생산하는 존재이전의 존재가 신이며, 그 진리로 뭉쳐진 그 진리로 뭉쳐지는 그 진리로 뭉쳐질 덩어리가 우주이겠습니다.

"신은 죽었다"고 그 누가 말했던가요?

신의 끝은 진리의 끝이며, 진리의 끝은 세상의 끝인 것을 —

세상은 여전히 존속하며 계속 변화를 진행하고 있습니다. 그러므로 진리는 끝이 아니며 따라서 신은 죽지 아니하였습니다.

죽지 아니하기에 신이며 신이기에 죽지 아니합니다.

불멸하기에 신이며 신이기에 불멸한 것을 —

✻ 인간의 생각이야 어떻든 세상은 언제나 진리로 존재하는 것이기에 "신은 죽었다!"든가 — "신은 죽지 않았다!"든가 — 하는 것이야 단순한 생각의 차이에 불과할 뿐, 문제되는 것은 없노라고 여겨질 수 있겠지만, 그런데 그것이 인간에게 있어서는, 인생에 있어서는, 그렇지가 않습니다.

진리를 잘못 아는 것과 바로 아는 것의 차이는, 그로 인하여 형성되는 정서와 펼쳐지는 삶의 과정과, 결과적으로 진행된 인생의 방향 차이가, 참으로 지대합니다. ―

생과 사의 차이만큼 ―

광명과 암흑의 차이만큼 ―

희망과 절망의 차이만큼 ―

영원과 순간의 차이만큼 ―

천국과 지옥의 차이만큼 ―

우주의 이 끝에서 저 끝까지의 차이만큼 ―

❀ 세상에는 많은 종류의 종교(인간이 지은)들이 있습니다.

감히 신을 말하고 따름이 종교이기에, 종교는 진리여야하며 참 종교는 진리입니다.

그리고 그 참의 진리에 상통할 수 있을 때 비로소 그것이 신앙일 수 있겠습니다.

사원에 자리하고 이름표를 붙인다고 그것이 다 종교는 아닙니다. 참이 아닌 종교가 있을 수 있고 부족한 종교가 있을 수 있겠습니다. 진리가 없거나 진리가 결여된, 종교 아닌 종교가 있을 수 있겠습니다. 그 붙인 이름표가 같다고 다 같은 것이 아니며, 그 붙인 이름표가 다르다고 다 다른 것이 아닙니다.

종교는 신의 것이기에 원래 하나이며 다른 것이 있을 수 없지만, 그것을 신앙하는 것은 인간이기에 그 부름의 이름은 신앙하는 인간의 수만큼이나 많을 수 있겠고 ― 인류의 끝이 어딜 지는 모르지만 그 끝까지 앞으로도 무수히 다르게 이름 하여 질 수도 있겠습니다. 아무리 그렇더라도 조화할 수 있으면 그것은 같은 것이며 조화할 수 없으면 그것은 다른 것이 겠습니다.

종교가 다른 것이 아니라 신앙이 다른 것!

영원히 다른 것이 아니라 조화 할 수 있을 때까지 다른 것!

그리고 조화의 가능성은 항상 남아있는 것이어서 — 언제나 절망은 아니며 그것이 희망이겠습니다.

피부색이 다르고 체형이 다르며 취하는 음식이 다르고 언어가 다르더라도 인간은 인간이라는 공통점에서 하나인 것처럼,

신앙하는 방법에서 수많은 다름이 있더라도, 가장 높은 이상과 정점의 성스러움이, 추구하는 목표라는 공통점에서 같은 것처럼,

여러 종류의 운동경기가 저마다의 방법과 규칙으로 다양한 모습이지만 모두가 다 인간의 인간에 의한 인간을 위한 보편적 이유와 가치를 공유하는 점에서 다름이 없는 것처럼,

언제나 매사에서 매사마다 — 다르다는 선입감으로 선입관으로 일관치 아니하고, 공유할 수 있는 공통의 점과 공동의 점을 찾아서 나아간다면, 그것이 — 작게는 바람직함이며, 크게는 조화로움의 문을 여는 시작이 되겠습니다.

분열과 투쟁(전쟁)과 절망과 멸망으로부터 화합과 평화와 희망과 번영으로 나아갈 인류의 키포인트가 바로 여기에 숨어있음을 알겠습니다.

인생에 있어서 언제나 실패와 성공이, 절망과 희망이, 뒤섞여 굴러가고 있듯이 — 세상에 펼쳐지는 인류의 진로도 또한 파멸과 번영, 지옥과 천국이 뒤엉켜 가는 속에서 —

우리는 지혜라는 등불로써 길을 밝히게 될 것입니다.

희망은 — 희망이라는 것은, 오직 남아만 있으라고 판도라의 상자 속에

영원히 가두어두어서는 아니 되리라! 이제는 뛰쳐나오고 넘쳐 나와서 세상 속에서 꽃도 피우고 열매도 맺으며 우주를 채워나가야 하리라!

❀ 무신론자는 무신론자여서 그렇다 치더라도, 유신론자 중에서도 알게 모르게 종교의 이름 하에서 간혹 신을 욕되게 하는 모독이 자행될 수 있습니다.

그것은 신의 일이 아니며 신의 잘못이 아닙니다. 즉 인간의 일이며 인간의 잘못인 것입니다. 이것을 바로 알고, 혼돈하지 않으며 착각하지 않음으로써 오류의 늪에 침몰하지 않아야 하겠습니다.

엄밀히 말하자면 ― 인간에게 의지(할애된 의지)를 허락한 것부터가 잘못이므로 모든 것은 전적으로 신의 책임이라고 하겠지만, 자애로운 선의는 자애로운 선의로 해석하는 것이 책임론으로 추궁하는 것보다 본말에 더 적합하겠습니다.

그렇다면, 그렇더라도 ―

'신은 무엇이며, 인간은 무엇인가?'

'신의 일은 무엇이며, 인간의 일은 무엇인가?'라고 반문 하게 됩니다.

스스로 반문 앞에 서서 보면 ― 나는 거기서 가엽도록 초라한 나를 발견합니다. 알지 못하기에 알기 위하여서 노력하는 것일 뿐, 나 또한 언제나 오류의 늪에 침몰할 위험에 노출되어 있음을 발견합니다.

그래서 ― 말하지도 웃지도 아니하고 그것을 계속하면서, 긴 세월 동안 많은 상념들을 침묵 속에 가두었었습니다.

이제는

그 침묵의 주머니가 터질 것 같아서, 말하지 않고는 견딜 수가 없어서, 긴 긴 세월 다져지고 농축된 상념들을 추스르며 조심스레 침묵의 막을 걷어봅니다. 조심이 기도요 근심이 기도며 바램이 기도이므로 나의 상념은 상념의 모든 것이 기도입니다.

확실한 것은—

신은 신이며, 인간은 인간이라는 것!

신은 인간이 아니며, 인간은 신이 아니라는 것!

조물주와 피조물의 관계에서 한없이 조화롭지만, 이는 횡적관계가 아닌 종적관계로서, 신은 인간을 포함한 만물에 통하며 전세에도 현세에도 후세에도 통하는 초월자로서 — 거기에 합당한 일을 주관하는 주관자이며 —

인간은 — 인간의 한계에서 초월할 수 없는, 그러나 끝없이 도모하고 도전하는 그런 일을 하겠습니다.

그리고 , 신의 존재는 복수가 아니며 신의 일은 단수가 아닙니다. 신의 역사에서 인식되는 상징이 다르더라도 그것은 일의 다름일 뿐 존재의 다름이 아닌 것입니다.

❀ 인간 중에는, 신이고 싶은 자가 있어서 자신의 신격화를 설득하려 애를 쓰기도 합니다. 그러나 그것은 모순이며 사술입니다.

그렇게 하여서 칭하여지는 신은 — 이기의 신, 복수(複數)의 신, 보복의 신, 재앙의 신, 공포의 신, 그리고 권위를 절대화하고 맹종을 맹약 받는 — 인위(人爲)의 신입니다.

참 신 — 천위(天爲)의 신은 — 무한한 정서를 펼치도록 포용하는 자애로운 신입니다. 위엄의 칼날을 번득이는 것이 아니라 보드라운 깃털의 포근함을 감각 시키는 —

그래서 —

부르고 싶고, 보고 싶고, 만지고 싶고, 따르고 싶은, 그 품에서 안식하고 영원 하고픈, 잊거나 잃고 싶지 않은, 공포나 종말을 원치 않는, 그래서 스스로는 잠시도 휴식하지 못하는 봉사와 헌신, 무한과 영원이 그의 성(性)이요 능력이며 따라서 그것이 그의 약속인, 모르면 알고 싶고, 없으면 있어야 하는—그런 그것의 대명사입니다.

✣ 만일 신앙하시겠거든—

진정하고도 필연이며 감동 그자체인 참 신을 찾아서 하십시오!

모르면 알기 위하여서, 알면 더 알고 바로 알기 위하여서, 없으면 있게 하기 위하여서, 있으면 더 확인하고 확신하기 위하여서, 신앙하십시오!

그래서 찾거든, 그래서 만나거든, 옆에 바짝 붙어서 동행 하십시오!

존재는 같지 않더라도 같이 할 일이 많을 것 같기에 그것을 물으며 찾으며 가십시오! 신앙하면서, 경배하면서, 그리고 때로는 푸념도 투정도 하면서—이런 것이 인간의 삶, 인생의 모습이겠습니다.

나의 상념은 이런 것들이며 이런 것들의 승화가 나의 기도입니다.

가슴의 정원에서 피고 지고, 지고 피는 꽃들이 이런 것들이며

그런—씨앗들로—열매들로—

가면 갈수록 가슴은 점점 더 풍요의 뜰이요 안식의 고간으로 자리 잡겠습니다.

나는, 나의 인생은,

그런 가슴을 가꾸는 정원사로—그런 정원을 지키는 지기로서—

그렇게 사는 것이며—그렇게 신앙하는 것입니다.

신은, 하느님은—

언제나, 어디서나, 시간과 공간을 공유하며 공존함으로

매번, 따로,

이름 지어 — 부르지 아니 하더라도, 찾지 아니 하더라도,

이미 기정사실이기에 — 누리에 충만하기에 —

소외라 하지 아니하며, 소멸이라 하지 아니하겠습니다.

추억하는 정서의 바탕

❁ 내가

우주와 교감하게 되는 것은 ―

자연을 느끼고 신비를 체험하게 되는 것은 ―

그것을 기억할 수 있게 되는 것은 ―

어렸던 시절 봄날의 ― 불타는 듯 붉었던 그 꽃들의 기억들로부터였습니다.

❁ 불그레한 살구꽃이 온통 집을 둘러싸고 불붙은 듯 타는 듯 만개한 때, 황홀경으로 무아경으로 감탄하였던 그러한 그것들의 기억이 동심을 아련히 떠올립니다.

내 고향집 울타리는 살구나무, 복숭아나무, 배나무, 자두나무, 뽕나무, 대나무로 둘러져 있었고 미루나무 서너 그루와 가중나무 두어 그루도 보태었습니다. 남의 그것이 부러웠고 또 없는 것이 아쉬워서 나중에 형님이 덧심어놓은 밤나무, 감나무 몇 그루도 당시는 어렸지만 몇 년 후에의 대 교향악의 합주를 위하여 맹렬히 추격하고 있었습니다.

아직 추위가 다 가지 않은 때 ― 터질듯이 부풀어 오르는 꽃망울은 말 그대로 감동이었고, 만개한 꽃그늘은 보이는 그대로 선계였습니다.

그런 그 꽃그늘 속에서 나는 온 종일 해가는 줄 모르던 신선이었습니다.

선계에 정신을 송두리째 빼앗긴 꽃 속의 선인이었습니다.

세상을 다 알고 세상을 정화하며 가르치는 그런 선인이 아니라, 세상은 아무 것도 모르고 아직 때도 묻지 않은 그런 선인이었습니다. 꽃이 지면서 꽃잎이 떨어질 때면 떨어지는 꽃잎을 받으려고, 잡으려고, 이리저리 휘젓고 쏘다니던 아이였습니다. 그러나 잡는 것보다 잡히는 것보다 허탕치기가 일쑤였던, 그러기에 더 분주했던 꾸러기였습니다.

살구꽃의 낙화는 하늘로부터의 꽃눈이었습니다. 흩날리면서 떨어지는 분홍색 눈송이었습니다. 초라하지 않았고 추레하지 않았습니다. 초췌할 리 없었고 오욕에 물든 혐오스런 오물이 아니었습니다. 보라는 듯이 당당히 흩날리며 졌습니다.

그래서 나는 살구꽃을 좋아했고, 흩날리는 낙화를 좋아하는 이유가 되었습니다.

✾ 흩날리며 떨어진 꽃잎들이 온통 분홍색 수를 놓은 땅위에서는 갓 부화된 병아리들의 놀이마당이 한바탕 열립니다. 병아리들을 거느리고 떨어져 흩어진 꽃잎들을 쪼아 보이며 꼭꼭거리는 어미닭의 낮은 가르침소리, 어쩌다 꽃잎하나 입에 물리면 이 보란 듯 쪼르르 내닫던 병아리들의 재롱, 언뜻 위기를 느끼면 급히 품속으로 병아리들을 불러 모으던 어미닭의 모성 — 나도 미처 영문을 몰라서 두리번거리다보면 어디엔가 꼭 솔개의 모습이 있었습니다. 나뭇가지 위에서 웅크리고 앉아 있거나 아니면 하늘 저 위에서 빙빙 맴돌고 있었습니다. 아차! 하는 사이 솔개에게 병아리 한 마리를 앗기면 갑자기 몸을 위협적으로 부풀리면서 안절부절 못하고 꼭꼭거리며 이리저리 왔다 갔다 하던 어미닭의 초조하고 불안한 모습 —

한바탕의 놀이마당에 때때로 짓궂은 돌개바람이 불어와서는 떨어진 꽃잎들을 휩쓸어 돌돌 말아서, 뜰의 한 쪽 구석으로 몰고 가 팽이처럼 뱅그르르 돌려세우다가 흙먼지만 걷어들고 훌쩍 사라지던, 그것은 마치 그림을 그리다가 지우개로 확 지우고는 다시 그리기까지의 잠시간의 진공이요 공백이며 적막 같은 것이었습니다.

나는 나를 포함하지 아니하고 이렇게 표현하지만, 그것이 전부인 줄 알았지만, 나까지 포함시킨 더 전부를, 저만치서 지켜보는 다른 눈길이, 보듬는 다른 손길이, 있다는 것을 그 때는 몰랐습니다. 그것을 알기까지는 꽤 많은 세월을 소모해야 했고, 그 대가로 지금에는 그것을 알게 되었습니다. 내가 본 것이 쓸쓸한 적막이었다면 나 또한 쓸쓸한 적막 속의 한 아이였음을 ―

그러한 마당 한 쪽에서는 돌개바람에 불려서 날릴 듯 날릴 듯 뒤뚱거리면서도 새끼병아리들을 온몸으로 품으며 날리지 않으려고 웅크리고 버텨서던 어미닭을 양지바른 마당의 다른 한 쪽에 쪼그리고 앉아서 유심히, 무심히, 하염없이, 지켜보던 한 작은 아이가 나였습니다. 벌 나비가 날기엔 아직 이른 철에 바람이 하고 간 일이 있고 바람이 오고 간 의미 또한 있었지만 그것을 아직은 알 리 없었고 살구나무에서도 살구꽃에서도 창조의 숨결이 한창이었지만 그런 것들을 아직은 까맣게 알 리 없었던 채로 솔개로부터 돌개바람으로부터 그저 병아리를 지키는 것이 나의 몫이었습니다.

그런 나의 일이 그냥 그대로 순수하고 천진한 감상이었고, 그냥 그대로 아름다운 삶이었으면, 그것으로 전부였으면, 얼마나 좋았으랴만 ―

기실은, 현실은, 그런 것이 아니었습니다. 머잖은 장래에 많은 달걀과 고기를 약속하고 보장하는 은근한 기대가 더 큰 애정이요 애착이었습니다. 그러므로 병아리의 손실은 새끼를 잃은 어미닭의 그것만큼이나 안타깝고 속상하는 일이었고, 한 편으로는 아깝고 아쉬운 실망이기도 하였습니다. 같은 아픔이지만 어미닭의 그것과 나의 그것이 동기가 같지 않았고, 쫓고 쫓기는 다른 입장이지만 솔개의 입장과 나의(인간의) 입장이 품은 속셈이 다르지 않았습니다.

무엇이 진(眞)이고 무엇이 사(邪)이며 무엇이 가(假)입니까?

어디까지가 죄(罪)이고 어디까지가 벌(罰)입니까?

무엇이 실(實)이고 무엇이 허(虛)이며 무엇이 선(善)이고 무엇이 악(惡)입니까?

우연(偶然)은 어디까지며 필연(必然)은 어디서부터입니까?

정의의 구분은 무엇으로, 진리는 또 어떻게 찾아야 합니까?

겉으로 보이는, 보여지는, 색깔만으로 세상일들을 분별하고 구별하는 것이 얼마나 어리석고 옳지 못할 수 있는 지를 짐작하게 했습니다.

그래서 나는 경거망동하지 말아야한다는 경고의 뜻으로 비양심의 영역에다 이것을 묻어두며 언젠가는 다시 꺼내어서 다시 묻고 또 물으리라 다짐해 두었었습니다.

❊ 불그레한 꽃빛이 거의 다 땅으로 흩어져 스며들고 이제는 꽃술의 분홍빛 색조만이 조금 남았나 싶었는데, 그래서 무심했던 며칠사이에 살구나무는 꽃이 진 자리마다 이슬처럼 맺힌 작은 열매들로 하여 녹색으로 물들어가고 잎과 열매들은 뒤서거니 앞서거니 경쟁이나 하듯이 푸른 삶을 합주하였습니다.

누가 시켜서 하는 것인지 아니면 제멋대로인지는 알 수 없지만 바람이 간간이 불어와서는 살구나무를, 그 가지들을 마구 흔들었습니다. 견디는 놈은 붙여두고 못 견디는 놈은 떨어뜨리는 분별작업을 하는 것이었습니다. 운명의 선택이요 운명의 결정이었습니다. 살아남겠거든 꽉 잡고 그렇지 못하겠거든 놓아라! 하는 의지의 시험대였습니다. 적자는 생존이요 부적자는 필멸이라는 자연도태의 냉정하고 냉혹한 시도였습니다.

그러는 와중에도 영원히 방관자일 수밖에 없는 나는 그 도태된 시신들을 신나게 정신없이 주워 먹었습니다. 주머니 가득히 불룩하게 주워 넣고는 콧노래를 부르면서 하나 둘씩 꺼내 먹으며 다녔습니다.

일찍 사멸된 생명들의 그 알 수 없는 행로 중에 인간이 관계하는 윤회의 한 매개자로서의 역할을 하는 것이었습니다. 그런 것을 알 리야 없었지만 결과적으로 그런 것이었습니다. 아직 채 신맛조차 들기 전의 작은 열매였지만 속에는 투명한 듯 연한 씨앗이 이미 들어와 있었습니다. 두 손가락으로 꼭 누르면 톡하고 터지면서 물이 튀겨 나오는 물 씨앗이었습니다. 아주 맹물은 아니었고 약간은 우묵 같은 혹은 젤과도 같은 그런 반고의 액체였습니다. 다음 생명의 창조를 위하여 준비하던 생명의 반죽 물이었습니다. 시원의 생명수가 그러했을 것처럼 —

아무튼

샛바람에 견디지 못하고 제외된 열매들은

그래서 다시 땅으로 흙으로 돌아온 열매들은

그것이

씨앗의 죽음이요, 그 죽음의 주검들이었습니다.

버려진 운명이라고 해야 할지 —?

그러하게 선택받은 운명이라고 해야 할지 —?

꺾여진 의지라고 해야 할지 —?

어떻든

영글지 못하고 그렇게 죽어간 씨앗의 운명은

잠시의 휴면이 아니라

긴 윤회의 장도에 올라야하는 소멸이라 하겠습니다.

❀ 풋살구를 많이 먹는 것은 그것이 곧 쌀쌀한 배 아픔이었습니다.
그래도 즐겨 먹었던 이유는 ― 달리 먹을거리가 없었던 빈곤의 시대가 아니었더라도, 끼니 거르기를 부자 밥 먹듯 했던 항시 굶주린 아이가 아니었더라도, 아직 추위도 덜 간 이른 봄날에 그런 좋은 먹 거리를 차지할 수 있다는 것은 잔잔한 흥분이며 뿌듯한 풍요였습니다.
나는 동네 또래 아이들을 불러 모으고는 유세를 부리기도 했고 학교에 가지고가 바닷가 아이들에게 맛보이기도 하면서 마른 오징어 이빨이나 다리와 바꾸어먹기도 하였습니다. 바꾸어먹자는 제의는 언제나 바닷가 아이들이 했습니다. 약삭빠른 아이가 건오징어와 바꾸어먹자고 제의해오면 반갑고 기쁘고 놀라우면서도 나는 마지못한 척 응하였습니다.
왜였는지는 잘 모르겠지만 나는 한 번도 그런 교환을 제의한 적이 없었던 것 같습니다.
아마도 ―
성격상 소극적인 자세였거나 ―
주변머리가 없었거나 ―
그런 거래를 천하게 여기는 모를 심리가 있었거나 ―
그냥주면 주었지 이익을 셈하는 교환(거래)같은 것은 친분이나 우정에 흠이라고 여기는 그런 무의식적 의식 작용이 있었거나 ―
바람에 불러 떨어진 것과 바다에서 힘들여 잡은 것과의 가치비교가 될 수 없다는 제법 성숙된 양심의 작용이 있었거나 ―
혹, 거래의 우위를 점하려는 고도의 전략 '침묵'이었거나 '유세' 혹은

'배짱' —

아니면 — 모두 다 아니고, 매사에 무척 적극적이었는데 지금은 기억에서 다 사라지고 없는 것이거나 —

아무튼, 바람에 불려 떨어지긴 했어도 절대빈곤의 시대였던지라 풋살구는 철에 없는 새 과일로 귀한 대접을 받으며 인기몰이를 했었고 그 중심에는 언제나 내가 자리하고 있었습니다.

   나의 살던 고향집 꽃 피는 시골집

   살구꽃 복숭아꽃 울긋불긋 꽃 잔치

   시샘하는 샛바람 흩날리며 지는 낙화

   겨우내 눈꽃송이 이즈음은 꽃눈송이

   도원이 어디던가? 선경이 어디던가?

   선향이 여기로세! 여기가 선계로세!

   어미닭 깃털 헤치며 병아리꽃 피고 지고

   돌개바람 쓸고 간 빈자리 잠시간 적막이

   침묵으로 하려는 말의 의미는 알 듯 하였어도

   나도 포함인 줄은 미처 몰랐었네!

   나도 대상물이며 구성물이라는 것을 —

✤ 이른 살구 철이 지나고 소나무 가지에 촉촉이 물이 오르면, 어둡던 초록이 선명하게 물들면, 그 때는 뒷동산으로 놀이터가 옮겨졌습니다.

이유는, 작은 소나무의 물오른 끝가지 껍질을 벗겨 먹으려는 —

손톱으로 제겨서 굽을 돌리고 쥐어틀면서 잡아당기면, T셔츠를 벗는 것처럼 연한 가지는 껍질이 벗겨졌습니다. 이 벗겨진 껍질을, 벗겨지면서 자라목처럼 구겨들은 그 껍질을, 펴서 들고는 겉에 붙어있는 솔잎을 끝쪽에서 아래로 솔솔 잡아당겨 내리면 겉껍질이 솔잎에 달려 같이 벗겨져 내리고 하얀 속살이 나왔습니다. 그 속살을 앞니로 삭둑 잘라먹는 것이었습니다.

이렇게 껍질이 벗겨진 끝가지는 하얀 막대기로 드러났고 시간이 흐르면 흐를수록 동산은 이런 막대기 뼈로 하얗게 덮어 갔습니다. 이렇게 껍질을 자꾸 벗겨 먹으면 나무들이 모두 죽지 않을까? 하는 걱정은 하지 않았습니다. 그래서 죽은 소나무는 없었고 금방 새 순이 나와서 다시 살아났기에 그런 짓이 좋지 못한 짓이라는 것까지도 생각이 미치지 않았습니다. 서로 경쟁이라도 하듯 버들피리를 만들어 불던 실력까지 발휘하면서 열심히 잘도 벗겨 먹었습니다. 좀 오래되고 굵은 소나무는 겉껍질을 벗겨내고 칼로 속껍질을 직사각형으로 오려서 그것을 벗겨먹었습니다. 아이들이 송기하러 가자고하면 이것을 의미하는 것이었습니다. 별 맛이 있어서가 아니라 먹거리를 만들어 먹는다는 먹이놀이였으므로 재미있고 즐거운 놀이였습니다. 그러나 그런 그것도 잠시일 뿐, 새 순이 나오고 그 연한 속살이 세기 시작하면 그래서 그것을 벗겨먹기가 어려워지면 우리들의 관심은 곧 거기에서 멀어져 동산을 떠나게 되고 소나무의 수난은 끝이 났습니다. 그리고 그리 길지는 않지만 한참을 잊어버리고 있는 동안 동산에서는 다시 우리를 불러 모으는 향기가 전해져 왔습니다. 송화향기였습니다. 그렇게 유감없이 벗겨 먹었는데도 소나무는 죽지 않았고 오히려 더 많은 송화 가루를 날려 보내는 듯 했습니다. 벗겨먹을 때는 그렇게 매끄럽고 하얗던 속가지들이 그동안 거무스름하게 삭았고, 그래도 죽지 아니하고 살아있는 것이 비로소 고마웠으며 그토록 고통을 준 것 같은 마음이 미안하고 죄스러웠습니다. 소나무는 네가 무슨 짓을 했는지 다시

한 번 돌아보라고 부른 것 같았고 나는 분명히 밟고 지나온 내 발자국을
보았습니다.

❀ 우리는 송화 가루를 마구 털어먹었습니다. 솔잎도 씹었습니다. 맛으
로 씹는 것이 아니라 먹을 수 있는 것이기에 먹는 것이었습니다.
그렇게 정신없이 먹이놀이를 하고 있노라면, 동산 위에서 따사롭던 햇볕
도 그 기세를 움츠리고, 점점 길어지는 산 그림자의 끝을 따라서 어둠이
솔솔 번져왔고, 동산에서 내려다보이는 초가집들 굴뚝에서는 모락모락
저녁연기가 피어올랐습니다. 하 ― 얀 날에는 하얗게 피어올랐고 노을이
붉은 날에는 붉게 피어올랐습니다. 그리고 하늘이 잿빛으로 낮게 드리운
날에는 잿빛 연기를 짙게 토하기도 하였습니다.
그러한 연기들이 하늘에 오르면 그것이 모여서 구름이라 생각했고 그 구
름이 매워서 흘리는 하늘의 눈물이 비라고 생각했던 때 나는 구름을 만들
어 날리지 아니하는 우리 집 굴뚝을 많이 보았습니다.
그것의 의미가 무엇인지를 모를 리 없지만, 그래도 비가 칙칙하게 내려
날씨가 궂으면, 동네의 또래 아이들에게 너희들 집에서 구름을 자꾸 만
들어내니까 비가 자꾸 오는 것이 아니냐고 투정해 보기도 하였고, 그러
면 그것이 정말로 그러한 것인 양 주눅 들어 했던 내 순진했던 동무들,
아! ― 순수하고 해맑았던 그 눈망울들은 지금 어디에 ―
이러한 것들이 나에게는 그리운 향수로 가득히 남아있습니다.
굴뚝의 연기가 구름의 얘기일 리 없고, 그것이 뜻하는 바가 저녁연기라
는 것을 모를 리 없었을 때, 저들은 내심 얼마나 배를 움켜잡으며 나를 향
해 기막혀했을까?!
아마도 다 알면서도 그냥 모르는 척 당하고 있었을 것입니다. 그것이 그

들의 미덕이요 동정이었는데 오히려 내가 그것을 모르고 웃겨왔는지도 모르겠습니다. 저녁연기의 의미를 알아내는 것이 그리 긴 시간을 요하는 것도 또 어려운 일도 아니었을 것이기에 ―

많은 세월이 흐르긴 했지만 오늘 지금의 나의 인간적인 인격형성이, 표현방법이, 꼭 그때의 그 친구들처럼 그렇게 닮은 것을 보면, 그것은 아마도 내가 받은 것의 되돌림 즉 보답인지도 모르겠습니다.

✻ 구하고 얻은 것이 초근목피이지만, 비록 초근목피일지라도 그것은 없는 것이 아니고 있는 것이었습니다. 누가? 언제? 어디서? 왜? 어떻게? 이것들을 감추어두었으며 준비하였고 가능하게 하였을까?

그러하였기에 어린 나도 자연스럽게 혹은 호기로 그것들을 취할 수 있었고 굶주림을 보충하며 최소한일지라도 삶의 방법을 터득해 갈 수 있었던 것! 그러고 보니 혹독했던 곤혹의 시절에도 생존의 문제와 더불어 아름다웠던 것은 바로 자연과 함께 뒹굴던 그런 것들이 있었기에 그러했겠습니다.

단지 궁금한 것은, 그러면서 그것이 보람인 것은,

'어찌하여 자연은 예비되었으며 또한 그것의 연속인가?'

라는 물음이며 ― 그 물음의 발견인 것입니다.

물음을 얻었기에 내 유소년 시절은 헛되지 않았고, 언제나 그 물음이 있었으므로 친구삼아 더불어 그 답을 찾아서 갔습니다. 내 인생의 방향을 잡아가는 것이었습니다. 혼자 있어도 혼자가 아니었기에 외롭지 않았고, 외로우면 외로울수록 몰입하였기에 그 맛이 짭짤하였습니다. 분수령에 떨어진 물방울 하나가 그냥 거기서 소멸되지 아니하고 치우쳐진 계곡을 따라 운명처럼 흐르면서 근원을 답습하는 것처럼 ― 자연에 몰입하는,

우주로 연결되는, 저 세계로의 비상을 준비하는 열린 창구가 그 물음이 었습니다.

아직도 물음의 답을 알 리 없고, 알 수 없지만, 그래서 아직도 물음 앞에서 숙연하고 숙고하지만, 그러므로 가슴에는 언제나 겸허의 장이 있습니다. 나는 이 겸허의 장에다 내 인생의 의미를 내려놓았습니다. 인생이 어디서 와서 어디로 가는 건지 그 여로를 몰라서, 인생이란 무엇인지 그 의의를 몰라서, 어떻게 살아야하는 건지 그 지침을 몰라서, 참으로 오랜 동안 참으로 심각한 긴 방황을 하였습니다.

무척이나 어렵고 무거운 짐이었는데, 이윽고 발견한 한적한 공간 — 겸허로 비워진 가슴 — 그 고상한 공허! 거기에서 짐을 풀고 방황을 멈추었습니다. 오만으로 포화되지 아니한 겸허의 장이므로 우주를 다 가져다 담아도 넘치지 않습니다. 거기에서 '인생은 무엇이며, 어떻게 살 것인가?'하던 내 인생을 영위하는 것입니다. 거기에서 내 인생을 경작하고 수확합니다. 내 인생의 홈그라운드가 바로 거기이므로 아마도 좋은 성과 있으리라 믿어 의심치 않으며 그것을 넘어서 확신하는 강한 신념 속에서 활활 타오를 것입니다.

그리고 보니 — 어떤 물음의 답을 얻는 것만이 깨달음이 아니라, 답을 얻기 위한 어떤 물음을 얻는 것 또한 깨달음이겠습니다.

학교 가는 길

✤ 학교 가는 길 길섶으로 서릿발이 성성하던 어느 늦가을이었습니다. 발등까지 덮는 긴 바지를 챙겨 입지 못하고 발목이 훤한 짧은 바지를 입어서 그런지 으스스 추웠고, 그 추위가 약간은 고통으로 느껴지던 때였습니다.

무서우리만큼 왕성한 생명력을 돋보이며 그렇게 무성하던 야초들도 다 스러져간 텅 빈 들녘의 학교 가는 길 길섶으로 연보라색 들국화들이 나지막이 피어있었습니다. 전에도 수없이 보았겠지만 별달리 눈에 들지 않았던 것들이 이제 서릿발 옆에서 퍼렇게 떨고 서있는 모습으로 내 가슴에 파고들었습니다.

내가 추웠기에 들국화도 추울 거라 생각했고, 내가 고통스러웠기에 들국화도 고통이리라 생각했었습니다. 그런 들국화를 발견하고 느끼면서 잰 걸음으로 스치는 등교길 나의 마음은 즐거움이 아니었습니다. '그리 머지않아 서릿발 속으로 차갑게 사라져 가겠구나!' 하는 아쉬움의 감상도 아니었습니다.

'논곡식 밭곡식 모두 다 거두어 간 지금에 왜 아직도 여기에 버티고 남아서서 이렇게 추워야하고 괴로워야하는가? 모두가 사라져간 텅 빈 들 길섶의 성성한 서릿발 속에서 아직껏 남아 있어야하는 사연은 무엇이며 차마 떨치고 갈 수없는 미련은 무엇인가? 춥고 결핍한 이 고통의 땅에서 봐주는 이조차 없는 초라함으로 힘겨울 바에는 차라리 피지나 말 것을! 이제 곧 머지않아 서릿발 밑으로 묻히고 말면 이제껏 고통을 키 재기 하면서 버텨야했던 그 의미는 다 무엇이란 말인가?!'

이러한 생각들이 잰걸음보다 더 빠르게 뇌리를 스치며 가슴에 파고들어 축적되어갔습니다. '내 어찌 이런 인고의 꽃들에게서 잠시라도 나의 기쁨을 얻으려 하리오!' 라는 생각에 이르자 나는 외마디 소리를 토하였습니다.

"나는 꽃을 좋아하지 않는다!" 라고 —

꽃이 싫다는 얘기가 아니지요 — 그냥 가볍게 좋아한다는 말만으로는 뭔가 맞지 않는, 그냥 간단히 기분풀이 정도만으로 봐주는 것은 합당하지 않는, 그냥 함부로 화병에 꽂아놓고 그것을 보면서 좋아하는 경솔함, 야비함, 잔인성들이 좋지 않다는,

아마도 그런 의미들이 담긴 어린 표현이 그랬을 것입니다.

❀ 그러던 어느 날 오후

학교에서는 교내의 백일장 대회를 열었습니다. 4학년 이상 한 데 모여 같은 주제로 글짓기 대회를 하는 것이었습니다. 4, 5, 6학년 모두라야 대략 150명 정도였지만 4학년 저학년으로서는 벅찬 경험이었고 또 처음의 경험이었습니다. 그때의 주제가 무엇이었는지는 지금 기억에는 없지만 나는 내가 보고 느끼고 생각한 그대로의 '길섶 들국화'를 얘기했습니다. 아마도 제목은 "학교 가는 길" 이었을 것입니다. 그때 4학년생으로 입상한 것이 무척 감격이어서 나는 지금도 그것을 잊지 아니하고 있습니다. 글짓기하여 상을 탄 기억은 아마도 그것이 처음이면서 마지막이 아니었나 하는 생각에 더욱 그렇기도 하겠습니다.

❀ 더 많은 세월이 흐르고

더 많은 지식이 쌓여진 후에야 나는 좀 더 가까운 진리에 접근해 갔습니다. 나에게는 추위였지만 들국화에게는 비로소 좋은 환경이었고, 나에게는 고통이었지만 들국화에게는 쾌적한 계절이었음을 ─

길섶의 서릿발 옆에서 텅 빈 들판을 마지막으로 지키는 것이 사명이었고, 사명을 다함으로써 영원한 삶을 도모하는(씨앗을 잉태하는) 특권을 누리는, 그런 과정을 착실히 수행하고 있었음을 ─

❀ 마음대로 생각하고 마음대로의 잣대로 남의 키를 쟀던 것이 알고 보니 사실과 달랐고 사실과는 너무도 큰 차이였습니다.

나의 진실은 나에 있었고 국화의 진실은 국화에 있었습니다. 나의 생각과 잣대로 타의 진실을 마름질한다는 것은 사실과는 엄청난 차이를 보일 수 있다는 것을 깨우치게 했습니다.

그런데 ─

혼자의 생각과 느낌으로 안쓰러워한 것이 고작 값싼 동정이었고 아둔한 어리석음이었다고 웃어넘기더라도, 그랬던 지난날이 있었으므로 그러던 과정이 있었으므로 한 송이 꽃에 대하여 한 포기 들풀에 대하여 안쓰러운 동정을 지니는 ─ 뜨거운 가슴을 얻을 수 있었겠습니다.

지금 내 가슴이 뜨거운 것은, 뜨거울 수 있는 것은, 인간의 체온이 뜨겁기 때문만은 아닙니다.

내 마음에 불을 지폈던 지난날의 불씨가 아직도 가슴에서 타고 있기 때문일 것입니다.

나의 모습이 서릿발 속의 들국화처럼 그렇게 보일 수도 있었던 때, 냉혹한 세파로 인하여 여지없이, 수 없이, 삭아들 뻔했던 그 연민의 불씨를 그래도 가슴으로 감싸 안으며 소리조차 없는 아우성으로 절규했던 ―
그렇게 견디며 지탱해온 내공의 그 불씨가 아직도 가슴에 남아서 꺼지지
않고 타고 있기 때문일 것입니다.

아 ― 하늘이여! (죽음에서 돌아온 아내)

❈ 하늘이 무너지고 땅이 꺼지고 ―

행복도 불행도, 희망도 절망도, 다 나동그라진 ―

모든 것은 사치일 뿐, 삶의 의미조차 닫아버리는 먹구름이 한 순간에 몰려왔습니다.

추운 겨울 어느 날 아내가 쓰러진 것입니다.

눈앞은 캄캄한 암흑이었고 길은 막다른 절벽이었습니다.

며칠 전부터 머리가 아프다고 하여서 그냥 일상적으로 두통약을 사서 먹는 중이었습니다. 그러다보면 보통 이삼일 정도면 회복되곤 하는 것이 상식이었기에 그렇게 했습니다.

낮에만 해도 사업장에선 자기 역할을 다 하였기에 그렇게 심한 줄 몰랐는데 저녁에 집에 돌아와서는 심히 고통스러워하며 신음을 토하였습니다. 새벽녘이 되어도 진정되지 않기에 '뭔가 잘못 되었구나!'하는 생각이 들어서 날이 밝으면 병원부터 가보자고 다짐까지 하고는 내일을 위해 잠시 눈을 붙이려는데, 갑자기 숨넘어가는 소리가 "꺽꺽" 들려왔습니다. 깜짝 놀라 눈을 벌려보니 이내는 눈을 하얗게 뒤집으며 힘없이 고개를 떨궜습니다. 죽음이었습니다. 분명 그것은 죽음이었습니다.

나는 그렇게 내 아내의 죽음을, 주검을, 한 찰나에 보았습니다. 모진 운명의 서막처럼 ― 모진 운명의 서막으로 ―

잡아 흔들며 절규해야했지만, 순간! '회생할 지도 모른다.' 하는 생각이

번개처럼 뇌리를 스쳤습니다. 그리고 또한 '고통스럽게 하지말자!'하는 생각이 복선으로 깔려왔습니다. 침착을 잃지 않았습니다. 생각과 행동이 뭐가 먼저랄 것 없이 소파에 편한 자세로 기대 앉히고는 후다닥 아이들을 깨웠습니다. 방에서 자다가 스프링처럼 튀어나온 아이들에게 119에 전화하라 하고, 또 찬물 한 컵 가져오라 해서 머리를 가슴으로 받치고 먹여 보았습니다.

'아 — 하느님!' — '오 — 하느님!'

한 모금 넘겼습니다. 죽지 아니하였습니다. 아니, 죽었다가 다시 살아났다는 것이 맞겠습니다. 세상은 온통 희망의 빛이었고 소생의 생기였습니다. 한 찰나에 인생의 극에서 극까지를 섭렵했다고나 할 만큼 많은 것들이 빛의 속도로 가슴에서 머리로 머리에서 가슴으로 스쳤습니다.

❈ 회상해 보건대 간과해서는 안 될 사실 하나는, 가장 급박한 절망의 마지막 선에서, 그리고 탄성 같은 안도와 희망의 출발점에서, 나는 나도 모르는 순간 아무것도 의도한 바 없는 사이에 '하느님'을 불렀다는 것입니다. 하느님의 첫 뜻은, '<u>우주 만물을 창조하시고 인간의 생명을 주관하시는 하느님! 살려주소서!</u>' 하는 애원의 기도였을 것이고, 하느님의 또 다음 뜻은 '<u>하느님! 살았습니다. 감사합니다! 감사합니다!</u>' 하는 감사와 안도의 탄성이었을 것입니다.

왜?, 어째서? — 였느냐는 답은 없습니다.

물론 나에게서는 평소부터 꾸준히 생각해온 정서가 내면으로부터의 신념으로 흐르고 있었기에 그렇다 하더라도 이런 경우에 그렇지 않을 사람이 과연 있을까요? — 왜일까요? 어째서일까요? —

다른 의미는 모른다고 치더라도 아마 그것은 "의식보다 더 빠른, 의식 이

전의 본능적 조건반사!" 그것일 것입니다.

❁ 그러는 동안 119긴급구조대가 왔습니다.
살긴 했지만 의식은 이미 99% 이상 없다고 여겼기에, 급한 마음에 당연한 듯 반가운 듯 서둘러 맞으며 어서 태워가기를 바라는데 구급대원은 혈압을 재는 등 이것저것 물었습니다. 그럴 리 없지만 늑장을 부리는 것 같아서 급한 마음에
"누가 꾀병하는 줄 아십니까? 빨리 갑시다!" 하고 버럭 소리를 쳤습니다.
덮고 있던 이불을 둘둘 감아 돌리고는 구조대가 준비한 운반 장비에 태우고 막 거실 문을 나가려는데 아내는 아이들의 이름을 불렀습니다.
안도와 반가움의 대답으로 "응 응 엄마!" 하고 대답을 하니까
"어디 있어? 내 눈에 너희들이 보이지 않아!"하고는 다시는 말이 없었습니다.
"가장 가까운 종합병원으로 모시겠습니다."하시고는 119대원께서 서울아산 병원으로 구급차를 몰고 가셨습니다. 가는 도중 구급 대원께서 혈압이 160이상 된다고 걱정스러운 듯 일러주셨는데 그 말씀이 나에게는 걱정이 아니라 안도의 소리로 들려왔습니다. 혈압이 있다는 것은 심장이 뛰고 있다는 확증이었고 그것은 곧 살아 있다는 증거였으니까 ―
평소에는 저혈압이어서 그것이 걱정이었는데, 지금은 그것이 문제가 아니라 저혈압이든 고혈압이든 없지 말고 있어만 준다면 나머지는 모두 후일을 기약해도 좋았습니다.

❁ 어느새 구급차는 아산병원 응급실에 도착하였습니다.
아내는 급히 안으로 실려 들어갔고 나는 응급환자 접수 수속을 밟은 후

응급실로 들어가 눕혀져 있는 침대 옆으로 갔습니다. 한 밤중 첫 새벽의 응급실 당직은 이름표에 R자를 써 넣은 레지던트(수련의)였습니다. 그분도 응급환자의 응급상황을 진단하기 위하여 진력하셨겠지만 마음만 급한 나에게는 그렇게 굼떠 보일 수가 없었습니다.

아내의 입에는 호흡보조기가 물려져 있었고 약간 벌어진 입 사이로는 한 쪽 옆으로 돌아간 굽어진 혀가 힘없이 늘어져 있는 것이 보였습니다. 모습만 봐도 중환자였습니다. 아이들은 엄마의 그런 모습에 눈물을 훔치기 바빴고 나는 그럴 수는 없었고 속으로만 삼키며 울었습니다. 엄마의, 아내의, 흐트러진 모습을 처음으로 보았기에 더욱 그러했겠지만 나에게 있어서는 더욱 더한 것이 ─ 이 우주 공간에서 어떤 사연으로든 인연으로든 만나서 두 손을 맞잡고 동고동락 하면서 완전한 무에서 유를, 자수성가를 이루어낸 아내로서, 동무로서, 동지로서, 여기까지 살아온 그 수많은 인고의 기억들이 그야말로 활동사진처럼 주마등처럼 뇌리를 스치며 돌고 돌면서 가슴을 향하는 화살로 날아왔습니다. 남편으로서, 동무로서, 동지로서, 좀 더 자상하게 돌보지 못한 것이 미안하고 죄스럽고 후회스러웠습니다.

시간이 지나면서 환자의 몸에는 주사바늘이 수없이 꽂히고, 각종 계기들과 그것들의 호스가 복잡하게 걸리고, 수련의 한 분이 옆에 앉아서 열심히 호흡보조기로 호흡을 돕고 있었습니다. 몹시 더웠고 입은 바싹 말라 들었습니다. 무엇을 어찌해야할 지를 모르고 서성서성하면서 계기판의 변화만을 뚫어져라 보고 있는 사이, 아이들로부터 전화연락을 받은 종대(처조카로 당시 아산병원의 수련의)가 가족 모두를 이끌고 달려왔습니다. 이럴 때 이렇게 미덥고 반가운 사람이 또 있겠습니까?

이제 병상진단은 일단 종대에게 맡기고 나는 내 사업장인 목욕탕으로 차를 몰았습니다.

올림픽대교를 남에서 북으로 건너면서 저 — 흐르는 강물처럼 많은 생각들이 내 머릿속에서도 흘렀습니다. 어둠속에서 흐르는 겨울 강물은 검고 무거웠습니다. 아니, 어둠속에서 흐르는 겨울 강물이어서가 아니라 내가 대하는 세상 모든 것이 다 검고 어둡게 느껴졌습니다.

운명의 암울한 서막이 펼쳐지면서 그 무대에 등장하는 나의 초라한 모습이 강 밑으로 처박힌 불빛처럼 희미하게 흔들리며 지나갔습니다.

'어머니 ! 어찌해야 합니까?'

오래 전, 그러니까 약 30여 년 전, 뇌졸중으로 쓰러지셨던 어머님을 떠올렸고 그 때 간호를 했던 기억을 더듬었습니다. 그 때 어머님은 아무 장애 없이 완쾌되셨고, 그리고 천수를 다하셨는데 — 하는 생각에 이르자 절망은 아니라는 한 가닥 희망의 빛이 보였습니다. 용기가 솟았습니다. 대략 3개월이면 다시 일으켜 세울 수 있겠다는 자신이 생겼습니다.

'이제 내 일은 아내를 일으키는 일이다. 그것도 완전하게 —. 그것을 내가 하리라!!! —

때로는 언쟁도 하였고 토닥거리기도 했었지만 그것은 서로가 건재할 때의 일이었고, 이제 병들어 사경을 헤매는 이때의 나의 역할은, 나의 운명은, 나의 사명은, 나의 의지는, 오로지 아내를 병마로부터 지키는 일이다. 결코 지켜내는 일이다. 같이 쌓아왔던 모두를 다 걸고, 앞으로 가야할 삶 전부를 걸고 정성을 다 하는 것이다. 다른 관계는 다 접어두더라도 인간이라면 적어도 그래야 하느니 —

지성이면 감천이라 하긴 했는데 내가 감천할 지성을 할 수 있을지? 어쩌
면 그것은 초인적인 지성일진대 그것을 어떻게 ―
"진인사 대천명"이라고 생과 사의 마지막 페이지는 아마도, 어차피, 신의
영역이려니 ―. 나는 내 부족함을, 부족하기에 간절한 애원을, 서툴고 염
치없지만 기도로 채우리라!'
그런 생각을 하면서 기도문 한 구절을 떠올렸습니다.

'하느님! 생각과 말과 행동으로 많이 마찰하고 충돌하였나이다.
변명이라도 하여보라시면 그것은, 오로지 앞만 보고 열심히 살아온 자의
시야가 미치지 못하였고 능력이 다양치 못하였으며 여유롭지 못하였나
이다. 나름으로 선한 삶을 살찌우기 위하여 더욱 열심에 빠졌나니 ― 하
느님! 격랑으로 휘몰지 마시고, 부드러운 파문으로 일깨우고 인도하소
서!' 라고.

그리고는 "격랑으로 휘몰지 마시고, 부드러운 파문으로 일깨우고 인도하
소서!"를 반복해 되뇌며 목욕탕에 도착하였습니다. "사정상 금일 휴업"
이라는 안내문을 현관문에 써 붙이고는 다시 병원으로 향했습니다.
종대가 여러 경우의 가능성과 조치에 대해 많이 고민하고 수고스럽겠구
나! ― 생각하며 병원에 도착하여보니 ―
진단은 ― 지주막하 뇌출혈.
치료방법은 ― 개방수술을 하기로 하였으나 그것이 곤란한 경우여서 혈
관 속으로 기구를 넣어 혈관 내부에서 터진 곳을 막는 시술방법을 택함.
담당 ― 신경외과 ― 권 양(권도훈)선생님
수술일정 ― 금요일. 그때까지 환자는 중환자실에 ―

라는 결정이 내려진 상황이었습니다.

✤ 내가 도착하자 신경외과 전문 간호사 김현정씨가 이것저것 물으며 신상 파악을 했습니다. 정보를 많이 알아야 치료에 도움이 된다면서 평소에 먹던 약, 종교, 직업, 취미, 기호품 등을 꼼꼼히 메모하는 것이 무척 신뢰감을 자아냈습니다. 그 다음은 담당 레지던트께서 보호자에게 설명회를 하셨는데 컴퓨터로 혈관사진을 보이시며 많은 어려움과 위험이 따르더라도 수술을 동의한다면 수술동의서에 싸인하라는 것이었습니다. 이런 상황 속에서 싸인하기를 거부할 자 누가 있겠습니까? 혹 있을 지도 모를 의료사고에 대비하는 요식절차구나 생각하며 싸인을 하였습니다.
문제는 ─ 화요일 새벽에 뇌출혈된 환자를 금요일까지 가서야 수술, 아니 시술하게 된다는 것이 의술을 모르는 나이기에 더더욱 걱정스럽고 이해가 되지 않았습니다. 이 걱정을 환자 오빠이신 종대 아버지께 털어놓았더니 그분도 같은 생각으로 걱정 중이셨습니다. 다른 병원으로 옮긴다면 어떨까? 하는 생각도 해보았지만 의식 없는 중환자를 끌고 이리저리 다니다가 오히려 더 큰 화를 부를 지도 모르는 일이라 그냥 기다리기로 하였습니다. 병원 측에서도 담당 의사 선생님도 환자의 상태는 무시하고 무조건 막연히 순번만 고집하는 마구잡이식은 아닐 것이기에 ─ 그리고 평소에는 관심조차 없었던 히포크라테스며 나이팅게일 정신까지 떠올리며 믿음을 갖기로 하였습니다. 그런데 종대 아버지께서는 종대를 몹시 졸랐습니다. 과가 다르고 또 레지던트이긴 하지만 너도 이 병원의 의사이니 빨리 수술할 수 있도록 어떻게 좀 해보라는 것이었습니다. 종대인들 고모의 상태가 경각을 다투는 중환자라는 것을 모를 리 없는 터라 안절부절못하고 분주히 돌아다녔습니다.

환자는 중환자실로 옮겨져서 마음대로 들어가 볼 수도 없었습니다.

보호자 대기실에서, 복도에서, 초조히 서성이며 이생각저생각 하는 동안 소식을 전해들은 친척들이 많이 모여들었습니다. 환자의 병세는 어찌되어 가는지 알 수 없고 종종 종대가 밖에 나와 전해주는 정황이 관심이요 기다림이었습니다. 한 번은 자세하게 언급하지는 않았지만

"앞으로 감당해 내야할 어려움에 비하면 아직은 그 시작도 아닐 수 있다"

는 말 속에서 그 내포된 내용이 무엇인지를, 무엇을 염려하고 말하는 지를 알아차릴 수 있었지만 —

나에게는 그렇지만은 않더라는 경험이 있어서 — 절망은 바짝 다가와 조르지 않았고 그 틈새로 희망의 불빛이 비추고 있어서 다행이었습니다.

✲그 옛날 나는 내가 어머님을 간호한 줄 알았는데, 이제 와보니 그게 아니라 어머님이 나를 훈련시키면서 희망을 남겨주신 것이었습니다. 나를 구하듯 네 아내도 구하라는 가르침이셨고 남겨준 유산인 듯싶었습니다. 나에게는 그렇더라도 아이들에게는 사태의 심각함을 가감 없이 전달해 주어야 긴장 속에서 마음의 준비가 될 것 같아서 친척들 속에서 두 아이를 불렀습니다.

"잘 들어라! 지금의 상태로는 엄마는 어떻게 될지 모른다.

죽을지? 살지? 산다고 하여도 어떤 모습으로 살아남을지?

누구도 무엇도 아직은 장담할 수 없다.

식물인간으로 살아남을지? 반신불수가 될지? 어느 한 부분의 마비로 장애자가 될지?

지금까지는 엄마 품에서 너희들 세상모르고 철부지로 살았지만, 이제 부터는 그것이 아니다. 지금까지는 엄마가 너희들의 힘이었지만, 이제부터

는 너희가 엄마의 힘이 되어야 한다. 아마 무척 어렵고 힘든 일이 많을 게
다. 그러나 그것이 어떤 어려움일지라도, 아무리 힘들더라도, 이제 그것
은 우리가 감당해야 될 우리의 몫이다. 명심하여라! 천만 다행으로 운명
이 이런 것들을 피하여 가 준다면 얼마나 좋겠니? 우리는 그것을 기도하
자! 기도하더라도 그것이 부족하여서 만일에 불행하게도 우려했던 경우
들이 현실로 닥치더라도 이미 준비된 각오로 임할 수 있도록 마음을 가다
듬기 바란다. 지금은 끝이 아니고 시작이다. 그러니 지금은 엄마가 무사
히 돌아올 수 있도록 우리가 할 수 있는 최선을 다하자!" 라고 말을 하는
동안 복도에서 같이 있던 모두가 다 숙연해하였습니다.
아이들은 심각히 들었고, 나는 또 기도를 암송하였습니다.
<u>"하느님! 격랑으로 휘몰지 마시고,</u>
<u> 부드러운 파문으로 일깨우고 인도하소서!"</u>

✼ 저녁 면회시간에나 들어가 볼 수 있겠구나 — 하고 모두들 복도에 죽
늘어서서 시간 가기만을 기다리고 있었는데, 종대가 만면에 미소를 머금
고 나타나서는 금일 저녁 8시에 시술하게 되었다는 소식을 전하였습니
다. 그 말을 듣는 순간 내 눈은 갑자기 뜨겁게 핑 돌았습니다.
"종대가 고모를 살리는 구나!" 하는 소리가 나도 모르게 튀어나왔고 모두
들 그 소리를 담아들으며 숙연히 긍정하는 것 같았습니다.
그 시술이 엄청난 시술일진대 왜 그것이 안도의 소리로 들렸는지 모르겠
습니다. 어차피 피할 수 없이 가야할 길이라면 실기하지 않는 것이 관건
이기에 그리된 것은 불행 중 다행이라면 다행이었겠습니다. 보지는 못하
였지만 아마도 종대가 무척 애쓰고 다녀서 얻어낸 결과이리라 여겨졌습
니다. 종대에게도 남의 일이 아닌 자기 고모의 일이지만 종대 조카가 여

기 이렇게 있다는 것이 마치 천군만마처럼 든든함이었습니다.

'금일저녁 8시, 수술실 앞 대기실'을 입력하고는 친척들 모두 일단 흩어졌는데, 이제부터는 운명의 터널을 통과해 가야할 그러나 대책은 전혀 없는 그런 어둡고 무거운 침묵의 시간이 될 것 같았습니다. 텅 빈 허공의 막막한 기다림만이 남아있었습니다.

또 기도를 하였습니다.

'하느님!

격랑으로 휘몰지 마시고,

부드러운 파문으로 일깨우고 인도하소서!

내 운명의 격랑이라면 나만의 것으로 하시고,

주변에서는 거두소서!'

✤ 수술실 앞 대기실의 공기는 기다림이었습니다. 만감이 교차하는 기다림이며 시간마저 멎어버린 정지였습니다. 정지속의 기다림이었고 기다림 속의 정지였습니다.

이런 질식의 시간은 "시술은 잘 되었습니다" 하는 의사선생님의 음성이 들려올 때까지 계속되었습니다.

"시술은 잘 되었습니다만 앞으로 넘어야할 어려움이 많이 있습니다. 잘 이겨나가야 합니다" 라는 말씀을 남기고는 권 양(권도훈) 선생님께서는 병원의 그늘 속으로 사라져가셨습니다. 처음에는 그 말씀의 뜻을 제대로 이해하지 아니하고, 혹 잘못된 것의 변명이나 책임회피 내지는 책임전가의 연막이 아닌가? 하는 피해의식으로 불안스러웠습니다. 그러나 그럴 리 있겠습니까! 나는 상념 속에서 혼자 ―

'마의 장난은 물러가라!'

'깊이 감사하고 순수하라!'

'순수하라!' 하고 뇌었습니다.

아무리 불안과 초조의 연장선이라 하더라도 그런 것은 선생님에 대한 불신이며 인격에 대한 모욕이 되는 것이기에 빨리 떨쳐버렸습니다. 불신은 나의 문제이지 선생님의 문제가 아니며 또 선생님의 우려하시는 말씀의 뜻은 ― '다시 뇌출혈이 올수도 있고, 또 수술 후유증으로 다른 뇌졸중병세 즉 뇌혈류 부족, 뇌경색, 뇌혈관 협착, 혈전에 의한 혈관 막힘 등 그로 인한 생명위험이나 신체장애가 뒤따를 수 있다' 는 ― 그리고 '환자는 물론, 간호하는 보호자도 앞으로의 과정에서 힘들고 어렵고 절망적인 상황을 잘 극복하라' 는 예견의 말씀이며 당부였겠습니다.

그러고 보니 정말로, 지나간 것은 간 것이고 이제부터가 예측 모를 시련의 시작인 것 같았습니다.

밤 11시가 넘는 시각에 환자는 회복실에서 회복되는 대로 중환자실로 옮겨질 것이라는 연락을 받고서야 걱정으로 모였던 친척 분들은 걱정 반 안도 반으로 돌아갔고, 남은 사람은 형과 나 그리고 두 아이 민결이와 혜나였습니다. 엄마를 중환자실에 두고 집에 갈수 없어서 보호자 대기실에서 밤을 지새웠습니다. 나와 두 아이는 그렇다하더라도 차마 가지 못하고 그 불편한 대기실에 같이 남아주는 형이 참으로 격 없이 고마웠습니다. 분명 내리사랑 같은 끈끈한 혈육의 정을 난생 처음 느껴보는 것 같았습니다. 형제가 많아도 같은 시대에 같은 정서를 느끼며 가장 많이 함께 동고동락한 바로 윗 형이기에 더욱 그러했습니다.

추스를 수 없는 파멸과 절망 속으로 내동댕이쳐진 것 같은 위기감이 깜빡깜빡 스쳐갔고, 운명도 인생도 다 여기 이쯤에서 거꾸러지는 것 같은 씁쓸한 느낌이 야릇하게 스쳤습니다. 시술이 끝난 후 지금 어떤 상태로 중환자실에 누워있을지 확인조차 못한 터라 더욱 그랬습니다.

❈ 목욕탕 일은 형님과 누님이 운영해주기로 하여서 다행이었습니다. 당시 형은 정년퇴직을 하고 잠시 휴식기간이어서 그 또한 다행이었습니다. 목욕탕사업을 그만 접으려하여도 처분될 때 까지는 가능하다면 영업의 계속성을 유지하여야 하기에 ― 그리고 또 그 안에서 일을 해야 생계를 꾸려갈 수 있는 여러분들이 계서서 더욱 그러해야 했습니다. 나의 일은 나의 일이고, 그로 인하여 다른 여러분들의 삶의 터전을 폐쇄시켜서는 아니 되기에 그것이 난처한 고민이었는데, 따라서 그것도 잘 풀리게 되었습니다. 이런 저런 사정으로 이틀 연속 휴업할 수 없어서 새벽 4시가 되어 형과 함께 목욕탕으로 가서 이것저것 가동시키는 설명과 영업 준비를 하여서 일단은 자동시스템으로 설정해놓고는 형에게 맡겼습니다. 형님이 엔지니어 출신이셔서 이해가 빠르고 금방 알아들어서 그것도 내가 안심하고 돌아올 수 있는 이유가 되었습니다. 이제 조금 있으면 누님도 도착할 것이고 ― 형과 누님이 도와주어서 꼬인 일이 잘 풀어져가는 조짐이 좋았습니다. 아마도 ―

❈ 아직 아침회진 시간은 저만치 남아있는데도 나는 서둘러 차를 몰아 병원으로 향했습니다. 겨울의 새벽공기를 처음 맞는 것이 아닌데 무척 쌀쌀했고 세상은 어둠 속에 얼어붙어버린 양 조용하기만 하였습니다. 멀리 어둠 속에서 아산병원의 그림자를 어렴풋이 발견하며 생사고락을 같이 했고 운명을 같이 해온 아내가 시금 만신창이가 되어서 의식조차 없는 채 속수무책인 상태로 접근마저 통제된 곳에서 평소에는 전혀 상관없던 오직 직업적으로만 관계하는 사람들의 손에 삶도 죽음도 운명 전체가 통째

로 맡겨진 처지이고 보니 불안하고 초조한 심정이 해안을 두드리는 파도처럼 크게 작게 가슴에 부딪쳐 왔습니다. 고작 두어 시간 비웠는데 무척 오랜 시간이 지나간 것 같았습니다.

회진시각이 되어서 아이들과 함께 대기실 앞으로 나가 기다렸습니다. 드디어 시술을 담당하셨던 권양 선생님과 전문 간호사 김현정님이 중환자실에서 나오시면서 우리를 찾았습니다.

"수술(시술)은 잘 되었습니다. 아마 오늘 내일 안으로 식사도 할 수 있을 것입니다. 넘어야 할 산이 많으니 잘 이겨내야 합니다." 하고 말씀하시고는 다른 환자의 보호자를 찾으셨습니다. 뭘 많이 물어보고 싶은데 그럴 짬이 없이 휙 지나가버렸습니다. 식사를 할 수 있게 된다니까 그 말씀이 '살았구나!'하는 안도감을 주었습니다. 전에 어머니의 때 아버지께서 곡기를 끊으면 안 된다면서 강조하셨던 말씀이 떠올랐습니다.

회진 후 면회시간 까지는 좀 시간 간격이 있어서 아이들을 데리고 식당으로 갔습니다. 언제 식사를 하고 지금 또 하는지는 기억에 없었지만 밥알 하나하나가 모래알을 씹는 것 같았습니다. 그야말로 곡기를 끊으면 아니 되기에 억지로 조금은 먹어두고 곧바로 대기실로 돌아왔습니다.

✤ 고대하던 면회 시간이 되었습니다.

아이들과 함께 서둘러 중환자실로 들어갔습니다. 반은 뛰다시피 —
아내를 보는 순간, 아 —! 아직은 아니었습니다. 두 눈은 깊이 두껍게 감았고 호흡은 불규칙하며 깊게 몰아쉬고 있었습니다. 고통과 신음이 컸고 머리에 꽂혀있는 호스에서는 붉은 피가 흘러나왔습니다. 주사약과 여러 계기들을 연결한 호스들이 어지럽게 달려있었습니다. 자는 것이 아닌데 잠에 빠져들은 듯, 의식이 없는 것이 아닌데 무의식에 침전된 듯, 눈을 뜨지 않았습니다. 크게 부르면 겨우 반응할 정도 — 그래도 다행인 것은 우리를 알아보았습니다. 눈을 뜨게 하라고, 자꾸 깨우라고 했지만, 고통이 심하면 눈도 뜨고 싶지 않을 거라고, 눈을 뜰 수조차 없을 거라고, 눈 뜨는 것조차 고통일 거라고 미루어 생각하며, 그냥 편하게, 편할 수 있게 두고 싶었지만, 눈을 뜨게 하고 깨우라는 의미가 의식을 차리게 하라는 뜻이기에 — 자꾸 깨워봤습니다.

그래도 자꾸만자꾸만 무의식의 수렁 속으로 빠져들어 갔습니다.

'아 —! 이 일을 어찌할꼬!'

보는 것만으로도 기막힌 위험이요 고통의 모습이었습니다. 겉으로는 하염없이 눈물을 흘리는 아이들을 달랬지만 사실은 나도 울었습니다. 시간이 지나면 점점 좋아질 거라며 태연한 척 했지만 기실은 흐느꼈습니다. 형극 같은 고통이 처절하게 밀려왔습니다. 일찍이 어떤 인간에게서 이런 비참한 모습을 볼 수가 있었겠습니까?

'하느님! 이제 격랑은 멈추시고, 부드러운 파문으로 인도하소서!'

면회 시간이 끝나고 밖으로 나왔습니다. 의사와 간호사님들께 또다시 모든 것을 의탁하면서 — 그분들의 그 손길이 그래도 이 세상의 어느 누구의 것보다 거룩하고 위대하기에 —

✤ 또 면회 시간이 되었습니다. 대기실 앞에는 많은 친척 분들이며 조카들이 면회를 기다렸습니다. 다들 걱정하고 안타까워하며 눈물을 흘리기도 했습니다. 아마도, 마지막으로 뵙자! 하는 심경에서인지 양쪽 집안의 조카들이 거의 다 온 것 같았습니다.

아내는 여전히 숨을 몰아쉬며 눈을 감고 있었습니다. 자꾸 흔들어 깨우면 무척 힘들게 눈을 떴고, 그렇게 해서 눈을 뜨면 그래도 다행히 누군지 알아보고 몇 마디씩 말을 하기도 했습니다. 그러다가 돌아서서 나가면 곧 잊어버리고는 누가 왔다 갔는지조차 기억에 없었습니다. 어쩌면 나와 아이들도 밖으로 나가고 시야에서 사라지면 아무 기억도 없이 오직 혼자서 외롭게 투병하는 것이 아닐까? 하는 생각이 들었습니다. 그렇게 생각하니 일종의 무서운 생각까지 들기도 하였습니다. 모든 인간관계가 다 지워지는, 모든 인연과 인과관계가 다 소멸되는, 오직 혼자만이 존재한다고 믿는, 그런 세계에 홀로 두는 듯 했습니다.

그런데 아내는 혼자가 아니었습니다.
잠시 눈을 뜨면서 친정어머니를 찾았습니다.
"어머니는 벌써 오래 전에 돌아가시고 안계신데 뭘 찾어?" 하고 일러주었더니 "방금 여기 계셨는데 어디 가셨지?" 하고 두리번거리면서 자꾸 찾는 것이었습니다.
"그럼 어머니를 보았어? 만났어? 그래서 무슨 얘기를 나누었어?"하고 다시 물었더니 "어머니가 나를 안고는 뻉뻉 돌아치면서 이 애 좀 살리라고, 어떻게 좀 해보라고 난리법석을 대셨는데 —? 방금 전에도 여기 계셨는데 —?" 하고 말하는 것이었습니다.
"어머니가 오셔서 지켜 주시나보다. 조금만 참고 이겨나가자! 곧 낫게 될 것 같구나! 이대로 쓰러지고 말 수는 없잖아! 단단히 마음먹고 힘내자! — 파이팅!!" — 하고 맞장구를 치면서 힘을 북돋았습니다.
그렇지만, 이 무슨 황당하고 당황스런 4차원의 시추에이션인가?
아무튼, 어떻든, 홀로 두지 아니하고 어머님이 오셔서 함께하신다니 그보다 더 미덥고 든든한 다행이 또 어디 있겠습니까? 환상이라 할지라도 그것은 깨지 말아야 할 것이었습니다. 나쁜 조짐은 아니려니 —

�֍ 나는 집 주소와 전화번호가 뇌리의 가장 중앙에 위치하고 있으리라 생각하며, 거기서부터 기억력의 초점을 잡아 뿌리 내리게 하려고 시도하였습니다. 집 주소, 전화번호가 자꾸 틀렸습니다. 힌트를 주는 듯 수정해주면 "아! 맞다." 하고는 바름을 떠올렸지만, 다시 물으면 또 틀렸습니다. 이런저런 상황들을 보고 듣는 주위 분들 중에는 희망적으로 생각하는 분들보다 절망적으로 생각하는 분들이 더 많은 것 같았습니다. 무의식 상태에서 의식 상태로 돌아왔으니 이제 차츰차츰 좋아질 것이라는 위로의 말을 하시는 분들은 그래도 그것이 위로의 말뿐이거나 인사치례의 말뿐일지라도 조금은 가능성을 내포하고 있었고, 가망성이 없겠구나 하고 생각된 분들은 아예 말이 없거나 그냥 애만 태우다 돌아가셨습니다.

그렇지만 나에게는 절망이란 있을 수 없었습니다. 설령 그것이 객관적으로 절망적이라 할지라도 나에게는 희망적으로 돌려놓아야 하는 오기와 집념과 책임만이 있을 뿐이었습니다. 시종 가슴 속으로는 깊이 울음을 삼키며 다녔습니다. 그러면서 진실로 겸허히 기도를 했고 또 반복하였습니다.

"하느님! 하늘에 기도할 자격이 제게 있는 것인지 모르지만, 없다고 하더라도 저는 기도를 하나이다.

반드시, 기필코, 아내를 회복시키리라는 제 의지가, 희망이, 굳고 확고하며 제 기도가 하늘에 이르기를 바라는 마음 진실하고 간절하오니 그것으로 자격으로 삼아주소서!

심한 고통과 혼란 앞에서, 깜박거리는 생명의 위기 앞에서, 나의 존재는 무용지물이며 내가 할 수 있는 것은 속수무책이옵니다.

내 힘이 닿지 못하는, 인간의 힘이 미치지 못하는, 저만치 아득한 곳에서 아내는 지금 혼자 고독한 투병으로 버둥거리고 있기에 기도하나이다.
하느님! 아무렇게나 버려두지 마시고, 내 손이 닿을 수 있는 거리까지 만
이라도 인도하소서! 멀고 험한 길에서 긴 시험에 들게 마시고, 쉬운 가까
운 곧은 길로 인도하소서! 부디 격랑에서 건져내시어 부드러운 파문으로
일깨우고 인도하소서! 인도하소서!"

❁ 온통 불확실과 절망 속에서 희망을 예측할 수 없는 3~4일이 지났습니
다. 드디어 중환자실에서 식사 보조할 사람 들어오라고 하였습니다. 고
대하고 고대하던 안도의 말이었습니다. 식사를 해도 될 정도로 좋아졌다
는 확실한 증거이기에 —

눈은 계속 감은 채였고 침대를 조금 일으켜서 약 70%정도 누운 자세로
음식을 받아 씹었습니다. 곧게 앉히면 골이 아프고 흔들리는 정도가 심
하여서 거의 누운 자세로 음식을 받아야했고, 그것도 겨우 몇 숟갈 받아
먹으면 그만이었습니다. 치아가 좋지 않아서 잘 씹지도 못했습니다. 이
제야 그런 것을 알았습니다. 진작 관심을 가지고 파악했더라면 치료라도
하게하든가 틀니라도 하게했어야 했는데 너무나도 무심했던 탓에 이 지
경이 되도록 까맣게 모르고 있었습니다. 많이 미안하고 죄스러웠습니다.
그러고 보니 사랑이 뭔지도 모르고 살았던 것 같습니다. 별것 없이 그냥
타성으로만 살아온 것이 전부였던 것 같았습니다. 이제 와서 느끼고 보
니 더 많은 삶의 추억을 공유하지 못했던 것이 아쉽고 죄스럽고 후회스러
웠습니다. 고기 한 젓갈 입에 넣어주면 그것을 씹어 넘기지 못하고 하염
없이 씹고 또 씹었습니다. 안타까웠지만 그래도 여기까지라도 와준 것이
다행이었고 내 손이 닿는 데까지 다가와준 느낌이었습니다.
'하늘이, 하느님이, 내 기도를 들어주시는구나!'

'네가 네 의지로는 할 수 없는 것 중에서, 삶을 선택해주었으니 그 다음은 네가 할 수 있는 것을 다하라!' 하시는 것 같았습니다. 나는 그렇게 생각하며 받아들였고 지금도 그렇게 생각하는 것에 조금도 회의를 갖지 않습니다.

옛날, 어머니 때도 이렇게 저렇게 하면서 회복되신 기억이 나를 가르치며 한 발짝 앞서 가기에, 그것이 희망의 메시지였습니다. 절망에서 희망으로 인도하는 등대의 불빛 같은 길잡이였습니다. 정말로 내가 어머님을 간호했다기보다, 어머님이 나를 가르치시고 가신듯 하였습니다. 경험과 지혜와 인내와 용기와 그리고 희망을 —

✤ 이제는 뇌에서 호스를 통하여 흘러나오는 붉은 혈색이 조금은 엷어져 보여서 많이 호전되어가는 양 안심도 했는데, 하루는 큰 딸을 조카라고 해서 놀라게 했습니다. 기억력과 두뇌활동의 워밍업을 위하여 항상 주변의 물체와 가족들의 신상으로 옳은 답을 유도하는 물음을 묻곤 했는데, 깜빡 그런 실수를 하는 때가 한두 번이 아니었습니다.

벽에 걸린 시계는 웃음이 날 정도로 정확히 잘 보는데, 머리는 계속 아프며 눈으로 보는 물체는 뚜렷하지 못하고 자꾸 여러 겹의 파노라마로 보인다고 일렀습니다. 증상을 토로하며 괴로워한다는 것은 치료를 주문하는 것인데, 그것이 그렇게 쉬운 것이 아니었습니다.

"이제는 회복단계로 들어갈 때인데 왜 그럴까?" 하고 선생님께서도 의아스러워 하셨습니다.

선생님이야말로 우리에겐 — 매달린 오로지 하나의 유일무이한 동아줄이며, 해바라기처럼 바라보고 쳐다보는 오직 유일한 해였습니다.

그러한데 —

'선생님! 그러면 어찌해야합니까? 선생님의 진솔하신 한 말씀은 미더운 인품의 표출이시긴 하지만, 우리는 불가능이라도 가능하게 해야 하는 절박한 기로에 있는 것을요! 바라고 바라옵건대, 부디 해법을 찾으셔서 적용해 주십시오!' 하면서 기도 같은 바람을 뇌이었습니다.

하루 중 선생님을 뵐 수 있는 시간은 아침 회진 때 잠깐, 그리고 환자를 대할 수 있는 시간은 세끼 식사 시간과 아침저녁 면회 시간이 고작인데, 그것도 면회시간에는 친지 분들의 면회로 어수선하게 지나가 버렸습니다. 면회를 사절하고 차분하고 조용한 시간을 만들었으면 좋겠다고 생각은 하면서 그냥 생각만 하고 있는데, 어느 날 아침회진 때 대기실 앞에서 선생님께서는 이런 말씀을 하셨습니다.

"박귀자 환자 감염이 되었습니다. 감염되면 좋지 않은데 ― 지켜봐야겠습니다. 오래 걸릴 것 같습니다." ―

이 또한 무슨 날벼락인가! ― 그러면 그것은 또 어찌해야 하는 건가? 감염의 우려를 들어 알고는 있었지만 그것이 눈앞의 현실로 발생할 줄이야 ―! 첩첩 산이요 설상가상이었습니다.

'왜 감염이 되었을까? 감염을 알았으면 그 정도는 어느 정도일까? 치료는 가능한 것인가? 지켜봐야 한다면 얼마동안을 기다려봐야 하는 것인가? 그 다음은 또 어떤 것이 기다리는가? 면회시간에 너무 무방비한 것은 아닐까? 머리인데 뇌 속으로 감염돼 들어가면 혹 뇌손상으로 올 수 있고, 그러면 치명적일 수도 있다는? 그런 위험성의 예고를 그렇게 하신 것이나 아닌가? 항생제는 투여하고 있을까? 환자자신은 자신이 감염 되어 있는 것을 알고 있을까? 가엽게도 아무것도 모르고 그냥 누워 있는 것이 아닐까? 고맙게도 아내는, 애들 엄마는, 멀리 떠나지 않고 우리 곁으로 돌아오기 위해 지금 사투하고 있으려니 ―! 고통은 또 얼마나 크겠는가? 이러다

가 혹시 어느 날 갑자기 더 이상 손 쓸 수 없게 되었습니다. 하고 청천벽
력이 떨어지는 것은 아닌지?'
물음만 태산 같고 대답 없는 메아리만 가슴 가득 터질 것 같았습니다.
부탁할 곳은 오직 의사(권 양) 선생님 뿐!, 그리고 의지하고 매달릴 곳 오
직 하느님 뿐! — 이제 막바지까지 도달한 느낌이었습니다.
그래서 기도합니다. 절실히 기도합니다. 간절히 기도합니다.

"하느님!
멀고 험한 길에서 긴 시험에 들게 마시고, 가까운 곧은 길로 인도하소서!
희망의 샘 마르지 않게 하시고, 생명의 불 꺼지지 않게 하소서!
저의 생에서 무엇이 잘못되었나이까? 혹 잘못이 있더라도 격랑으로 휘몰
지 마시고, 부드러운 파문으로 일깨우고 인도하소서!
저의 몫은 저의 것으로 하시고 주변에서는 거두소서!
하느님!
하느님의 의지가 우주를 지배하며 부재가 없으심을 믿나이다!
여기서 허물어버리지 마시고 좀 더 시간을 주소서!
아직은 해야 할 일이 남아있지 않습니까?
하느님의 축복을, 은총을, 영광을, 증명하게하소서! 완성하게하소서!
살펴주소서!
하느님의 뜻대로 되어지겠나이다! 되어지겠나이다!"

✤ 그간 큰 딸 민결이는 회사에 출근하느라 별로 역할을 하지 못하는 중
에 울기는 제일 많이 울었고, 작은 딸 혜나는 마침 방학이어서 아빠와 교
대로 많은 역할을 해주었습니다. 종대는 전문의(일반외과) 시험에 통과

했고, 서울 아산병원에 계속 근무하기로 하였다고 했습니다. 종대는 자기 고모의 일이긴 하지만 이리저리로 알게 모르게 다니면서 많은 애를 써 주어서 권양 선생님께 "살려주셔서 감사합니다." 하고 인사 했을 때 선생님께서도 "뭐 내가 했나! 박 선생이 했지!"하고 말씀하실 정도로 많이 수고하는 것을 알았습니다. 오빠(종대 아버지)도 매일 저녁 면회시간이면 빠짐없이 오셔서 동생을 보고 가셨고, 올케(종대 어머니) 또한 시누이 살리려고 식혜를 해 온다, 물김치를 해 온다, 하면서 음식을 준비해다 주어서 그것으로 입맛을 내고 겨우겨우 곡기를 취하게 하기도 하였습니다. 형과 누님과 형수님들 그리고 양가의 조카들 또한 모두들 관심을 가지고 힘을 모아주어서 ―

신음으로 거칠은 환자의 병상이 ―속으로 흐느끼며 허겁지겁 다니는 내 볼품없는 몰골이 ― 초라하지는 않았고 쓸쓸하지는 않았습니다.

'잘못 살아오지는 않았구나!' 하는 감상이, 감동이, 그 난중에도 위로였고 보람이었습니다. 그리고 또한 큰 배움이었습니다.

'나 또한 어느 경우에서 ― 주변 사람들의 그 처지가 초라하거나 쓸쓸하지 아니하게, 외면하거나 도외시하지 않음으로써, 이 순수한 감동을 보답하리라! 이 순백의 감동을 넓게 전파하리라!' 하고 마음먹었고, 그것이 크고 소중한 배움이었습니다.

�֎ 아무리 생각해봐도 이것저것 사업을 하면서 아내의 병상을 돌본다는 것이 너무 벅차고 무리여서 사업을 일단 정리하고 그것은 아내를 일으킨 다음에 다시 고려하기로 하고 아이들을 불러서 내 생각을 말했습니다. 아이들은 그냥 아빠가 알아서 하세요 하고 응답할 줄 알았는데 그것이 아니었습니다.

"아빠는 왜 무엇이든 혼자 생각하시고 혼자 결정하세요? 이제는 우리들과 의논해야지요. 엄마를 살리는 것도 돈이 있어야 하잖아요!"하는 것이었습니다. 뜻밖의 반응에 깜짝 놀랐습니다. 너무나도 당연한 어른스런 충고에 냉기마저 감도는 싸늘함을 느꼈습니다. 아직 어린 줄만 알았는데 그래서 상의 대상조차로도 생각지 않았는데 성큼 성인으로 다가왔습니다. 일주일치 병원치료비 청구서가 나왔을 때도 나는 그냥 나만 알고 치료비를 지불했었는데 아이들은 나름대로 그 액수까지 눈여겨 관심에 두었던 것 같았습니다.

목욕탕은 내손이 가지 않으면 아니 되기에 형과 누나가 봐줄 수 있을 때 정리하기로 하고, 새로 시작하기로 되어있는 사업은 아이들이 맡아서 할 수 있는 사업이어서 두 딸이 맡아서 운영해보기로 하였습니다. 그러기 위해서는 큰아이(민결)는 직장을 그만두어야 하고 작은아이(혜나)는 휴학을 해야 하는데 — 어쩌면 사업을 체험하는 정말로 성장할 수 있는 좋은 기회이기도 하여 일단은 그렇게 해보기로 의논하고 이 어려운 시기를 헤쳐 나가는 지혜로 삼았습니다.

중환자실에서 2주쯤 지난 것 같은 어느 날, 아침회진 때 권양 선생님께서 입가에 웃음을 머금으시고 "내일은 일반병동으로 가게 됩니다." 하셨습니다. 아 —! 얼마나 고대하고 기다리던 희망의 말씀인가! 아 —! 이 얼마나 청명한 기분인가!

그렇다면, 감염도 극복되었겠고, 뇌압조절기능도 좋아져서 머리에 박혔던 호스도 제거되겠고, 그간의 모든 나쁜 경과도 분명 회복단계에 있을 것이고, 아무런 제한 없이 옆에서 돌볼 수 있게 되겠고, 식사도 제한 없이 챙길 수 있겠고 —

중환자실 환자나 보호자가 가장 기다리고 바라는 것은 일반병동으로 가라는 말이었습니다. 삶과 죽음의 갈림길이기에 그렇습니다. 그래서 보호자 상호간에도 "일반 병실에서 또 만납시다."하는 것이 큰 인사였습니다. — '내일이면 우리도 일반병실로 갑니다.' —

이제 손을 내밀면 확실히 닿을 수 있는 곳까지 아내가, 애들 엄마가, 병마를 밀치고 다가온 것입니다. 하늘이, 하느님이, 그쯤까지 그렇게 인도하신 것입니다. 물론 의사선생님과 간호사님들의 생각과 마음과 손길을 통하여서 —

내 기도는, 아이들의 애절함은, 고작해야 허공에 떠돌았는데 — 거기에는 그곳을 주관하시는 분(존재)이 계셔서 진한 흔들림으로 전해오는 것을 들어주셨다고 생각합니다. 세상은 온통 텅 빈 것 같지만 그렇지 않습니다. 신(하느님)의 손길로 가득 차 있습니다. 미미하게나마 그것을 느끼면서 한 발짝 더 가까이 다가가려합니다. 호칭이야 아무러면 어쩌합니까? 존재는 하나이며 같은 것을요 — 존재는 하나이며 같은 것을요 —!!

❋ 마침내, 드디어, 이윽고, 끝내 — 일반병동으로 왔습니다.

일반병동으로 왔다고 해서 거의 다 나은 것이 아닙니다. 골이 아프고 씹지 못하는 것 때문에 역시 먹는 것이 부실했고, 희미하고 가물거리는 기억력 또한 그대로였습니다. 생명이 염려되는 급한 불은 잡혔다는 그 하나가 일반병동으로 옮기게 된 이유였고 이제부터는 전적으로 보호자의 관심과 정성과 돌봄이 요구되는 시작이었습니다.

어떻든, 일반병동으로 옮긴다는 소식이 전파를 타고 양가의 친척들에게 급속히 퍼져나갔습니다. 중환자실에서는 거의 마지막에 도달한 모습을 보고 가신 분들이어서 모두들 기쁨과 반가움으로 달려와 주었습니다. 일반병동으로 옮겨진 첫 날은 아주 상태가 좋아서 병문안 오신 여러 분들을 알아보고 인사하고 얘기하고 하였는데, 둘째 날부터는 또 눈을 감으며 심히 아파하고(머리) 다시 축 늘어지며 처지기 시작했습니다. 다시 무거운 어둠이 저만치서부터 깔려오는 것 같았습니다.

다음 날도 역시 새벽에 목욕탕으로 가서 하루의 가동 준비를 해놓고는 형과 바통터치하고 병원에 도착해보니 역시 아내(환자)는 침대에서 헤나는 보호자용 의자에서 정신없이 자고 있었습니다.

그런데 —

옆 침대의 환자이신 아주머니께서 "어제 환자가 침대에서 떨어진 것 아세요?" 하는 것이었습니다.

"예!? 무슨 말씀이세요?" 하고 되물을 수밖엔 없는 것이 —그야말로 금시초문이었고 깜짝 놀라운 일이었기에 —

"따님이 말씀 안 드렸어요?" 하고 또 되물으시는 것이었습니다.

'아차! 뭐가 잘못되었구나!' 하는 직감이 번갯불처럼 번쩍하고 스쳤습니다. "아마도, 아빠가 걱정 할까봐 침묵한 모양이네요 — 어떻게 된 일인가요?" 하고 되물어보았더니 —

"환자가 자다가 침대에서 떨어졌는데 앞으로 '탁!' 하고 소리가 나면서 넘어졌습니다." 하는 것이었습니다.

'아 —! 증세가 도로 악화된 이유가 바로 거기에 있었구나!' 하는 생각이 들면서 심히 놀라웠고 몹시 떨렸습니다.

"그래서 어떻게 되었습니까?" 하고 물었더니, 의사가 왔다가고 난리쳤다는 것이었습니다. 나는 잠시 말을 잃었습니다.

그런 중요한 사건사실을 내가 모르고 있었고, 딸 헤나는 나에게 보고하지 않았고 — 지금 사투하고 있는 생사가 걸린 일을 어찌 하루가 지난 다음날 그것도 아니하면 그만인 남의 입을 통하여 들어야하는가 —?!

잠시 소홀한 사이에, 방심한 사이에 — 좀 더 철저하지 못 했다는 자책으로 견딜 수 없는 폭풍이 가슴에서 소용돌이 일었습니다. 하느님께 드린 약속의 한 부분을 스스로 어긴 꼴이 된 듯싶었습니다.

혜나가 일어나기를 기다렸습니다. 며칠 동안 벌써 많이 지친 듯 보였습니다.

"어제 무슨 일이 있었니?" 하고 물었습니다.

의사(수련의)선생님들께서 이제는 휠체어도 태우고 하면서 활동을 시키라고 해서 휠체어를 태웠다가 엄마의 두 눈동자가 마구 뱅글뱅글 돌아가서 무섭고 혼났다고 했습니다. 그러고 보니 내가 모르는 애기가 많았습니다. "침대에서 떨어지고 앞으로 넘어지면서 '탁!' 소리까지 크게 났다는데 그건 또 어찌된 일이냐?" 하고 물었더니 —

졸고 있는데, 엄마가 아마 화장실에 가시려고 하셨던지 침대에서 내리시려다 다리에 힘이 없으시니까 헛디디어서 앞으로 넘어지신 것 같다고, 무척 지치고 졸려서 정신이 없었는데 너무 놀랐고, 그래서 의사(수련의)선생님들이 오셔서 보셨는데 다행히 괜찮다고 하셔서 십년감수 했다고 — 괜찮다고 하셨는데 굳이 말씀드려서 걱정 끼치지 않으려고 말씀드리지 않았다고 —

딴에는 아빠의 심려까지 염려하여 그리했겠지만 나는 그것이 아니었습니다. 그 어떤 일이 생기더라도 내가 알게 해야 하고 나는 알고 있어야 한다는 것! 그래서 딸에게 조용히 일렀습니다.

"이제부터는 그것이 크든 작든 모든 일들을 먼저 아빠에게 물어보고, 보고하고, 그렇게 하여라. 의사선생님의 말씀 중에서도 환자의 상태에 맞추어 선택적으로 하고, 하지 말고, 해야 하는 것이 있겠는데 그 환자의 상태라는 것이 우리가 가장 잘 알 수 있고 또 가장 잘 파악하고 있어야 하는 것이 아니겠니? 그래서 어떤 경우의 취사선택은 일단 아빠가 할 수 있게 하기 바란다. 얼마나 어렵고 힘들게 여기까지 왔니? 아직도 우리는 살얼음을 디디며 가고 있잖니. 파도가 쳐오면 그것을 막아낼 아무런 방파제 하나 없는 해변사장에서 모래성을 쌓고 있잖니. 좀 더 샤프하지 않으면, 좀 더 타이트하지 못하면, 엄마를 건져낼 수 없단다. 그것도 안전하고 완벽하게 건져내기 위하여서는 사람은 물론 하느님도 감동할 수 있는 그런 정성을 다 해야 할 게야. 그러지 않고는 기적 같은 건 없어. 보호자 경험은커녕 아파보지도 않은 너에게 너무 크고 많은 정성과 완벽을 요구하는 것 같구나! 하지만 딸아!, 우리가 여기에 있어야하는 이유는, 기적이라도 일으키기 위한 것! ― 그렇게 해야 하느니! 기필코 그것을 해야 하느니!!

엄마는 만신창이가 되었어도 우리 곁으로 돌아와 주었잖니! 이제 남은 건 우리가 할 것이다. 어떤 고난도 무릅쓰고 나아가 회복시키는 것이다. 그것도 완벽하게!! 그러려니, 항상 기도하면서 ― 기도하는 마음으로 정성을 다 쏟자! 갈 수 있는 데까지 가는 거다. 끝까지!! 만일 더 이상 갈 수 없겠거든, 그건 그때 거기서 물어보자! 이제는 어떻게 해야 합니까? 라고 ―. 우리가 이렇게 하는 것은 위대함의 자행이 아니라, 최소한의 시작일 뿐이야! ―"라고 잔소리를 끝내면서 두 부녀는 눈동자를 맞추며 싱긋 웃었습니다.

나의 웃음 속에는, 많은 그리고 깊은 완벽함을 주문하는 미안함이 다분하였지만, 딸(혜나)의 웃음은 사랑보나도 강하고 종교보다도 깊은 아빠의 집착이 언뜻 보여지는 느낌의 반사반응 같았습니다.

잔소리는 아이가 뭘 못해서가 아니라 기왕 시작한 김에 늘어놓게 된 것이었습니다.

✻ 아내의 몸을 세밀히 살폈습니다.

다른 외상은 없었는데 앞으로 넘어지면서 앞니 하나가 끝부분이 조금 부서진 듯 부러져 있었습니다. 넘어지면서 앞니를 바닥에 찧은 것이 분명했습니다. 그 충격과 고통이 어느 정도이었는지는 짐작이 가고도 남았습니다. 속상한 김에 환자에게도 잔소리를 펼쳤습니다.

"자기는 지금 환자야! 신체기능이 풀어져서 전 같지 않고 마음먹은 대로 움직여지지도 않을 텐데 — 왜 혼자서 어찌해 보겠다고 하다가 사고치는 게야! 조금 좋아지는 듯 했는데 충격을 받아서 도로 아미타불이 되었잖아! 딸아이가 곤히 자니까 깨우지 않고 혼자 해결하려다가 그만 그것이 실수가 된 것 같은데, 그렇게 하고자 하는 정신이 살아있다는 것은 참 좋고 다행한 일이지만, 그것이 아이를 위하는 일이 아니야! 큰 일 날 뻔 했잖아! 아니 — 큰 일 났잖아! 애를 깨워서 부축을 받았으면 괜찮았을 것을 — 애는 아빠한테 얼마나 혼났는지 알아? 잠자고 있었다고 —
제발 혼자 뭘 하려하지 말아요! 그게 도와주는 게 아니야! 좀 더 회복되기를 기다려서 그 때 부축을 받으면서 하나하나 시도해보자구요! 지금은 무조건 조심해야해! 앞니 만져봐! 조금 부러졌잖아! 가뜩이나 정신없고 아픈데 또 얼마나 괴롭고 더 아픈 게야! —"

잔소리는 했지만, 당부도 했지만, 많은 괴로움으로 그것이 잘 입력되지는 않을 것 같았습니다. 믿을 수가 없었습니다. 안심할 수가 없었습니다. 그래서 간호사님께 의견을 물었더니 양 손목을 침대에 묶으라고 했습니다. 조금은 언짢았지만 가장 확실한 방법 같아서 그렇게 했습니다.

그리고 누가 그렇게 하라고 지시했을까 ?

간호사님들은 한결같이 병실에 들어오면 아내의 이름을 큰 소리로 불렀습니다. 그리고 이것저것 병세를 물었습니다. 그 때마다 아내의 반응은 좋았습니다. 환영하는 듯 받아들이며 생기가 돌았습니다.

무거운 정적이 걷히고 밝고 가벼운 기분으로 환기 시키는 효과가 다분히 컸습니다. 뇌졸중환자에게 워밍업을 시키는 고도의 간호기술 같았습니다. 일상적이고 평범한 일과인 것 같았지만 그 속에는 환자의 의식을 일깨우는 비범함이 내포되어 있었습니다. 혹 마비되었거나 그럴 가능성이 있는 부분을 파악하여 일지에 쓰려함인지 "당겨보세요!" "놓아보세요!" 하면서 환자를 움직이며 관찰하는 성의가 그냥 직업적인 것으로 받아넘거버리기엔 너무도 친근감이 느껴지고 고마움이 생겼습니다. 그 자체가 벌써 절반의 치료효과를 나타내고 거두는 듯한 느낌이었습니다.

❈ 현저하게 회복되는 기미가 보이거나, 더 이상의 치료효과나 치료방법이 없으면, 퇴원을 요구한다는데 — 이 또한 희망과 절망의, 천국과 지옥의, 갈림길이 아니고 무엇이겠습니까? 아직은 아무것도 예측 할 수 없던 어느 날 오후 (약3주쯤), 아이들은 계획한 대로 사업장 일터로 나갔고 나는 오로지 환자 곁에서 세밀히 관찰하며 돌보고 있었습니다. 그러던 중, 아내는 갑자기 말을 벅벅거리며 언어가 잘 되지 않았습니다.

아찔한 기분이 들었습니다. 또 뭐가 잘못되어가는 조짐이 틀림없었습니다. 급히 간호사실에 알렸고, 곧 주치의(수련의)가 달려왔습니다. 그러고는 몇 마디 말을 시켜보더니 급히 처치실로 옮겼고, 뇌압을 조절하기 위하여 다시 머리에 호스를 박는 수술을 해야 한다는 깃이었습니다.

'아 —! 모든 것이 다시 원점으로 되돌아가는 것인가?' 하고 생각하니 눈앞이 캄캄했습니다. 그만 엉엉 울고 싶은 심정이었고 사실은 가슴 속으

로는 울면서 수술동의서에 사인을 했습니다. 곧바로 권양(권도훈)선생
님이 오셔서 수술실로 가신다고 하시고는 바삐 걸어가셨습니다. 바쁜 걸
음을 붙잡지 않으려고 왜냐고 물어보지도 않았습니다. 아마도, 뇌압은
높아지고 소멸되지 않는 압력이 언어를 관장하는 부분의 골을 강하게 압
박하여 생기는 일종의 기능장애? —

일반병동으로 왔다고 제법 의기 있게 좋아했는데 1주일여 만에 다시 수
술대에 올려지고 또 중환자실로 되돌아가야하는 신세가 되고 말았습니
다. 시술이 끝나면 감염의 우려 때문에 곧바로 중환자실로 옮겨질 것이
라 하였습니다. 그래도, 문제가 커지기 전에 빨리 발견하고 신속히 처치
할 수 있게 된 것이 그나마도 다행이 아니겠느냐고 자위하면서 짐을 챙겼
습니다. 다시 중환자의 보호자대기실이나 복도에서 오로지 자판기커피
에 의지하면서 초조히 시술이 끝난 소식을 기다려야 했습니다.

"하느님!
다시 해야 하시겠거든 다시 하시더라도, 보완하시고 완벽히 하소서!
멀고 험한 길에서 긴 시험에 들게 마시고
쉬운, 가까운, 곧은길로 인도하시어 안전하게 하소서!
부디 —
격랑 속에 두지 마시고
부드러운 파문으로 일깨우고 인도하소서!"

✤ 다행히도, 그간에 목욕탕이 처분 정리되어서 내가 전적으로 아내 곁에
붙어서 돌볼 수 있게 되었다는 것. 새 사업은 개업을 했고 두 딸이 교대로
맡아서 운영한다는 것. 돈이 있어야 엄마도 구해낼 수 있다면서 경제활

동에 뛰어든 아이들, 나는 그런 아이들이 있어서 정말로 대견스럽고 든든하며 미더웠습니다.

 중환자실에서 밤이 깊어서야 들어와 봐도 좋다는 연락이 대기실로 왔습니다. 이미 이력이 있는지라 필요한 것 몇 가지를 미리 준비하고 기다렸으므로 그걸 들고 안으로 뛰었습니다. (물티슈, 휴지 말이, 계량컵, 1회용 기저귀 등)

머리에는 다른 부위에 다시 호스가 박히고 그 호스에는 또다시 불그스레한 피가 흘러나오고 있었습니다. 호스는 한 자리에서 5일, 늦어도 1주일 전에는 한 곳에 그냥 두지 말고 다른 자리로 옮겨야 한다고 하였습니다. 그러고 보니 머리에 드릴 구멍이 전에 두 번과 지금 해서 세 개가 뚫어진 셈입니다. 두개골에 구멍을 뚫기 위하여 (비록 의료기구이기는 하지만) 드릴 질을 당한다는 것! 그것도 세 번씩이나 ―!

아 ―! 생각만 하여도 오싹 소름이 끼쳤습니다. 가여웠습니다. 무서웠습니다. 여기까지 오게 만든 원인인 말의 벅벅거림이 이제는 괜찮았습니다. 실기하지 아니하고 적절히 그리고 맞게 조치하였으므로 뇌에 손상이 가지는 않았음을 알게 하였습니다. 의식상태도 초기처럼 그렇게 혼란스럽게 나빠 보이지는 않았습니다. 느껴지는 예감이 좋았습니다. 그러니까 고통스럽기는 하였지만 그간의 투병으로 조금씩은 나아가고 있었던 것이 틀림없었습니다.

돌아보면, 휠체어 탈 수도 없었고 그래서 침대에 그대로 실린 채 뇌혈류 검사 받으러, CT 찍으러 다니면서 얼마나 힘들고 괴로워했던가! 침대에서 내려올 수 없어서 또 일어설 수도 없어서 체중을 다는 것도 마치 돼지의 무게를 다는 것처럼 달아매는 저울로 달아야 했던,

무엇보다도 가장 어렵고 힘들었던 것은 대변을 해결하는 일이었지요. 배설량, 색깔, 시각 등의 파악 기록에 비교적 정확하고자 하였으므로 적당히 넘기지도 않았었습니다. 이런 모든 과정이 다 수포로 돌아가고 이제 다시 되풀이해야 한다니 아득하기만 하였지만 확실한 것은 생명의 위험은 넘어섰다고 생각하니 새로운 힘이 생겼고 마음 한편이 가벼웠습니다. 시간이 좀 지연되었을 뿐, 이제부터 또 다시 하면 되는 것이었습니다.

✖ 다음날 아침회진 때 권양 선생님께서 찾으셨습니다.
"긴가민가해서 확신이 서지 않아 망설였는데, 이제 됐습니다. 수술하기를 잘했습니다. 이제 잘 회복될 것입니다." 하고 말씀하셨습니다. 그 하시는 말씀 속에서 힘과 확신을 발견하며 나는 귀가 번쩍 뜨이고 정신이 바짝 들었습니다. '아! 이제 됐구나!!' 하는 감탄과 안심이 선생님의 말씀과 동시에 동시통역 같이 가슴과 머리로 흘렀습니다.
이유를 잘 모르시겠다고 하셨는데 이제 그 이유를 아셨으니 남은 것은 적절한 치료, 조치만 하면 되는 것이 아니겠습니까!
생성과 소멸이 순조로워야하는 뇌척수액의 자연적 소멸이 잘 되지 않아서 그것이 두개골 속에서 쌓이면 뇌압으로 작용함으로 그것이 두통을 일으키고 이상을 야기하며 장애를 초래하게 된다는 —
그러므로 뇌압을 조절하고 잉여 뇌척수는 소멸시키면 — 그것이 곧 치료의 방법이겠습니다.
인과의 논리는 성립되었지만, 문제는 왜?
어찌하여 생리과학인 자연소멸의 기능이 잘 되지 않느냐는 것입니다.
자연조절 기능이 살아나준다면 그야 더 말할 것도 없겠지만, 그것이 되지 않는다면 그 다음은 어찌해야 하는가?

문제의 풀이는 단순하고 쉬운 것만은 아니었습니다.

❋ 나의 보호자로서의 돌봄 솜씨란 말할 수도 없이 형편없는 것이었습니다. 그래서, 아내가 혹 나이기에 나 때문에 더 불편함이 있지나 않을까? 하고 생각해 보았습니다. 일반병동에서 보았을 때 간병인들의 솜씨는 참 훌륭하였습니다. 직업이어서 그런지 돌봄 솜씨가 참으로 능수능란하였습니다. 비교도 되지 않는 이런 어설픈 손에 보다는 저런 손에 맡겨지면 한결 더 편하지 않을까 생각해보았습니다.

'이번에 다시 일반병동으로 가게 되면 아내에게도 좋은 간병인을 붙여줄까? 내가 혹시 짚지 못하고 가는 것이 있지나 않을까?' 그런 생각으로 아이들의 의사를 물었습니다. 아이들은 펄쩍 뛰었고 의식이 온전하면 몰라도 의식이 온전치 못한데 그 무슨 말씀이시냐며 반대하였습니다.

나는 '위하여' 그렇게 해볼까 했는데, 아이들은 '위해서' 그렇게 하면 아니 된다는 것! 간병인을 붙여도 될 정도면 우리가 하지 왜 굳이 아빠가 하시게 하겠느냐는 것입니다.

아이들의 말을 듣는 순간 '아차! 그렇구나!' 하고 금방 깨우쳤습니다.

그렇습니다. 아내에게는 앞의 경우처럼 한 순간이라도 놓칠 수 없는 세밀한 관찰이 있어야 하고 또 말하지 않아도 느낌으로 통하는 상통함이 있어야 하는데 그것을 아무에게나 맡길 수 없어서 내가 있는 것을 ―

이번에는 며칠 되지 않아서, 호스가 머리에 꽂힌 채로 일반병실로 옮기라 하였습니다.

그런데 ―

자꾸 눈을 감으며 잠 속으로 무의식 속으로 빠져드는 것, 머리 아프고 고통스러우며 식사가 힘든 것, 물체가 여러 겹 파노라마로 보이는 것, 기억력을 회복하지 못하고 자꾸 망각에 빠지는 것 등은 여전히 그러했고 이번 일로 새롭게 나타난 증세는 왼팔에 장애가 생겨서 치켜올려지지가 않으며 손뼉을 칠 수 없어 박수가 되지 않는, 또 헛소리를 하는 것인지 헛것을 보는 것인지 방금 어디를 갔다가 온다고 하기도 하고, 귀신을 보았다고 하기도 하며 끝없이 애타게 했습니다.

지금 부산 갔다 오는데 — 방금 원주에 갔었는데 — 강릉엘 갔다 왔는데 — 그러면서 주변정황을 실제로 본 것처럼 정연하게 얘기하는 것이었습니다.

이 무슨 영육의 이완이요 이탈이란 말인가! 전번에는 친정어머니의 돌봄을 얘기하였는데 —

3차원으로는 도저히 불가능하지만 4차원으로는 설명이 가능한 얘기가 아닙니까! 더욱 기막힌 얘기는 귀신을 보았다는 것 아닙니까!

멀리 갔다가 집에 들어오는데 집에 귀신이 하도 많이 꽉 차서 들어올 수가 없더라는 것입니다. 얼마나 많은지 문 밖에까지 삐죽삐죽 밀려 나오더라는 것입니다. 발 들여 놓을 틈이 없어서

"물러가라! 이놈들 비키지 않으면 불 질러버릴 꺼다! 확 태워버리기 전에 비켜!" 하고 호통 치니까 피식피식 웃으면서 집으로 들어가는 놈, 움찔하고 도망가는 놈, 도망갔다가는 다시 꾸역꾸역 문 안으로 들어오는 놈, 등 여러 형태로 어수선하여 그 틈을 타서 집에 들어왔다는 것입니다. 기 싸움에서 아직은 강하고 건재함을 읽을 수 있었습니다.

"귀신이 어떻게 생겼더냐?"고 물었습니다.

아주 자그맣고 하얀 놈들이 눈알은 시뻘겋고 손에는 화살촉 같은 작은 창을 모두 들고 있더라고 했습니다.

이건 또 무슨 시추에이션입니까? 픽션입니까? 아니면 논픽션입니까?

우리가 지금까지 픽션으로 매도한 것을 이 뇌출혈환자의 영혼은 지금 논

픽션으로 체험하고 있는 것이 아닙니까.

잠에 빠지는 것 같지만, 무의식 속으로 빠져드는 것 같지만, 이 환자의 머릿속에서는 분명히 비정상적인 것만이 아닌 초정상적인 그 무엇이 전개되고 있는 것입니다. ─아니면, 육체를 이탈한 영혼이 잠시 나들이를 갔다가 다시 육체(집이라고 말하는)로 돌아와서 하는 이야기이거나 ─

집 주소며 집 전화번호도 기억하지 못하면서, 누군가가 병문안을 왔다가 돌아가면 눈앞에서는 잘 알아보다가도 돌아가면 금방 기억에서 사라져 누가 왔다 갔는지도 모르면서,

어찌 그런 정돈되고 정리된 이야기를 그렇게 엮어내고 있는 건지 ─ 참 기막힌 일이었습니다.

절망적이라거나, 실망적이라고 말하기엔 뭔가 두고 봐야할 기대가치가 있는 듯도 하였습니다.

이런 지경에서도 도대체 무슨 두고 봐야 할 기대가치가 있느냐고요?

예! 적어도 나에게는 그랬습니다.

그러한 정황들이 지금 본인의 의지로 하는 것이 아니라 ─ 무엇(?)에 의하여 하여지는 것인데 ─ 우리가 이해하기에는 난해하지만 두뇌활동에 있어서는 아주 좋은 워밍업이 되고 있다는 생각입니다.

어떻든, 서광이 비치고 희망이 살아있게 하는 징조는 시계를 정확히 잘 본다는 것과 단 단위의 4칙 셈 정도는 암산으로도 가능하다는 것! ─

이것은 분명 두뇌기능과 신경조직의 네트워크가 건재하다는 증거이기에 오히려 희망적이었습니다. 그래서 나는 절망하지 않았습니다. 실망하지 않았습니다. 지금은 정신이 조금 혼돈상태이지만 곧 질서를 찾아 회복 되리라 믿어 의심치 않았습니다. 믿었습니다. 의학적이며 과학적인 진보의 과정뿐만 아니라 그것들을 포함한 그 이전의 섭리까지 다 믿

었습니다. 사실은, 그렇게 되기를 믿고 싶었다고 하는 것이 더 솔직한 표현일 것 같습니다. 그 믿음 속에는 분명히 그런 소망이 포함되어 있었으니까요 —

✳ 하루는, 중학교 교사인 조카(희순)가 왔습니다. 외숙모 옆에서 간호하며 하룻밤을 같이 지내고 싶어서라고 —

이미 많이 지쳐있는 나에게는 참으로 적절한 도움이었고, 그리고 조카지만 그러한 생각과 정성으로 와 준 것이 진정으로 고마웠습니다.

그런데, 그 조카의 말에 의하면 —

자기도 아이들이 아파서 이 병원에 입원시키고 수도 없이 왔다 갔다 했었는데 이날은 참으로 괴이한 일이 있었다는 것입니다.

성내역에 내려서 아산병원으로 오는 지름길이 성내천 다리를 건너는 것인데, 한참을 걸었는데도 성내천이 나오지 않아서 가만히 서서 돌이켜 보니 반대방향으로 걸어가고 있더라는 것이었습니다.

'내가 왜 이러지? 주변이 변해서 그런가?' 하고는 다시 되돌아 걸었는데, 이번에는 성내천 다리를 건너는 것이 그 다리가 너무도 흔들리고 휘청거려서 도저히 그냥 건널 수가 없더라는 것! 그래서 다리난간을 붙잡고 한참을 서서 진정되기를 기다리는데 어떤 사람이 반대쪽에서 마주 건너오기에 —

"아저씨! 이 다리가 원래 이렇게 흔들립니까?" 하고 물었더니 —

"이렇게 튼튼한 다리가 흔들리기는 왜 흔들립니까?" 하더랍니다.

그렇게 건너 다녔어도 흔들리지 않았었는데 — 자기가 생각해도 그렇게 흔들릴 다리가 아닌데 — 참 이상하더라는 것이었습니다.

이 조카가 학교선생님이라고 소개한 것은 그의 정신건강이 정상적으로 건강하며 이상이 없음을 전제한 것입니다. 정신이상이거나 심신의 박약으로 인하여 벌어진 픽션이 아니라는 것을 역설하고자 ―

❀ 우리 2인실의 다른 환자분은 젊은 여자 환자였는데 우리보다 먼저 뇌수술을 받은 환자였습니다. 그래서 머리에는 두개골을 봉합한 긴 흔적이 보였습니다. 그분의 간호보호자는 그분의 시모였는데 그 그림이 보기에 무척 귀하고 존경스러웠습니다. 시모가 며느리 입원간호 한다는 것이 그리 흔하고 쉬운 일이 아니기에 더더욱 그랬습니다.

그러한데 ―

그 시모께서 희순 조카가 병상을 지키는 것을 유심히 보시더니 환자와의 관계를 물어서 외숙모 되신다고 하였더니 ―

"그럼 좀 쉽게 얘기해도 되겠네. 옆에서 듣자니 환자가 혼신(귀신) 얘기를 많이 하시는데 우리도 며느리가 수술 후에 그렇게 혼신이 많이 보인다고 해서 ― 그래서 그것을 물리치고 방애하느라 많이 애썼습니다. 지금은 다 다스려서 괜찮아졌습니다. 만일 거부감이 없다면 우리에게 그것을 해결해준 사람의 전화번호를 알고 있으니 필요하다는 생각이 들면 전화해보도록 하세요." 하고 말씀해 주시더라는 것이었습니다.

며칠을 2인실에서 같이 지냈는데도 전혀 그런 말씀이 없으셨는데 희순이가 온 것을 계기로 그런 말씀을 남기고는 다음날 6인실로 옮겨 가셨습니다.

이러한 이상한 징조의 이야기들은 조카(희순)가 작은 이모 즉 작은 누님께 다 얘기함으로써 우리 모두가 알게 된 것입니다. 그런 말을 들은 누나는 나에게 물었습니다. 얼마인지는 아직 모르지만 만약에 돈이 좀 들더라도 귀신들을 다 쫓아내는 굿이라도 하라면 해 보겠느냐는 것이었습니다. 이 길이 마지막이라고 생각한다면 애들 엄마가 평생 애써온 삶의 값어치가 그것만 못하겠느냐는 것입니다. 확실만 하다면 뭘 못 하겠느냐고 나는 승낙하였습니다. 아니, 확실하지 못하다고 하더라도 뭔가는 시도해 봐야 하는 것이 아니겠습니까. 더 시급한 것이 당장의 크고 작은 고통이었고 또 사실은 어찌할 바를 알지 못하여 속수무책으로 방치하고 있었음인데, 방법이 있노라면 해봐야 하는 것은 당연지사로고 ㅡ

그 출처가 비과학적이라고 해서, 미신이라고 해서, 무시하고 거부하며 아니하겠다고 옹고집을 부린다면 그것은 아직 절실함이 덜하여서가 아니면 기피하고자 하는 심정의 좋은 변명이겠고 ㅡ

그렇다고 하더라도 한 번 해보고자 하는 것은 사정이 절실하거나 또는 절실한 소망이 포함되어서 ㅡ 밑져야 본전 아니냐는 것이지요.

그런데, 지금 아내의 신체 내부에서는, 주변에서는, 픽션으로나 취급되어 온 것들이 사실은 논픽션으로 행하여지고 있다는 것! (주관적으로) 이것들은 어떻게 설명하고 이해해야 합니까?

하느님과 인간 사이의 관계에도 어차피 가설이 존재하며, 그 가설을 이해하고 인정하며 합리화함에 있어서도 존재와 관계론 내지는 관계와 존재론으로 (물질론적 증명방법) 유추증명 해야 하듯이 ㅡ 이 또한 그 범주 안에서 유기적으로 존재할 수 있다는 것으로 이해한다면 무리는 아닐 것입니다.

그러지 않아도 큰형수님께서는 이미 여러 방면으로 수소문하시던 중에 작은 누님으로부터 이런저런 자초지종을 들으시고는 6인실로 가신 그분을 찾아가셨다 합니다. 그래서 소개받은 점쟁이?(만신이?)를 찾아갑니다. 어렵다고 거절하는 것을 여러 번 사정사정하여서 혼신을 쫓고 방애하는 방법을 받아왔다 합니다. 돈도 요구하지 않았고 우선 사람 살리고 보자는 말씀이 고맙고 미더워서 그분의 신력과 함께 해 보기로 하였다고 하셨습니다. 방법은 얻어오긴 했는데 수고스럽고 번거롭고 귀찮은 짓을 누가 맡아서 하겠습니까? 고맙게도 큰형수님께서 스스로 맡아서 해보겠노라고 하셨습니다. 동서 살리는 일인데 못 할게 뭐 있느냐고! ―

아 ―! 이분들이 정말로 나를 위하여 우리를 위하여 노심초사하시는 구나! 바로 이런 것이 가족애였구나! 하는 감동이 가슴에서 솟아 올라와 눈시울을 촉촉하게 적셨습니다.

그 방법의 프로그램이 일주일간 연속되는데 매일 새벽 큰형수님께서 시장에 들려오셔서 새롭고 싱싱한 제물(?)로 바꾸어 환자의 침대 밑에 갈아 두시고는 몇 마디 하시고 돌아가시곤 하셨습니다. 그것도 뭐라고 하시는지 여쭈어보지도 않았고 알지도 못하였는데, 제일 마지막 날 새벽에 큰형수님께서 전화가 걸려왔었습니다. 이제는 마지막 날이니까 새로 준비하지 않아도 되겠기에 가지 않을 터이니 지금 침대 밑에 있는 것을 들어서 환자의 몸 위쪽에서 아래쪽으로 쓸어내리는 듯 하며 "잡귀야 물러가라!"하고 중얼거리고는 쓰레기통에 버리면 된다는 것이었습니다. 일주일간이긴 했지만 새벽시장에다가 무척 힘드셨겠구나! 하고 생각하며 마무리는 내가 할 터이니 걱정 마시라고 하고는 환자의 자는 모습을 보았습니다. 일주일간 큰형수님께서 그러고 가셨어도 그걸 모르는 환자였고 그날도 역시 새벽잠을 곤히 자고 있었습니다. 조금 망설여지기는 하였지만 시키는 대로 하였습니다. 깨우지 않으려고 아주 조심스럽게 하면서 막 주문을 외려고 하는데 ― '아이쿠!' ― 환자가 눈을 번쩍 뜨는 것이었습니다. 그러고는 누가 가르쳐주지도 않았는데 내가 하려던 주문을 스스로 크게 외는 것이었습니다.

"잡귀야 물러가라!"라고.

나는 깜짝 놀랐고 나도 모르게 따라하였습니다.

처치하는 모든 일은 옆 환자에게 혹 누가 되거나 혐오스러울까봐 꼭 스크린을 치고 아주 조심스럽게 했는데 —

옆 침대의 환자분(제주도 아주머니)도 이미 다 알고 계셨다는 듯이 "이제 됐다!" 하시면서 스크린 뒤에서 힘을 더해 주셨습니다.

그래서 그런지 그 후로는 이제까지의 경험담만 얘기할 뿐 다시는 새로운 귀신 얘기는 하지 않았습니다.

이를테면 귀신은 KO 당하였고, 이 격투전의 승부의 전환은 희순 조카가 오면서부터라고 한다면 —

희순 조카가 오는 과정에서 일어났던 이상했던 징조들 — 즉 자기도 모르게 반대쪽으로 간 것이며 또 사실과는 다르게 성내천의 다리가 흔들러서 건널 수 없을 정도로 위협을 느끼게 한 것 등은 다 이 구원투수의 접근을 방해하려고한 귀신들의 방해공작처럼 느껴집니다.

그래도 희순 조카는 그런 것에 굴하지 않고 난관을 극복하며 환자에게까지 접근하였고 거기서 혼신을 쫓아줄 수 있다는 정보를 얻어서 그것을 실행해줄 사람에게까지 넘겨줍니다. 그리고 그래서 환자는 극복하며 이겨냅니다. — 이것은 또 무슨 엑소시스트입니까?

참으로 가지가지요 고루고루가 아니고 뭐겠습니까? 그러나 우리는 하나하나 이기고 있습니다. 이겨가고 있습니다.

아직, 혼자 힘으로 서거나 보행하지는 못하지만 휠체어에 태워서 이동하거나 보조 장비에 의지하여 서서 지탱하는 연습을 하면서 아주 느리긴 하지만 병세는 점차로 좋아지는 것 같았는데 —

❀ 또 한 번 머리 수술을 해야 한다고 하였습니다.

두통과 여러 가지의 원인이 뇌압에 있음을 알았기에 — 척수의 자연조절
이 잘 되지 않아 머리에 꽂아 밖으로 빼낸 호스를 아예 몸속으로 처리하
여 배 부분에서 흡수되도록 한다는 것이었습니다. 아마도 퇴원을 준비하
는 것 같았습니다.

'하느님! 인도하소서! 다시 또 격랑 속으로 던지지 마옵시고
부디 — 부드럽도록 인도하소서! 내 손이 닿는 데까지 만이라도 인도해
달라 하고는 아무것도 하지 못 하였나이다. 속이고자 함이 아니오라 부
족함이었느니 도와주소서! 도와주소서! —' 라고 기도를 합니다.

그냥 병실에서 기다리고 있으면 수술이 끝나고 회복이 되는 대로 바로 병
실로 데려온다고 하였지만, 나는 그냥 기다리고만 있을 수가 없어서 같
이 침대를 밀면서 수술실 앞까지 갔습니다. 거기서부터는 통제구역이어
서 더 이상 들어갈 수 없었고 아내는 자꾸 무섭다고 하였습니다. 왜 그렇
지 않겠습니까 이게 무슨 올림픽 운동선수 사력을 다하는 훈련과정도 아
니고 벌써 몇 번을 같은 식으로 머리에 구멍을 뚫어야 하니 —

아마도 이번이 마지막 수술이 될 것이라고 안심시키려고 했지만 나 자신
도 사실은 무서웠습니다. 무서움뿐만이 아니라 불안 초조 긴장으로 입술
이 말라들었습니다. 공감하는 자만이 느낄 수 있는 주체 못할 가여움으
로 울고 또 울었습니다.

"아빠! 어디 가지마! 꼭 옆에 있어!" 하고 내미는 그 희고 싸늘한 손을 누
구 잡아보았습니까?! 차마 놓을 수 없는데도 미끄러지듯 흘려 놓아야 하
는 그 가늘게 떨리는 작고 힘없는 손을 누구 놓아보았습니까?!

나는 그 손을 힘주어 꼭 잡았습니다. 그리고 놓아야 했습니다.

'아 — 운명의 신이여! —'

"통제구역이어서 여기서부터는 내가 들어갈 수 없네. 여기서 꼼짝 않고

기다리고 있을게. 꼭 한 번만 더 견디자! 더 이상 못 고치는 한 번이 아니라, 잘 살아갈 수 있도록 마무리하는 한 번이니 선생님을 믿자! 엄마 파이팅! 파이팅!" 하고 위로하며 다시 한 번 그 손을 꼭 쥐고는 소중히 가슴 위에 올려놓았습니다.

말없는 아내는 어쩌면 그 순간 하늘이 무너지고 땅이 꺼지는 듯 돌아버릴 지경의 불안으로 떨렸으리라 미루어 짐작합니다.

다시 또 살아서 눈을 뜨고 저 밖으로 나갈 수 있을까? 어쩌면 이것이 마지막이 아닐까? 하는 절박감으로 흐느꼈으리라 생각합니다.

아내는 수술실 안으로 실려 들어갔고 나는 혼자 밖에서 서성거리고 있는데 한참 뒤에 한 간호사님이 나오셔서 보호자를 찾았습니다. 깜짝 놀라서 뛰어갔더니 잠시 들어오셔서 확인 좀 해달라는 것이었습니다. 환자께서 주머니에 있던 돈이 없어졌다고 하시는데 그것을 확인해 달라는 것이었습니다. 그 말을 듣는 순간 가슴이 "쿵" 무너져 내렸습니다. 돈은 무슨 돈입니까! 너무나도 몹시 불안한 마음이 평정심을 잃고 정신분열을 일으킨 것이지요.

나는 달리듯 안으로 뛰어 들어갔습니다. 아내는 침대에 눕혀진 채 그대로 저만치서 홀로 누워 있었습니다. 텅 빈 공간이 싸늘한 냉기처럼 으스스 하였습니다. 아내 옆으로 다가가 손을 꼭 잡았습니다.

"돈은 내가 다 챙겨 두었네. 그런 건 걱정 놓으시게. 이제 마지막으로 완전히 하기 위해 수술실에 왔으니 빨리하고 퇴원해서 집으로 가세! 머리에 호스를 그냥 밖으로 내놓고 살 수는 없으니 그걸 정리하는 수술이라니까 어려운 것도 아니고 생명에 지장 있는 것도 아니라네. 알았지? 나는 이제 나가야 하니까 나가 있을게." 라고 안심시키며 아내의 손을 잡고 흔들었습니다. 아내는 대답 대신 내 손을 힘주어 꼭 잡았습니다. 말없는 대화가 광음의 속도로 잠시 오가면서 아내는 잡았던 손에 다시 한 번 힘을 주더니 슬며시 놓았습니다. 알았으니 이제 나가라는 허락인 것 같았습니다. 우주의 저 끝에서 이 끝까지 흘러오면서 가슴에 담았던 모든 사연들을 순간 USB의 교환처럼 교감하는 듯하였습니다.

✳ 아이들도 요즈음은 점점 지치는 모습이어서 혼자 감당할 요량으로 아무에게도 알리지 않았는데, 그래도 아이들은 알아야 할 것 같아서 수술실 밖으로 나와서 통제구역을 저만치 벗어나서는 아이들에게 전화부터 했습니다. 통제구역 내에서는 그런 전파 장비를 사용하지 말라는 주의사항을 잘 지켜주는 것에도 수술실에 환자를 두고나온 보호자의, 가족의, 어린 소망이, 기도의 마음이, 가득하다는 것을 새삼 인정하면서 ―

"또!!" 하는 외마디 속에 내포된 아이들의 소스라침을 삼키면서 잠시간의 고요를 흔들며 말했습니다.

"생사를 넘나드는 위험한 지경의 수술은 아니고 어쩌면 더 이상의 별 탈이 없으면 퇴원을 준비시키는 ― 그런 것인 줄 알고, 그나마도 불행 중 다행이 아니냐고 자위(自慰)하자!"

"우리야 그렇다고 치더라도 엄마는 어떻게 ―!! 똑 같이 무섭고 괴로운 과정을 몇 번씩 반복 당한다는 것이 ―"

그렇습니다. 정신이 나가고 혼이 빠질 지경이지요. 엄마의 심정은 그렇겠습니다. 그런 한 증거가 간호사에게 주머니의 돈이 어디 갔느냐고 한 것이지요. 그래서 나는 그 이야기를 아이들에게는 하지 않았습니다.

한 4시간정도 지났을까? 수술이 끝나고 병실로 돌아온다는 연락이 왔습니다. 나는 가슴이 쿵쿵거리는 약간의 흥분을 느끼면서 아내를 맞았습니다.

그런데 —

아내는 나를 보자마자 눈을 번득이며 무엇을 말하려고 하였습니다.
급히 무엇을 요구하는 것 같았습니다. 말을 하려고 했지만 목으로 호스
를 넣은 관 급식 주머니를 달아놓아서 말이 되지 않았고, 말이 되지 않음
으로 볼펜(필기도구)을 달라는 시늉을 하였습니다. 그래서 얼른 볼펜과
메모지를 주었더니 마음 급하게 쓰느라 서너 자는 바로 썼고 그 다음은
알아볼 수가 없었습니다. 속필이 되어서 어물거려진 모양이었습니다.
그런데 나는 그것을 막힘없이 읽을 수 있었습니다. 글자를 쓰지 않았더
라도 그 다급하게 요구하는 눈동자와 표정에서 이미 그 의미를 읽었습
니다.

침대를 밀고 온 저 사람이 나를 고통스럽게 하고 온통 엉망으로 만들었다
며 빨리 잡으라는 — 그런 말 그런 뜻이었습니다. 수술의 고통과 모든 책
임이 그 사람에게 있는 양, 그러므로 빨리 잡아서 응징하라는, 응징해 달
라는 것이었습니다. 아마도 그럴 것이, 정신이 들어 눈을 떴을 때 침대 옆
에는 오직 그 사람만이 보였을 테니까요.

"알았어. 꼭 붙잡아놓을 터이니 염려 마! 자초지종을 알아보고 경찰에 넘
기도록 하자!" 하고 얼른 받아넘기며 안심시키려 했습니다. 그러고는 이
제 마지막이라고 할 개선의 모습을 자세히 훑어보았습니다. 한 마디로
엉망진창이요 만신창이었습니다. 처절한 난투극으로 기력을 다 소진한
마지막 생존자, 바로 그것이었습니다.

머리에서 밖으로 나왔던 호스가 숨겨진 대신 머리 위 행거에는 주사약과
관 급식 주머니가 주렁주렁 매달렸고 그것들에서 몸으로 연결되는 호스
들이 어지럽게 구불거렸고 침대 밑으로는 소변비닐주머니가 누렇게 달
려있었습니다. 머리에는 뇌수술 환자에게 씌우는 흰 압박모자가 씌워져

서 산뜻하고 깔끔해 보였지만, 그 속에는 처절했던 고난의 흔적이 숨겨져 있을 것이 뻔했습니다. 콧구멍으로는 관 급식 호스가 들어가 말이 자유스럽지 않았습니다. 뇌압조절호스는 머리에서 두피 속으로 들어가 목을 통하여 가슴을 지나 뱃속으로 내려와 명치끝 조금 밑에서 살 속에 고정시켰다고 하는데 아무리 찾아봐도 중간 흔적은 하나도 없었고 단지 명치끝에만 두어 바늘 봉합한 흔적이 있을 뿐이었습니다. 어떻게 이렇게 몸속으로 호스가 통과해 올 수 있었는지 정말로 감쪽같았습니다.

언제나 — 해주는 사람은, 하는 사람은, 있는 정성 없는 성의를 다하여 배려하지만, 받는 사람은 그것도 모르고 피해를 당한 것 같은 감상에 빠지는 것이 명쾌하게 살지 못한 사람의 피해의식이고 보면 — 내가 지금 그것을 하고 있는 것이었습니다.

더 망친 것 같은 속상함과 분노가 꿈틀거렸습니다. 무식이나 무지의 소치요 소인배의 소갈머리라는 것을 알면서도 그랬습니다.

냉정을 되찾고 현실을 직시한다면 —

담당 의사선생님(권도훈)의 최선의 선택이요 방법이 그러하다면 더 이상의 방법은 없는 것이지요. 초주검으로부터 한 생명을 건져오는 과정과 그 대가가 어찌 만만하고 순탄하리라 여기겠습니까!

관 급식은 혹 사레들릴 염려가 있어서도 했겠지만, 몸이 원체 탈진하여서 그렇게라도 음식물을 섭취하게 하기 위하여 하셨을 것입니다. 물을 넘기게 해봐서 잘 넘길 수 있고 또 여러 번 반복해도 사레들리지 않고 순조로우면 관 급식은 중지해도 된다고 하였습니다. 소변 량을 잘 체크해야하기에 당분간 소변주머니를 달고 있어야 한다고 하셨지만 사실은 걸어서 화장실에 갈 수 없는 처지여서 필요한 것이기도 하였습니다.

그간에 살은 다 빠져 탈골하였고, 다리 근육질은 다 풀어져 걷기는커녕 설

수도 없는 지경에 이르렀고, 장딴지는 홍시처럼 말랑한 것이 단무지처럼 가늘었습니다. 휠체어에 태워야할 때도 들어서 태우고 들어서 내려야 했습니다. 점점 더 깊은 수렁 속으로 빠져드는 것 같기도 하였습니다.

하루 이틀 사흘 — 이제 환자에 대한 관찰과 파악은 끝났습니다.

결론은 — 〈스스로 일어나 걷게 해야 하는 것.〉

어떻게 해서든지 화장실까지 만이라도 걸어 갈 수 있게 하리라 마음다짐 하면서, 다리 힘 올리기 작전으로 들어갔습니다. 사실상 재활훈련으로 들어간 것입니다. 그 훈련이 성공하고 완성되기까지 우리는 또 하나의 부수전쟁(변과의 전쟁)을 치러야 하지만, 후일의 평화 즉 영원한 평화를 위하여서 지금은 형극의 길을 가야하는 것입니다.

빠르면 빠를수록 좋고, 늦으면 늦더라도 가야하는 길이기에 이유가 있을 수 없고 망설임이 있을 수 없는 것!

팬티기저귀가 있어서 어찌나 편리한지 절망적이지는 않았고 해온 대로 해가면 되는 것이었습니다.

한쪽(왼쪽) 팔이 잘 들어 올려 지지가 않아서, 그래서 높이를 맞추지 못해 박수가 되지 않는 것이 또 하나의 문제였는데 — 선생님께서 내일은 더 잘하라고 숙제를 주고 가시면 아내는 정말로 열심히 연습하고 또 하였습니다. 틈만 있으면 연습하였고, 밤에도 깜빡 졸다가 깨보면 그때도 혼자서 연습하고 있었던 — 내 눈에 보이는 그것은 '열심히' 가 아니라 그것을 넘어선 집념이요 절규였습니다. 어찌 그렇게 열심히 하느냐고 넌지시 물어보면 —

"잘 해야 집에 가라고 할 것 아니야. 내가 박수도 못 치는 바보 병신인 줄 아나 봐." 하는 것입니다.

"그렇지. 그래 맞아. 선생님도 참 별 것을 다 숙제를 내시네?" 하고 맞장

구를 쳐주면서 나는 혼자서 내심 의미 깊은 미소를 머금었습니다.

그 이유는—

숙제를 기억했고 — 그것도 지속적으로

그것을 해야 한다는 의무감이 있었고 — 지속적으로

그것을 하겠다는 의지가 있었고 — 지속적으로

왜 하느냐는 이유와 논리가 성립하고 있으며

꼭 해 내겠다는 열정과 집념이 있었고 — 지속적으로

왜 잘 되지 않느냐는 애착과 노력이 —

잘 해 보이겠다는 열성과 성취욕이 — 있었으므로 그랬습니다.

그런 것들은 생각과 정신이 이미 건강하다는 증거가 되겠기에 —

그런 연고로 이제는 마음만 먹으면 못 할 것이 없겠기에 —

그리고 사막의 오아시스처럼 나타난 또 하나의 희망적인 현상은 — 쓰러지기 전에 흥미롭게 시청했던 TV드라마 "인어아가씨"라는 연속극을 생각해 냈습니다. 그리고 그 내용 줄거리도 기억해냈습니다. 그 연속극은 그때까지도 계속 TV에 나오고 있었는데 그 시각만 되면 무척 보고 싶어 했습니다. 그런데 그 시각에 2인실에서 TV를 켜는 것은 옆 환자에게는 고통일 수 있어서 우리는 휠체어를 타고 휴게실로 나갔습니다. 몇 군데를 다니다보면 그 프로를 시청하고 있는 휴게실을 만나지요. 만일 만나지 못하면 나는 마지막 휴게실의 TV 채널에 손을 대었습니다. 누가 뭐라 하든 말든 나는 이 프로를 봐야 한다고 하였습니다. 아무도 나의 선택을 뒤집는 용기 있는 자는 없었습니다. 그리고 환자는 그렇게 하는 나더러 대단하다고 평하여 주었습니다. 두뇌의 기능 활동에, 기억력 회복에, 절호의 기회라 여기면서 나는 그것을 볼 수 있도록 노력을 기울였습니다. 그리고 이런저런 장면에 대한 내용들을 중복적으로 물어보았습니다. 그래서 그러함을 회복치료에 응용하려 함이 나의 의도였고 그것은 적중했습니다. 무엇보다도 환자 자신의 자발적인 참여이기에 여러 불편한 점들이 있어도 스스로 인내하고 지탱하며 극복하였습니다. 그러므로 효과는 만점이었습니다. 이제 두뇌조직은 하루가 다르게 잘 회복되어가고 있고, 남은 문제는 육신이었습니다.

6인실로 갈 수 있는 순번이 되었다는 연락이 왔습니다. 6인실로 가면 보험적용도 되고 입원비도 싸다고 합니다. 당연히 가야하지만 우리는 그냥 2인실에 머물기로 하였습니다. 돈이 많아서가 아닙니다.

아직 서지 못해서, 서서 몸을 지탱하지 못해서, 대소변을 화장실에 가서 해결할 수 없고 그냥 침대에서 처리해야 하는 처지여서, 그리고 그것을 여러 사람들에게 노출시키기가 싫어서, 혐오감을 줄지도 모르겠고 그것이 싫어서, 혹시라도 환자 자신에게 수치심이나 마음의 상처를 주지 않을까? 하는 염려도 있어서 6인실 행을 사양하였습니다. 스크린을 둘러치면 된다고는 하지만 6인실은 아무래도 허전하고 산만한 것 같았습니다. 무엇보다도 아이들이 엄마의 수치심을 가장 걱정하며 권하여서 그냥 2인실에 머물었습니다.

✻ 우리가 제주도아주머니라고 호칭했던 옆 침대의 환자 보호자께서 유심히 상황을 살피더니 나에게 "고생 많네요!" 하고 인사말을 건네 왔습니다. 순간 나는 '아이쿠' 하고 놀랐습니다. 그냥 "뭘요"하고 받아넘기면 인사말에 대한 답은 되는 것인데 나에게는 그게 아니었습니다.

나는 고생하고 있는 것이 아니거든요. 추호도 그렇게 생각하지 않거든요. '대 천명'을 바라며 '진 인사'를 하려고 애쓰고 있는 것을요 ―
이것을 고생이라고 여긴다면 무슨 면목으로 '대 천명'을 기대할 수 있겠습니까? 그래서 나는 다음과 같이 말하였습니다.

"한 선비가 과거를 보려고 길을 나섰다고합시다. 한양성을 향하여 부지런히 길을 갑니다. 때로는 바람도 불겠고 비도 내릴 것입니다. 길은 멀고 주막도 모르는 곳에서 날이 저물기도 하겠지요. 무서워지기도 하는데 저 언덕 멀리 깜빡거리는 인가의 불빛을 보면서 안심합니다. 저 곳에서 하루 묵어가자고 어둠을 헤치며 더듬어가는 길에는 돌부리에 차이고 덤불에 긁히기도 하겠습니다. 그래도 놓치지 않으려고 두 눈은 등불만을 주시하며 언덕을 오릅니다. 발밑이야 어찌되었건 가릴 겨를 없이 ―

이것이 고생인가요? 물론 고생이라고 하겠지요. 그러나 나는 고생이라 하지 않습니다. 희망의 불빛이 사라지지 않는 한 나에게 고생은 없습니다. 그냥 조금 수고를 하는 거겠지요 ―"

고개를 끄덕이며 조용히 듣고 계시던 그분의 두 눈에서 나는 빛나는 광채를 보았습니다. 혹시라도 일어날 수 있는 영광이 있다면, 그것을 조금도 손상 없이 그대로 하느님의 것으로 돌리려 함은, 내 수고를 나의 것으로 빛내고 싶지 않음은, 하느님의 축복과 은총을 더 더욱 고대하며 갈구하기 때문입니다.

어느 날, 김현정(신경외과 전문) 간호사께서 지나치는 말로 "남편이니까 그렇지?" 하는 것이었습니다. 아마도 많이 감상하던 중 나온 말일 것입니다. 내가 나에게 걸어놓은 최면을 알 리 없고 아마도 남다르게 느끼기는 하면서도 다를 게 뭐 있으랴 하면서 혼자 해석하는 말일 것입니다.

그 또한 나를 두고 스치는 말씀이거늘 본말이 전도된 것 같아서 수긍할 수 없는 마찰이 귓밥을 긁으며 지났습니다. 또한 그냥 지나치면 그만인 것을 왜 나는 간호사님을 불러 세웠는지 모르겠습니다.

"난해하겠지만, 나는 지금 남편으로서 여기 있는 것이 아닙니다. 적어도

(최소한의) 한 인간의 길을 가려하고 있습니다. 그 인간의 길속에 한 부분 남편의 길도 있긴 있습니다만, 한 부분만으로는 부족한 것을요!

김 간호사님!, 인간의 길이 남편의 길 보다 더 굵고 깊으며 깁니다. 나는 그렇게 생각하면서 인간의 길을 가고 있습니다. 한 인간으로서 하느님께 매달리고 있습니다. 남편으로서 내 아내를 살려달라는 것이 아니고 인간으로서 한 인간을 살려달라고 하는 것입니다. 특별한 한 사람보다는 여럿중의 한 사람으로 소속하는 것이 더 적용범위가 넓을 것 같아서죠.

언제라도 혹시 하느님이 물으시거든 그렇게 증언해 주세요." 하고 그야말로 난해한 말을 하였습니다. 간호사님은 인정하는 듯 마는 듯, 웃는 듯 아닌 듯, 나쁜 표정은 아니면서 침묵 속에 의미를 담고서 고개를 갸우뚱하고는 종종걸음으로 멀어져갔습니다.

✤ 본격적인 재활운동을 위하여 하루에 한 번씩 재활과로 보내졌습니다. 퇴원의 밑그림을 그리기 시작한 것입니다. 그리고 눈물겨운 노력의 과정으로 드디어 설 수 있게 되었고, 곁부축으로 몇 발짝 걸을 수 있게까지 되었습니다. 곁부축은 하지만 걸어서 화장실에 다닐 수 있게 되어 마침내 기저귀를 물리쳤습니다. 천군만마를 얻은 듯 파죽지세로 밀어붙였습니다. 휠체어를 접어두고 지팡이를 들었습니다. 아내의 집념은 익히 아는 터이지만 재활회복 속도가 가히 경이로웠습니다. 걸어서 화장실에 다닐 수 있다는 것만으로도 간병의 어려움은, 재활회복은, 90%이상 해결된 셈이었습니다. 돌아보건대 몇 발짝 되지 않는 화장실까지의 거리가 그렇게도 멀고 어려운 길인 줄은 정말 몰랐습니다. 두 팔로 밀면서 다니는 보행기, 두 손으로 짚고 다니는 양쪽지팡이 등을 이용하면서 병동 복도에서 수도 없이 걷기 연습을 하였습니다. 먼저 보조도구를 취하려고 속으로는

은근히 다른 환자분들과 쟁탈전까지 하면서 일보의 양보도 없이 내달아 갔습니다.

기억력의 뿌리는 아직 약했습니다. 병원에 와서부터 지금까지의 모든 일들이 전혀 입력되지 않았고, 그렇게 주입했는데도 집 주소며 전화번호가 아직도 잠재기억에서 잘 출현되지 않았습니다. 금방 상실하더라도 '눈에 보이는 동안은 기억하더라!'는 것에 착안하여서 휠체어를 병동 동쪽 끝으로 밀었습니다. 한강이 흐르고 집이 보이는 곳으로 데려가서 거기서부터 추억어린 얘기를 하면서 기억을 상기시켜 보려는 것. 가엽게도 그냥 그렇게 침대 위에서 사는 것이 삶(인생)의 전부인 양 하는 의식부터 깨쳐야 할 것이었습니다. 이제부터는 현실을 절실히 인식시킴으로써 현실을 새로이 입력하는 것을 출발점으로 집을 두 눈에 보이면서 기억의 문을 두드려 열게 해야 하겠습니다.

전경이 눈에 들어오면서부터 아내는 한강을 알았고 올림픽대교를 알았으며 아산병원 풍납동을 줄줄이 엮어냈습니다.

"바로 여기가 아산병원이고 우리는 지금 아산병원 재활과의 복도 끝에서 창을 통하여 내다보고 있는 거야." 하고 초점을 잡아주었습니다.

"저기 저 예쁜 색 아파트가 보이지? 저게 바로 우리 아파트잖아." 하고 기억의 단추를 하나 눌렀습니다. 그러자마자

"아 ― 맞다!" 하고 곧바로 반응했습니다. 그 반응이 기쁘고 반가웠지만 나는 그리 크게 신용하지는 않았습니다. 지금까지 그렇게 많이 반복했어도 "아 ― 맞다" 하고는 또 다음은 '모름'으로 이어져 왔기 때문이지요. 이것이 되어야 다른 것이 되겠기에 나는 고집스럽게 여기에 매달렸습니다. 그런데 어느 날 아내는 집 주소며 전화번호 등 몇 가지를 메모지에 좀 적어달라는 것이었습니다. 순간 나는 퍼뜩 깨달았습니다.

'아 — 그렇지! 글씨로 써서 보여주면 — 그것이 좋은 방법이구나! 미처 생각지 못 했는데 — 아주 좋은 생각의 발견이구나!' 하고 생각하며 그러면 받아써보라고 불러주었습니다. 글자가 조금 흔들리기는 했지만 그것은 침대 위에서의 불편한 자세 때문이었지 손 떨림은 아니었습니다.

시간의 강물은 우리의 고난을 태우고서 유유히 그리고 도도히 잘도 흘러갔습니다. 이런 것이 운명이라고, 이런 것이 인생이라고 강 건너 불 보듯 태연히 잘도 노래하긴 하였었는데 —

✻ 각고의 노력이 쌓이고 쌓여서 마침내는 그렇게도 열리지 아니하던 빗장이 풀렸습니다. 기억의 문이 열렸다기보다는 각인된 것이 아니냐고 반문해도 무리는 아니겠지만, 기억이면 어떻고 각인이면 어떻습니까?

그것이 문제가 아니라 그것이 되었다는 것으로 서광이요 희망인 것!

기억의 문이 열린 것이면 — 이제 그 실타래가 풀려나오면 되는 것이고, 각인된 것이라면 — 그것이 되어 지기에, 지금부터 수천수만의 새 각인을 시도해 나가면 될 것이기에 그렇습니다.

집이 어딘지? 어디서 무엇을 하며 어떻게 살았는지? 주소도 전화번호도 모르면서, 존재이유도 존재가치도 알 바 없이 그냥 그렇게 침대 위에서 사는 것인 양 아무 생각 없이 맥 놓고 있을 때 — 그것을 보고만 있어야했던 애절함을, 찢어지는 가슴을, 걷잡지 못할 흐느낌을, 터져 나오는 통곡을… 얼마나 삼켰던가!

이제 그 모든 고민이 해결될 실마리는 풀렸고, 재활운동도 놀라운 진도를 보이면서 질주하였습니다.

아직 모자람이 많지만 그것들은 통원치료 하기로 하고, 퇴원해도 되겠다는 말씀이 떨어졌습니다.

얼마나 고대하던 말인가!

그런데도 그 말씀이 반갑게만 들리지는 않았고 불안함과 서운함으로 들린 것은 또 어인 조화였던가!

올 때까지 왔습니다. 남은 것은 이제 우리의 몫이었습니다.

아 ―! 돌아보면,

하느님은 내 기도를 들으셨고, 그리고 내 손이 미치는 곳까지 데려다 주셨습니다. 그렇게 여기까지 온 것은, 하느님의 돌보심이셨습니다. 격랑 속에서도 부드러운 파문으로 일깨우고 인도하셨습니다. 멀고 험한 길에서 긴 시험에 시달리다 지쳐 쓰러지게 버려두지 않으시고 가깝고 곧은길로 인도 해 오셨습니다. 그래서 엉클어진 운명은 다시 질서를 찾았고 그 질서 속에서 우리는 이제 우리의 의지를 노 저을 것입니다.

하늘이 감사하고 땅이 감사하며 뭇 사람들이 감사하고 천지간 모든 사물이 다 감사하였습니다.

<u>"이젠 돌아가서 잘 사세요!"</u>

하시는 권양 선생님의 말씀소리는 분명 천상에서 들려오는 소리였습니다. 어떤 고마움도 생명에 대한 고마움보다 더한 것은 없지요.

신경외과(권양 선생님) ― 3개월 후 외래, 3개월분 약 처방,

재활과(전민호 선생님) ― 주 2회 외래, 물리치료.

이렇게 퇴원을 하게 되었습니다. 죽음으로부터 아내는, 애들 엄마는, 이렇게 살아서 돌아왔습니다.

2003년 1월 22일 새벽에 실려 가서 4월 15일 퇴원하여 돌아 왔습니다.

참으로 엄청난 일들을 겪으면서 그것들을 극복하고 돌아왔습니다. 3개월이면 다시 일으키리라 장담했던 그 3개월을 아직 며칠 남기고 집으로 돌아 왔습니다. ― 그것도 걸어서 ―.

아직 많이 부족한 ─ 미완의 숙제는 ─ 남아 있지만,

날마다 마다 완성을 위하여 완성을 향하여 나아가리라! 달려가리라!!

격랑은 잠들고, 폭풍도 뇌성도 사라진 가슴, 초췌하지만 그러나 겸허한,

그 텃밭에서 우리는 낙원을 일구리라! 잠시 잃은 낙원을 도로 찾으리라!!

행복의 길 ─, 낙원의 길 ─, 천국의 길 ─,

아 ─! 다행히도 나는 우리는 그 길을 압니다. 모르지 않습니다.

그래서, 그러므로, 그 길을 찾아서 따라서 가리라!

❀ 그 동안에 같이 고민하였고 진정 걱정하였던 여러 친지들께 그래야 할 것 같아서 고마웠고 감사했던 마음의 인사를 하였습니다. 좋은 성과로 퇴원하게 되었음을 알렸습니다. 이구동성, 다들 나에게 인사를 하였습니다.

자네가 너무도 고생하고 애써 주어서 오늘이 있게 되었노라고 ─

자네가 있어서 오늘이 있노라고 ─

그런데 나는 ─

잠시라도, 추호라도, 꿈에라도, 그런 인사를 받아서는 아니 됩니다.

부인합니다. 거부합니다. 결코 사양합니다.

환자 자신(아내)의 처절했던 투혼을 내가 보았고 ─ 의사, 간호사님들의 능력이며 실력, 그리고 그 헌신적이며 고뇌에 찬 사명과 정성을 내가 겪었고 ─ 많은 분들의 근심과 걱정과 도움과 격려를 내가 흠뻑 받았으며 ─ 정신과 마음의 혼란 속에서도 엄마의 치료비를 보태기 위하여 발 벗고 뛰었던 우리 두 딸의 애처롭고도 장한 노고를, 그리고 또 애타는 기도를, 내가 지켜보았으며 ─ 이미 돌아가신 어머님의 혼령까지도 환자 곁에 오셔서 지키셨던 ─ 보이지 않지만, 들리지 않지만, 그러나 인도하

시고 구원하시는 하느님의 가호와 은총을 깨닫고 느꼈는데 —
그 모든 것의 하모니를 내가 어찌 나만의 것으로 독점하도록 허용할 수
있겠습니까?! 인사인 줄은 알지만 인사라도 그것은 아닙니다.
환자 옆에 꼭 붙어서 잠시도 태만하지 못하고 안심하지 못하고 전전긍긍
초조 불안했던, 그래서 나 외의 모든 것에 다 의지하며 하늘에 기도했던,
그것이 내가 한 전부이며 그것은 내가 하였습니다.

✿ 아직도 해야 할 재활의 길이 남아있고, 살아가야할 인생의 길이 남아
있기에, 희망의 불씨가 타고 있는 한 —
'내 사전에 고생이라는 말은 없습니다.'
그리고, 존재하게 하고 보호하며, 끝없이 이유와 가치를 부여하는 그 존
재자(하느님)에게 영광을 돌립니다.
'모든 영광은 하느님을 통하여서 비롯되리라!'고 —.

권도훈 선생님께!

〈편지 1〉

선생님, 무슨 말이 필요하겠습니까!

감사하고 또 감사합니다.

새해에도 보람 있는 해 되옵소서!

"이젠 돌아가서 잘 사십시오!" 라는 말씀은

천상으로부터 들려오는 말씀이었습니다.

무수한 기도의 답을 선생님의 말씀에서 찾았습니다.

저희도 인생을 보람 있게 살도록 노력하겠습니다.

작지만 소중한 고백을 드리면서 ―

서울 아산병원 No 24560414

〈편지 2〉

오늘도 안녕하십니까?

산다는 것이 무덤을 향하여 가는 것이지만, 허무히 갈 수 없어서 ―

그래서, 노를 젓기도 하고 돛을 달기도 합니다.

그래도 그런 삶이 바람직하겠기에, 나약하지만 의지를 불사릅니다.

그런 길목의 갈림 길에서 선생님을 만났고, 그 만남이 등대의 불빛 되어

희망입니다. 신의 가호가 아마도 선생님을 통하여 전하여 오리라!

그렇게 믿으며, 그것을 믿으며, 오늘도 감사히 삽니다.

서울 아산병원 No 24560414

안식을 찾아서

세월이 날 위해 기다리지 않으며,

세상이 날 위해 머무르지 않는다.

나만을 위한, 어떤 것도 따로이 없는 —

그런 세월 속에서 — 세상 속에서 —

숨 가쁘게 걸으며, 달리며, 떠돌면서

조금은 — 그리고 또 많이 —

지치고 비틀거린 삶의 뒤안길에서

이제는 — 잠시 — 잠시라도

날 위해 기다려주는 — 날 위해 머물러주는 —

그런 세월을 — 세상을 맞고 싶다.

은혜로운 휴식 속에 안식하고 싶다.

그러나 — 그것이 —

그런 게 아니어서 — 그렇지가 못해서 —

나는 — 내가 — 나라도 —

나를 위하여서

날 위한 안식을 만들고 싶다 —

만들어가야겠다.

이것이

내 삶의 이유이며 —

지금 내가 여기 있는 — 있어야하는 이유이다.

생각해보면 ― 알고 보면 ―

그도 ― 너도 ―

또한 나와 다르지 않으려니

우리는 서로가 연민해야 할 동행자들!

그러므로

서로 마찰하지 말며 ― 아프게 하지 말자!

남의 아픈 상처에서 ― 내 안식을 찾지 말자!

상처 받은 안식들이 흐느끼잖니!

때로는 통곡하고 ― 때로는 분노하잖니!

그가 그렇듯 ― 너도 그렇고 ―

나 또한 그러리니 ―

더불어 가는 인생 ― 더불어야 하는 삶이기에

내가 아프고 싶지 않거든 ― 남도 아프게 하지말자!

안식의 시작이 여기며 ― 안식의 지름길이 이것임을 ―

모르지 말자!

모르지는 않았어도 잊은 적은 있었기에

모르지 않거든 ― 잊지도 말아야지!!

그래서 ― 그러면 ―

그렇게 가는 길 주변에 ― 도처에 ―

안식이 꽃피고 ― 안식이 영글리니 ―

이제 ─ 머잖아 가을이어든

마음껏 그것을 수확하자!

우리의 삶의 이유를! ─ 안식을!! ─ 행복을!!! ─

안식 위에 머물고픈 어느 초동(初冬)

작가 김 철 경 (想念)

만남

어느 날, 아파트 화단에서 우연히 돌멩이 하나를 보았습니다. 없었던 것이 있었으니 그것은 누가 이사를 하면서 버린 것이 분명하였습니다. 아니면 더 이상 써먹을 일이 없어서 그냥 버렸거나 —.

누군가가 한 때는 잘 써먹었음 직했던 차돌멩이여서 그것을 들고 집으로 들어왔습니다. 오이지나 장아찌의 누름돌로도 써먹음 직했고 언젠가는 어디에든 쓸모 있을 것이라는 막연한 생각으로 책상 밑에 놓아두었습니다.

의자에 앉아서 발을 올려놓기도 하며 한동안 그렇게 시간을 보냈습니다. 돌에서 발바닥으로 전해지는 차가운 느낌이 그냥 흔히 느끼는 그런 차가움이 아니었습니다. 오랜 세월동안 안으로 쌓았던, 쌓여진 내공, 그런 것에서 나오는 두터운 차가움이었습니다. 차가움이 뭐 얇고 두터움이 있느냐고 반문하면 할 대답은 없습니다. 사실은 나도 처음 쓰는 말이니까요. 그러나 분명 그러한 느낌이 있었습니다.

한강 둔치(광나루지역)의 갈대숲을 스치면서 아내의 재활운동을 위한 걸음마를 열심히 훈련시키고 있을 때였습니다.

어느 날, 내 책상 밑에서 혼자 있어야 하는 그 돌이 몹시 안돼 보였습니다. 본인의 의지와는 전혀 관계없이 내 손에 의하여 거기까지 오게 된 것이 왠지 원망스러움일 것 같았습니다.

'차라리 그냥 놔둘 것이지 어쩌라고 들고 들어와서 또 이렇게 외롭고 쓸

쓸하게 하는 건가? 셀 수 없이 많은 세월을 혼자서 굴러다녔느니 또 혼자
서 굴러다닌들 뭐 어떻다고! 흙 속에 바람 속에 그냥 놔두면 차라리 더 좋
겠네!' 하는 것 같았습니다.

그래서 '아 —! 짝을 만들어 주면 좋겠구나!' 하는 생각에서

날마다 지나는 갈대숲을 유심히 주시하고 다니기를 몇 몇 달, 가을바람
이 이들에게서 초록의 향연을 다 마셔버린 어느 날, 삐죽이 얼굴을 내민
비슷한 크기의 돌 하나를 발견하고는 그것을 들고 집으로 왔습니다. 깨
끗이 목욕을 시키고서 하얀 옷으로 단장을 시켰습니다. 그러고는 상면을
시켰습니다. 돌 두 개의 만남이 이렇게 하여서 이루어졌습니다.

각자의 몸에다 진한 상면의 소감을 새기면서,

나는 '우정이여! 영원하라 —!' 고 축원하였습니다.

아마도, 머지않아서 우주의 공간에 가득해질 것입니다.

〈만남〉

어디서 왔느냐고 묻지 마라!
어디로 가느냐고도 묻지 마라!
지금 여기 이렇게 있다는 것.
그것만이 확실하고 소중할 뿐—
그리고—
널 위한 역할이 내게 있다는 것.
그것이 나의 기쁨이어라!—

〈만남〉

긴 세월 혼자였듯, 또 혼자일 것이
너와나 우리여서 행복이어라!
혼자 아니어서, 외롭지 않아서,
쓸쓸하지 않아서, 무섭지 않아서 —!
그리고—
포근히 의지하고 기대도 좋은,
든든한 믿음이어서 —!

(작가 김 철 경)

유나의 첫돌

〈유나를 위하여〉

빛으로 볕으로 면면할 어린 영혼이 (삶의 여정이)
감동으로 흐르고, 감동으로 넘치게 하소서!

그리고
흐르는 곳에서, 넘치는 곳에서, 곳마다 그곳에서,
또 다른 감동의 새로운 시작이 일어나게 하소서!

그리하여
치솟는 아침햇살의 붉은 기운처럼 —
붉다 못해 하얗게 바래진 주광(晝光)처럼 —
잔잔한 노을저녁의 황홀한 고요처럼 —
적막한 어둠에서 더 영롱한 밤하늘 별빛처럼 —

온통 그렇게
감동의 색조로 그의 수채화를 완성하게 하소서 —!

— 유나를 사랑하는 어떤 할아버지로부터 —
(작가 김 철 경)

그렇게 바라고 기다리던 끝에, 결혼한 지 6~7년 만에 첫 아이를 얻은 사람이 있었습니다. 그렇게 얻은 그 아이가 유나입니다. 예쁘고 건강하게 잘 커서 첫 돌을 맞았습니다.

나는 진실로 유나의 출생과 돌을 축하하며 내 기도문의 한 부분을 선물하였습니다.

이 글이 유나의 아빠 엄마의 눈시울을 적셨다고 합니다.

아마도, 빛나는 유나의 앞날을 잠시 보았을 것입니다.

작가의 깊은 염원과 공력이 이미 같이하기에

아마 그렇게 될 것입니다.

암송하면 할수록

암송이 기도되어

또한 깊은 내공의 공력으로 쌓일 것입니다.

맺는 글

권두에서, "후원의 향연"에 초대한다 하였지요.

여기까지 오신 분은, 오시는 동안, 작가가 펼친 인생의 뜨락에서 후원의 향연을 맛보셨을 것입니다. 한편으로는 즐기면서도, 다른 한편으로는 반신반의하고 의아해 하면서 곳곳에서 나름의 상상으로 펼쳐진 향연을 감상하셨을 것입니다.(행복으로 — 낙원으로 — 천국으로 — 무한으로 — 영원으로 —). 인생의 지향을 일단 작가의 의도에 맡겨두고, 발전하여가는 변화와 전도를 가늠해보고자 하셨을 것입니다.

초벌에 진국이 다 우러날 리 없지요. 재벌, 3벌,……의 진한 맛의 소감은 천천히, 후일에 두고, 평생에 두고, 지금은 초벌의 감상을 반문하여 봅니다.

어떻게 읽으셨습니까?

고작해야 흔한 푸념 정도, 그것을 넘지 못하였나요?

그저, 그렇고 그런 인생론에 불과하던가요?

아니면, 헐고 빛바랜 낡은 이론들을 밀치고, 새로운 조짐의 논리가 새 진리의 빛으로 걷잡을 수 없이 다가오던가요?

막연하기만 했던 인생의 의의가, 분명해지고 뚜렷해지던가요?

헝클어진 삶의 모습과 방법들이, 가지런하고 반듯하게 자리를 잡던

가요?

까마득하고 망망한 생의 여로에서, 마침내는 내 좌표를 찾겠던가요?

방랑과 유랑의 떠도는 노정에서도, 바르게 가야할 곧은 길이 보이던 가요?

무한의 공간과 영원의 시간 속에, 최선을 다하고 인내를 다한 마지막순 간에, 인간의 것을 다하고, 인간적인 것을 다 소멸한 그곳에서 ─ 더욱 뚜렷해지고 가득해지는 그 무엇을 아시겠던가요?

모든 고난과 한계 뒤에 계시는, 그 존재가 인지되거나 감지되시던가요?

신(하느님)의 존재가, 그 존재이유와 가치가, 이해되시던가요?

세상의 중심은 어디며, 그것이 무엇인지를 알 것 같던가요?

신이 ─ 인간과 관계하고, 인간을 사랑하는 이유가 무엇인지 아시겠던 가요?

신과 인간사이의 통로는 무엇이며, 그 통로에서의 정서는 무엇이던 가요?

인간의 이상은 무엇이며, 그 이상으로 가는 길목은 어디던가요?

"인간이, 이상을 구하여가는 과정이 인생이며,
 그것을 구하여 낸 인생이, 최고의 인생이겠습니다."

"인생은 운명이지만, 운명만이 인생은 아니다." 하였습니다.

"할애된 의지!"로 운명의 바다를 저어 가는 것! 그런 그것이 "운명과 의 지의 조화!" 곧 "영위하는 인생"이라 하였습니다.

그러므로 ─ (인생은 영위하는 것이므로) ─

"인생에 있어서의 모든 기대와 가치는 경작하고 수확한다." 하였습니다.

"인생은 추상을 경작하더라도 인간은 실상을 수확한다." 하였습니다.
인생의 노정에서 행복도, 낙원도, 천국도, 모두 "경작하여서 수확한다."
는 이 새 진리론을 앞세우며, 본 책자의 저작이, 출판이, — 우연이 아니
라 — 당위요, 필연이며, 사명임을 강변하려 하지 않습니다.

새삼스런 언급은 —
책을 선택하고 이해하는 데 도움이겠고, 다음으로는 작가의 명성이 세
간에서 회자하는 유명인사가 못 되어서, 진정한 가치가 혹여 간과되거
나 묻혀버릴지도 모르겠다는 우려가 없지 않아서입니다. 한 평생의 고
뇌와 번민과 상념과 체험과 이러한 것들의 인고를 내공으로 간직하고
그것을 고스란히 이론과 논리로 담아낸 이 지침서가 빛바래지 아니하
고 지닌 가치 그대로 무릇 인생의 여정에서 등대의 불빛으로 비추었으
면 하는 바램에서입니다.

부언하면 —
행복을 얻고자, 낙원에 이르고자, 천국에 들고자 — 그래서 안식하고
최고 이상에 도달하려는 것! 그것이, 삶의 이유라고 하였습니다.
그리고
행복으로 — 낙원으로 — 천국으로 내닫는 바른 길은,
찾아서 얻는 것이 아니라 만들어서 간직하는 것이라고 하였습니다.
"겸허로 비워진 가슴, 그 고상한 공허"가 행복을 만들고 낙원을 건설할
텃밭이며, 천국의 문을 열 열쇠라고 하였습니다.
찾아서 얻는 것이 아니기에 — 어디에 있느냐고 묻지 않으며 —

만들어서 간직하는 것이기에 — 무엇이냐고 물으라 하였습니다.

자기 몫의 수고는 자기가 하는 것이 — 자기 몫의 축복이요 은총이라 하였습니다.

또한, 신(하느님)의 존재를 인정하고 증명하며

"인간의 곳에 — 신이" 아니라, "신의 곳에 — 인간이"라 하였습니다.

바꾸어 말하면

"인간의 곳에 — 종교가" 아니라, "종교의 곳에 — 인간이"라 하였습니다.

종교들과 종파들이 다르다고 하는 것은, 신의 그것이(종교가) 다른 것이 아니라, 인간의 그것(신앙)이 다른 것이며, 영원히 다른 것이 아니라, 조화할 때까지 다른 것이라 하였습니다. 그리고 모든 신앙들은 다 한결같이 추구하는 목표가 다르지 않아서(비슷하거나 같아서), 언젠가는 정상에서, 정점에서, 모두 만나게 되어있다 하였습니다.

아직 덜 세련된 문화들은, 그러기에 마찰하고 충돌하면서, 각각의 나름으로 숙성과정을 거쳐 보편적인 가치수준인 성숙단계에 이르면 — 거기쯤에서, 이미 먼저 도달한 헤아릴 수 없이 많은 다른 문화들과 조화롭게 어우르며 찬란히 꽃필 것입니다. 다문화의 조화! 즉, 다양하기에 더더욱 아름답고 풍요로운 —

바로 이러한 조화와 화합이, 우려 중에서도 인류의 미래를 희망적으로 기대하게 하는 희망 값이라 하겠습니다.

"소아(小我)를 떠나야 대아(大我)로 갈 것이며,

독선과 아집을 떠나서 나는, 우리로 성숙할 것입니다."

만만치 아니하게, 빠르지 아니하게, 여기까지 왔습니다.

가슴은 아직 타고 있지만,

이쯤에서 접는 것이 좋을 것 같아서 접으렵니다.

더 이상은 군더더기요 주접스러움인 것 같아서 —

다시 아니 쓰고는 견딜 수 없을 때까지 —

응축되고 함축된 아우성으로 터질 것 같을 때까지 —

온통 끌어당기는 영혼의 소리로 타 오를 때까지 —

그 때를 기다리며, 기다리는 여백으로 남아 있으렵니다.

모든 것은 우연이지만, 필연으로 가야 하는 소재로 존재할 때,

비로소 그 가치도 따라서 존재하리라!

2012년 9월 3일
작가   김 철 경